Karin B. Holmqvist
Das Leben ist kein Kaffeekränzchen

W0208641

PIPER

Zu diesem Buch

Im schwedischen Küstenort Brantevik hat der Herbst Einzug gehalten. Während draußen ein eisiger Wind über das Fischerdorf fegt, treffen sich die rüstigen Freundinnen Viola, Inez, Olga und Svea zum gemeinsamen Nähkränzchen. Bislang haben sie ein ruhiges Dasein gefristet, doch das soll sich an diesem Abend schlagartig ändern. Denn Viola hat Rubbellose aus dem örtlichen Sportverein dabei, und Inez zieht den Hauptgewinn: Eine Busreise zu einem stimmungsvollen Weihnachtsmarkt in Schwerin. Schnell sind sich die Damen einig: Sie wollen zu viert fahren – aber sie ahnen nicht, dass ihre Freundschaft dabei überraschend auf die Probe gestellt werden wird.

Karin B. Holmqvist, geboren 1944 im südschwedischen Simrishamn, machte eine kurze Karriere in der Kommunalpolitik und entschied sich schließlich für eine Ausbildung zur Sozialarbeiterin. In ihrer Freizeit ist sie Zauberkünstlerin und Kabarettistin und hat mehrere Romane sowie Gedichtsammlungen veröffentlicht. Nach den Überraschungserfolgen »Manneskraft per Postversand«, »Villa mit Herz«, »Zwei Damen auf Männerfang«, »Herzschrittmacher gesucht!« und »Ungeküsst« ist »Das Leben ist kein Kaffeekränzchen« ihr sechstes Buch auf Deutsch.

Karin B. Holmqvist

Das Leben ist kein Kaffeekränzchen

Roman

Aus dem Schwedischen von
Annika Krummacher

Piper München Zürich

Mehr über unsere Autoren und Bücher:
www.piper.de

Von Karin B. Holmqvist liegen bei Piper vor:
Zwei Damen auf Männerfang
Herzschrittmacher gesucht!
Manneskraft per Postversand
Ungeküsst
Das Leben ist kein Kaffeekränzchen

FSC
www.fsc.org
MIX
Papier aus verantwortungsvollen Quellen
FSC® C083411

Deutsche Erstausgabe
Dezember 2013
© Karin Brunk Holmqvist, Kabusa Böcker, Göteborg 2011
Titel der schwedischen Originalausgabe:
»Kaffe med musik«, Kabusa Böcker, Göteborg 2011
© der deutschsprachigen Ausgabe:
2013 Piper Verlag GmbH, München
Umschlaggestaltung: Eisele Grafik-Design, München, unter Verwendung eines Fotos von Pat Doyle/Corbis
Satz: Kösel, Krugzell
Gesetzt aus der Sabon
Papier: Munken Print von Arctic Paper Munkedals AB, Schweden
Druck und Bindung: CPI – Clausen & Bosse, Leck
Printed in Germany ISBN 978-3-492-30090-2

1. Kapitel

Der Ostwind drängte das Meer in den Hafen von Brantevik. Bootsfender schlingerten an den Bordwänden, und die Fallen knallten gegen die Masten der Yachten. Schonungslos trieb der Wind den Herbst in das kleine Fischerdorf. Die Feriengäste waren längst wieder zu Hause, und die Geranien in den Sommerhäuschen waren durch Trockenblumen ersetzt worden. Nun war wieder der Alltag in den Ort eingezogen. Nur die zurückgelassenen Kätzchen warfen hoffnungsvolle Blicke in die verlassenen Ferienhäuschen.

Viola Björk und Inez Glans lehnten ihre Fahrräder an die Hecke des Häuschens in der Östersjögatan. Sorgfältig schlossen sie sie ab, nahmen ihre Stoffbeutel aus den Lenkerkörben und zogen Plastiktüten über die Sättel. Fast gleichzeitig steckten die beiden Frauen ihre Fahrradschlüssel in die Manteltasche. Ihre Bewegungen waren so synchron, dass man hätte glauben können, die eine sei ein Schatten der anderen. Schweigend gingen sie den Gartenweg entlang, der von einer niedrigen Buchsbaumhecke gesäumt wurde. Ganz so, als wollten sie ihre Stimmen für den bevorstehenden Abend schonen.

Ein paar Motten warfen sich verzweifelt gegen die runde Glaslampe, die links von der grünen Tür des weiß verputzten kleinen Hauses hing. Wie Projektile flogen sie durch die kühle Abendluft und prallten gegen die

Lampe, ohne ihr Ziel im heißen Glaszylinder zu erreichen.

Inez klopfte vorsichtig an die Tür. Olga Henriksson öffnete und ließ die Gäste ein. Der Lichtstrahl, der sich über den Gartenweg gelegt hatte, wurde immer schwächer, bis die Tür mit einem dumpfen Knall ins Schloss fiel.

»Puh, draußen ist es richtig ungemütlich«, sagte Inez, während sie ihren Mantel auf den Haken hängte. Ihr Tuch steckte sie wie immer in den Mantelärmel, um es nicht zu vergessen, wenn sie wieder nach Hause radelte.

»Immer rein in die gute Stube«, sagte Olga fröhlich und erntete ein bemühtes Lächeln von ihren Freundinnen, die sich schon seit Jahren diese Begrüßungsphrase anhören mussten.

»Das Thermometer hat acht Grad angezeigt, als ich zu Hause losgefahren bin, aber durch den Wind fühlt es sich kälter an«, meinte Viola fröstelnd.

Die Gäste setzten sich auf das mit beigefarbenem Wollstoff bezogene Sofa. Inez griff nach einem Zierkissen in Rottönen und schob es sich in den Rücken.

»Svea kommt heute Abend nicht. Sie ist in Stockholm und feiert den Geburtstag eines ihrer Enkelkinder.« Olga ließ ihren Blick zwischen Viola und Inez hin- und herwandern, während sie sprach.

»In Stockholm! Unglaublich, wie die ständig auf Achse ist … Na ja, manchen Leuten segeln die Hundertkronenscheine eben nur so in die Geldbörse. Unsereins muss das kleine bisschen, was man hat, gut festhalten. Wenn irgendwas auf mich herabpurzelt, dann sind es höchstens Fünfundzwanzigöremünzen«, meinte Inez seufzend.

»Es gibt doch gar keine Fünfundzwanzigöremünzen mehr«, korrigierte Olga.

»Die beiden haben bestimmt eine gute Rente. Immerhin waren sie ihr Leben lang Lehrer, da können sie sich das eben leisten«, versuchte Viola die Situation zu entspannen.

Inez schnaubte und meinte: »Aber deshalb muss man doch nicht sein ganzes Geld für Reisen verschwenden!«

Inez' rundes Gesicht war von grauem, dünnem Haar umgeben, das ein Eigenleben führte. Für ihr Alter sah sie jugendlich aus, aber wenn sie sich ärgerte, wie jetzt, zog sich ihr Gesicht förmlich zusammen, und sie wirkte viel älter. Mit Arroganz konnte sie nicht umgehen. Nun ja, vielleicht war Svea gar nicht arrogant, aber sie war auch nicht immer freundlich und wollte gern gehört und gesehen werden. Für ihren Stockholmer Dialekt konnte sie natürlich nichts, der war ihr in die Wiege gelegt worden, genau wie Inez die Anlage zu Plattfüßen. Aber einfach so nach Stockholm zu reisen, das war doch etwas zu viel des Guten, fand Inez. Sie selbst war nur ein einziges Mal dort gewesen, trotz ihrer gut siebzig Jahre.

Damals, als sie Svea zum ersten Mal begegnet waren, hatten die Freundinnen den Eindruck gehabt, sie sei auf der Suche nach Kontakten. Es war sicher nicht leicht, von Stockholm nach Brantevik zu ziehen, und deshalb hatten sie Svea angeboten, an ihrem Nähkränzchen teilzunehmen. Doch obwohl Svea schon seit einem Jahr dabei war, kam es ihnen nicht so vor, als habe sich ihre

Freundschaft gefestigt. Manchmal hatte sich Svea sogar über ihre Stickbilder und Häkeldeckchen lustig gemacht. Und bisweilen bereuten sie, dass sie sie überhaupt eingeladen hatten.

Olgas Wohnzimmer war gemütlich, und die Gastgeberin hatte nach der langen Sommerpause sogar die Heizung eingeschaltet. Ein zweites beigefarbenes Sofa stand gegenüber von dem, auf das sich Inez und Viola gesetzt hatten. Der Couchtisch aus Mahagoni war in der Mitte mit einem Muster aus geblümten Kacheln versehen. Ein paar Ziergegenstände standen auf gestärkten, handgehäkelten Deckchen, in die glänzende Goldfäden eingearbeitet waren. Mitten auf dem Tisch befand sich eine gefüllte Obstschale, und Olga hatte kleine Obstmesser in die Früchte gesteckt, sodass das Arrangement an einen Igel erinnerte. Das angrenzende Esszimmer war nur durch einen Torbogen vom Wohnraum getrennt. Auf dem Esstisch lag ein weißes Leintuch, und in einer rosafarbenen Glasvase leuchtete ein Strauß Herbstblumen.

Inez öffnete ihren Stoffbeutel und zog eine Handarbeit heraus, die sie auf ihre Knie legte.

»Darf ich mal sehen, wie weit du gekommen bist?« Olga lehnte sich interessiert über den Tisch.

»Ich habe erst vier Wichtel gestickt. Es sollen neun werden«, erklärte Inez und strich stolz mit der Hand über den Aidastoff.

»Wirklich bewundernswert, diese kleinen Stiche, und dass du das noch alles sehen kannst!«, lobte Olga.

»Ach, es gibt noch viel kleinere Stiche als die hier. Sag

mal, wie viel haben wir eigentlich in unserer Kasse?«, fragte Inez.

Olga ging hinüber zu einem Eckschrank und nahm eine alte Zigarrenkiste heraus.

»Bald siebzehnhundert Kronen«, antwortete sie stolz, nachdem sie den zerknitterten Zettel konsultiert hatte, der zusammen mit dem Geld im Kästchen lag.

»Svea muss noch für die Abende nachzahlen, an denen sie nicht dabei war«, sagte Inez und merkte selbst, wie schroff sie klang. Sie hatte Svea nie besonders gut leiden können, das war eben so.

Arvid wischte sich die Nase am Jackenärmel ab. Er atmete angestrengt, aber gleichmäßig, als sei er an ein Beatmungsgerät angeschlossen. Dabei stand er nur im Schuppen im Branteviksvägen und kämpfte mit dem Brennholz, das helfen sollte, die hohen Kosten der Elektroheizung in dem alten Haus zu senken. Er legte ein Holzscheit auf den Hauklotz und schwang routiniert die Axt, um es zu spalten.

In jüngeren Jahren war das Holzhacken eine Art Therapie für ihn gewesen. Arvid neigte zum Jähzorn, den er in seiner Jugend kompensierte, indem er mit gewaltiger Kraft riesige Holzscheite zerlegte. Mit den Jahren hatte sich seine Launenhaftigkeit gelegt, und mittlerweile schwang er die Axt nur noch, um Brennholz vorzubereiten.

»Bist du im Holzschuppen, Arvid?«, erklang eine Stimme, während die Tür langsam geöffnet wurde.

»Komm rein, Sigvard«, sagte Arvid und legte die Axt aus der Hand. »Willst du ein Bier?«

»Ich trinke nur von Donnerstag bis Samstag, das habe ich Olga versprochen.«

»Ach, aber heute ist Dienstag, das ist ja fast schon Donnerstag und fängt auch mit D an«, meinte Arvid grinsend, hob den Deckel einer großen Holztruhe an und zog zwei Bierflaschen heraus.

»Richtig, unsere Weiber haben ja heute ihr Häkeltreffen, da können wir uns auch was gönnen«, antwortete Sigvard und nahm sich eine Bierflasche.

Arvid ließ die Truhe mit einem Knall zufallen, und die beiden alten Männer setzten sich nebeneinander auf den Deckel. Mit einem Flaschenöffner, der an einer Schnur von der Decke baumelte, öffnete Arvid die beiden Flaschen. Schweigend tranken sie den ersten Schluck.

»Frierst du am Hintern?«, erkundigte sich Arvid höflich.

»Na ja, der Hosenboden brennt nicht gerade«, konterte Sigvard.

Arvid stellte seine Bierflasche beiseite, stand auf und griff sich einen alten Flickenteppich von einer Schubkarre. Er schüttelte ihn aus, und eine Wolke von Staub und kleinen Schmutzpartikeln wirbelte auf, während Sigvard vorsichtshalber in Deckung ging. Nachdem Arvid den Teppich auf die Holztruhe geworfen hatte, setzten sich die beiden wieder und nahmen den nächsten Schluck aus ihren Flaschen.

»Ich verstehe ja nicht, wie die es aushalten, Jahr für Jahr mit ihren Wollknäueln herumzusitzen.«

»Na ja, bei diesen Nähkränzchen wird sicher auch jede Menge geschwatzt.«

»Und *wie* die schwatzen, bestimmt nicht nur beim Ausatmen, sondern auch beim Einatmen, damit sie alles gesagt kriegen, was anliegt.«

»Bloß gut, dass man nicht danebensitzen und sich das Geschwätz anhören muss«, meinte Arvid und rülpste.

Draußen im Garten begann sich das Laub zu färben, und der Wind hatte einige Äpfel von den Bäumen geschüttelt. Arvids und Violas Grundstück war ziemlich groß, denn sie hatten schon vor vielen Jahren ein angrenzendes Stück Land dazugekauft. Doch mittlerweile empfanden sie die Bewirtschaftung des Grundstücks als etwas zu anstrengend.

Ihr Haus war nicht gerade eine Schönheit. Die Fassade war mit grauen Eternitplatten verkleidet, während das Fundament gemauert war. Das Gebäude sah aus, als sei es wie ein Pilz aus der Erde geschossen und dann einfach weitergewachsen. An der Giebelseite führte eine graue Zementtreppe in den Keller hinunter. Arvid und Viola hatten Kletterrosen und Efeu gepflanzt, aber der Eternit schien sich gegen alle Verschönerungsversuche zu wehren, denn was sie auch taten, die grauen Platten lugten immer zwischen den Zweigen hervor.

Im Haus selbst war die Zeit stehengeblieben. Viola war nie berufstätig gewesen. Zunächst hatte sie sich um den Sohn Eskil gekümmert, der mittlerweile ausgeflogen war und eine eigene Familie gegründet hatte, später war sie Hausfrau gewesen. Heute verbrachte sie ihre Zeit vor allem mit Handarbeiten und widmete sich ihrem Putzfimmel, indem sie Wände und Böden kaputtscheuerte. Arvids Verdienst als Fischer hatte ihnen keine größeren Ausschweifungen ermöglicht, aber sie waren dankbar und zufrieden.

»Unsere Rentenversicherung liegt vor der Tür«, pflegte Arvid scherzhaft zu sagen. Er und Viola waren sich einig, dass sie früher oder später den Teil des Grundstücks verkaufen würden, den sie einst hinzuerworben hatten. Die Touristen waren geradezu verrückt nach dem idyllischen Fischerdorf, und ein Grundstück in Ufernähe, dazu ziemlich zentral gelegen, würde Arvid und Viola ein hübsches Sümmchen einbringen, doch noch schoben sie den endgültigen Entschluss vor sich her.

»Wollen wir zum Hafen runtergehen und ein paar Worte mit den Jungs wechseln?«, schlug Sigvard vor und stellte die leere Bierflasche auf den Boden.

Arvid antwortete nicht, sondern trank den letzten Schluck aus seiner Flasche. Dann stand er auf, sicherte die Tür mit dem Vorhängeschloss und steckte den Schlüssel in seine Arbeitshose. Dann verschwanden die beiden Männer in der Dunkelheit, während drinnen im Holzschuppen der Flaschenöffner hin und her baumelte. Im schwachen Licht der Außenbeleuchtung konnte man den Werbetext ›Olssons Autolacke‹ entziffern.

»Stell dir das mal vor, einfach so nach Stockholm zu fahren«, meinte Inez seufzend.

»Apropos Reisen«, sagte Viola und wühlte in ihrem Stoffbeutel herum. »Eskil verkauft im Auftrag seines Sportvereins Lose für die Reiselotterie.« Sie war schon etwas stolz darauf, dass ihr Sohn die Fußballjugend trainierte.

Inez und Olga waren mit ihren Handarbeiten beschäftigt, legten sie aber aus der Hand, als Viola ein Häufchen Lose auf den Couchtisch fallen ließ.

»Ach, ich habe mir noch nie viel aus Reisen gemacht«, sagte Inez. »Und fliegen tu ich schon gar nicht. Ich will eines natürlichen Todes sterben.«

»Es sind Busreisen«, meinte Viola und las den Text auf dem Los vor. »Fünf Tage Holland, Oktoberfest in München ...«

»Bloß nicht«, sagte Inez und verzog den Mund.

»Weinreise an die Mosel oder Weihnachtsmarkt in Deutschland«, fuhr Viola fort. »Es sind Rubbellose. Man sieht sofort, ob man was gewonnen hat.«

»Was kosten die denn?«, fragte Olga.

»Fünfzig Kronen, wobei der Großteil an den Sportverein geht«, erklärte Viola.

Inez griff mit ihrer mageren Hand nach einem Los, legte es aber gleich wieder zurück.

»Wollen wir uns jeder ein Los kaufen? Wenn eine von uns gewinnt, dann können wir anderen doch mitfahren«, schlug Olga eifrig vor. »Es ist bestimmt schön in Holland, wenn die Tulpen blühen. Aber was machen wir mit Svea?«

»Ach, wir gewinnen ohnehin nichts«, meinte Inez und seufzte. Sie spürte, dass sie nicht die geringste Lust auf eine Busreise mit Svea hatte.

Olga erhob sich und kam kurze Zeit später mit ihrem Portemonnaie zurück. »Ich kaufe eins«, sagte sie, schnappte sich ein Los und zahlte bei Viola.

»Ich nehme auch eins«, sagte Viola lächelnd. »Und du, Inez?«

»Ja, aber nur wegen der guten Sache. Was ist eigentlich, wenn eine von uns gewinnt – müssen die anderen dann den vollen Preis zahlen?« Kaum hatte sie das gesagt, bereute sie es. Geizig wollte sie auf keinen Fall wirken, aber es wäre doch trotzdem nicht richtig, wenn eine von ihnen umsonst reisen würde und die anderen voll zahlen müssten.

»Auf dem Los steht, was die Reise wert ist«, erklärte Viola. »Natürlich teilen wir die Gesamtsumme unter uns auf. Oder?«

Inez dachte an Svea. Die konnte doch nicht einfach mitfahren, ohne ein Los gekauft zu haben! Aber eine Reise würde es ja ohnehin nicht geben. Es lohnte sich gar nicht, darüber nachzugrübeln. »Dreiundzwanzig verlorene Jahre«, pflegte Gösta zu sagen. »Bestimmt hast du dir insgesamt dreiundzwanzig Jahre Sorgen über lauter Sachen gemacht, die nie passiert sind.« Da hatte er sicher recht. Inez entspannte sich und nahm auch ein Los.

Schließlich saßen die drei mit je einem Los am Couchtisch. Sie beschlossen, mit dem Rubbeln bis zum Kaffeetrinken zu warten.

»Hast du die Himbeermarmelade selbst gemacht, Olga?«, fragte Viola später, nachdem sie von der Biskuitrolle probiert hatte.

»Nein, die ist vom Supermarkt. Wir hatten dieses Jahr nicht genug Beeren im Garten, als dass es sich gelohnt hätte, selbst einzukochen.«

»Sie ist aber lecker«, meinte Viola anerkennend.

Die drei hatten zwar kein Wort mehr über die Lose verloren, aber trotzdem noch über ihre Vereinbarung nachgedacht. Sie hatten die Lose zum Esstisch mitgenommen. Inez sah angespannt aus. Sie presste die Kiefer so fest zusammen, dass sich an den Schläfen kleine Erhebungen bildeten.

»Geht es dir gut, Inez?«, fragte Viola besorgt. »Du siehst blass aus, finde ich.«

»Bei mir ist alles in Ordnung … Deine Plätzchen sind wahnsinnig lecker, Olga. Darin bist du wirklich gut.«

»Ach, die Rezepte kann ich ja schon auswendig.«

Die drei nickten sich zu und lächelten. Ihre Freundschaft bestand schon seit vielen Jahren, obwohl sie so unterschiedlich waren – vom Aussehen wie von ihrem Wesen her. Inez war etwas überempfindlich und wirkte manchmal bockig und mürrisch, doch die anderen hatten sich daran gewöhnt. Sie war klein und zierlich und trug ihr Alter mit Würde. Olga hingegen war eher stämmig, ja, sie wirkte fast ein wenig unförmig, aber sie hatte ein hübsches Gesicht mit roten runden Wangen, die ihr das Aussehen eines kleinen Cherubs verliehen.

Viola war vom Wesen her vorsichtig und nachgiebig. Ihr Gesicht war faltig, aber ihre braunen, wachen Augen blickten gewitzt und freundlich. Sie war die kleinste der drei und wirkte beinahe schmächtig, obwohl auch sie ein Kind zur Welt gebracht hatte. Ihr Sohn Eskil wohnte nur wenige Schritte von seinem Elternhaus entfernt. Inez' und Göstas unverheiratete Tochter lebte in Ystad, während Olga und Sigvard zwei Söhne hatten, die in Simrishamn wohnten, nur knapp zehn Kilometer weit weg.

»Jetzt geht es los«, sagte Viola forsch. »Wer fängt an mit dem Rubbeln?«

Alle drei griffen nach ihren Losen.

»Fang du an, Viola. Du hast sie ja mitgebracht.«

Vorsichtig begann Viola auf ihrem Los zu rubbeln. Inez und Olga lehnten sich neugierig über den Tisch.

»Eine Niete«, stellte Viola enttäuscht fest. »Immerhin ist es gut, wenn ›Niete‹ draufsteht, dann weiß man wenigstens gleich, woran man ist. Manchmal muss man vorher lauter Zahlen prüfen. Jetzt du, Olga«, sagte Viola gespannt.

Inez sah ein bisschen verschnupft aus, weil sie als Letzte dran war.

»Ich habe auch eine Niete«, seufzte Olga und entfernte die abgekratzte Gummischicht, die unter ihrem Fingernagel klebte, mit der Ecke des Loses.

»Toi, toi, toi«, sagte Inez und tat so, als würde sie auf ihr Los spucken. »Das bringt Glück«, erklärte sie und dachte im selben Moment, dass sie sich ja gar kein Glück wünschte.

Sie rubbelte so langsam, dass die anderen ungeduldig wurden.

»Oh, da steht eine Zahl«, meinte Inez atemlos.

Olga nahm das Los und zeigte auf die Rückseite. »Lies mal vor, da steht nämlich, was du gewonnen hast«, sagte sie eifrig.

»Ach, wird ein Pfund Kaffee sein oder so.«

»Als Gewinne gibt es aber nur Reisen«, unterbrach Viola.

Inez starrte die anderen erschrocken an und drehte dann vorsichtig das Los um.

»Nummer 1050. Eine Reise zu einem Weihnachtsmarkt in Deutschland.«

Olga klatschte begeistert in die Hände, während Inez und Viola wie zwei begossene Pudel aussahen.

»Stellt euch das mal vor«, sagte Olga. »Da wollte ich immer schon mal hin. Das müssen wir feiern.« Sie ging in die Küche und kam mit einer kleinen Flasche Kirschlikör und drei Gläsern zurück.

»Für mich bitte nicht. Ich muss noch Rad fahren«, sagte Inez.

»Meine Güte, entspann dich. Wir haben eine Reise gewonnen – oder besser gesagt du«, meinte Olga, als sie Inez' mürrische Miene sah.

Viola saß stocksteif da und lächelte verkrampft. »Wir könnten doch die Räder nach Hause schieben, Inez. Ich glaube, uns allen würde ein Gläschen ganz guttun.«

»Meinetwegen, aber nur ein ganz kleines bisschen«, lenkte Inez ein.

Verlegen rutschte Viola auf ihrem Platz herum und scharrte mit den Füßen unter dem Tisch. Inez starrte sie wieder so wütend an, wie nur sie es konnte. Viola war davon überzeugt, dass Inez in diesem Moment etwas Böses dachte, und das machte sie traurig.

Diese verflixte Viola, schoss es Inez im selben Moment durch den Kopf. Hätte Viola nicht diese vermaledeiten Lose mitgebracht, dann hätte sie in aller Ruhe Kaffee trinken und Olgas leckeres Gebäck genießen können. Stattdessen hatte sie jetzt einen spürbaren Druck auf der Brust.

»Nimm doch noch ein Plätzchen«, sagte Olga freundlich.

»Danke nein«, meinte Inez und schob den Teller mit ihrer schmalen Hand beiseite.

An diesem Abend wurde nicht mehr gestickt. Sie saßen noch ein Weilchen am Kaffeetisch, aber niemand verlor ein Wort über die Reise, es wurde überhaupt nicht mehr viel gesagt. Olga war am aufgedrehtesten, auch wenn sie sich nicht traute, es den anderen zu zeigen, denn immerhin hatte sie schon an mehreren Busreisen teilgenommen.

»Vielleicht sollten wir diesen Herbst einen Deutschkurs an der Volkshochschule besuchen?«, wagte sie vorzuschlagen, doch sie bekam keine Antwort.

Inez zog ihr Tuch aus dem Mantelärmel und hängte sich den Stoffbeutel über den Arm.

»Auf Wiedersehen«, sagte Olga fröhlich auf Deutsch, als die Gäste sich verabschiedeten und in der Dunkelheit verschwanden.

Inez drückte ihre Tasche in den Fahrradkorb und setzte sich auf den Sattel. Viola erwähnte den konsumierten Likör lieber nicht, sondern stieg vorsichtig auf ihr eigenes Rad. Während die beiden die kleine Dorfstraße entlangfuhren, blinkte Violas Fahrradlampe mit den Lichtern der Fahrrinne im Hafen um die Wette.

2. *Kapitel*

»Das war doch wirklich unnötig, heute Abend diese Lose mitzuschleppen«, brummte Inez vor sich hin, während sie die Treppe hinaufstieg. In der Küche leuchtete nur die kleine grüne Fensterlampe. Gösta hatte sich also schon hingelegt, und das war ihr nur recht. Sie hätte es nicht fertiggebracht, heute noch irgendetwas zu erklären. Sie musste das alles erst einmal verarbeiten.

Inez und Gösta hatten seit einigen Jahren getrennte Schlafzimmer. Gösta schnarchte so fürchterlich, dass man kein Auge zubekam. Im Übrigen war es nicht nur das Schnarchen. Manchmal zuckte er im Moment des Einschlafens zusammen und wimmerte wie eine Katze, die sich den Schwanz eingeklemmt hat. Einmal war Inez dadurch zu Tode erschrocken. Natürlich konnte Gösta das nicht zugeben, sondern konterte damit, dass die Lücke zwischen Inez' Vorderzähnen beim Ausatmen ein Geräusch erzeuge, das an das schrille Pfeifen auf zwei Fingern erinnere. Da sie niemals endgültig klären konnten, wer am meisten Lärm verursachte, hatte Inez sich eines Tages kurzerhand in Evas ehemaligem Mädchenzimmer eingerichtet, das leer stand, seit die Tochter von zu Hause ausgezogen war.

Inez knipste die Fensterlampe aus und schlich in ihr Zimmer. Sie hängte das geblümte Kleid auf einen Bügel und legte die Unterwäsche auf den Korbstuhl, der so fürchterlich knarzte, dass er nur noch als Ablage taugte. Dann streifte sie ihr wadenlanges Nachthemd aus Seersucker mit den kleinen bunten Kreisen über. Wenn ihr kalt war, wickelte sie sich gern ein Frottierhandtuch um die Füße. Früher hatte sie Socken angezogen, aber dann hatte sie in einer Zeitung gelesen, dass man von eng anliegender Kleidung Fußpilz zwischen den Zehen bekommen könne. Sogar im Sommer holte sie manchmal das Handtuch heraus, wenn es regnerisch und ungemütlich war.

Sie schaltete die fünfarmige Deckenlampe mit den kleinen gefältelten Seidenschirmen aus, machte die Leselampe an und schlüpfte dann ins Bett, um den Abend Revue passieren zu lassen. Sie musste sich das ganze Elend einfach noch einmal vergegenwärtigen. Ein Weihnachtsmarkt in Deutschland. Was für ein Unsinn. Als gäbe es in Österlen nicht genug davon – fast jedes Dorf in ihrer Gegend baute einen Weihnachtsmarkt auf. Wenigstens hatte sie keine Reise zum Münchner Oktoberfest gewonnen.

Plötzlich zuckte sie zusammen, denn die Sache mit Svea fiel ihr wieder ein. So wie die mit ihrem Mann durch die Gegend fuhr, hätte sie glatt die gesamte Lotterie aufkaufen können, wenn sie gewollt hätte. Am besten wäre es, Svea würde gar nicht mitfahren. Wer nicht zum Nähkränzchen kam, hatte selbst schuld. Es war eine schreckliche Vorstellung, mit dieser lauten Frau mehrere Tage in einem Bus zu verbringen. Entweder würde Svea mitfahren – oder sie. Die Tatsache, dass sie selbst die Reise gewonnen hatte, ließ sie außer Acht, denn zusammen mit Svea würde sich das Ganze ohnehin nicht gerade wie ein Gewinn anfühlen. Sie streckte sich und schaltete die Leselampe aus.

Zuerst wurde die Dunkelheit noch von stoßweisen Atemzügen erfüllt, doch schon bald beruhigten sie sich und wurden länger, was darauf schließen ließ, dass sich der Schlaf eingefunden hatte. Und nach einer Weile erklangen die wohlbekannten kleinen Pfiffe aus Inez' Zahnlücke.

»Aha, ihr habt also ein Saufgelage veranstaltet«, witzelte Sigvard, als er nach Hause kam und die kleinen Likörgläser auf dem Tisch stehen sah.

»Wir haben gefeiert«, sagte Olga geheimnisvoll, und ihre runden Wangen leuchteten.

»Gefeiert?«

»Viola hat Lose verkauft, zugunsten des Sportvereins – und wir haben gewonnen!«

»Noch ein paar von diesen bestickten Wandbehängen?«, kommentierte Sigvard sarkastisch.

»Eine Busreise nach Deutschland, zu einem Weihnachtsmarkt in Schwerin!«

»Was sagst du da? Soll das ein Witz sein?« Sigvard war verblüfft.

»Nein, ganz und gar nicht. Wir werden zu dritt fahren, vielleicht kommt auch Svea mit.«

Olga schenkte Sigvard ein Gläschen Likör ein und goss sich selbst nach. Dann erzählte sie von der Vereinbarung, die die Freundinnen getroffen hatten.

»Inez sah ganz und gar nicht so aus, als hätte sie sich über den Gewinn gefreut«, sagte Olga und wischte ein paar Krümel von der Tischdecke.

»Ach, die wirkt doch eigentlich nie besonders fröhlich«, meinte Sigvard, während er die letzten Tropfen trank und dann mit der Zunge durchs Glas fuhr, um sich zu vergewissern, dass es wirklich leer war.

»Jetzt bist du aber ungerecht«, wies Olga ihn zurecht. »Sie kann zwar ein bisschen mürrisch wirken, aber ich glaube, es ist nicht so schlimm, wie es aussieht. Es liegt vor allem daran, dass sie schnell verunsichert ist, und dann wirken ihre Reaktionen ein bisschen seltsam.«

»Die Psychologin vom Dienst hat mal wieder ihre Diagnose gestellt«, meinte Sigvard scherzhaft und ging zu ihr, um ihr übers Haar zu streichen. »Die Reise wird sicher nett.« Plötzlich überfiel ihn ein Gefühl von Unruhe. »Aber wie soll ich denn alleine klarkommen, mit dem Essen und dem ganzen Zeug …?«

»Ich koche dir genug Essen vor und friere es ein, und auf das ›ganze Zeug‹ kannst du pfeifen, was auch immer du damit meinst. Meine Güte, die paar Tage! Du tust mir fürchterlich leid, Sigvard Henriksson, aber du wirst es überleben. Schau dir doch mal die Leute vom Dschungelcamp an. Die überleben mehrere Wochen im Urwald ohne gescheites Essen. Dann wirst du wohl ein paar Tage in Brantevik überstehen, mit Kühlschrank und Gefriertruhe, die bis zum Rand gefüllt sind. Du Angsthase!«

Typisch Sigvard, dachte Olga. Manchmal nimmt er einem den Wind aus den Segeln, wenn man sich ausnahmsweise mal richtig über etwas freuen könnte. »Aber wie soll ich denn alleine klarkommen?«, äffte sie ihn halblaut nach.

»Hast du was gesagt, Liebes?« Sigvards Tonfall war

plötzlich ganz entspannt, denn er musste sich eingestehen, dass er mit seinen Befürchtungen etwas übers Ziel hinausgeschossen war. Schließlich wohnten die beiden Söhne mit ihren Familien in Simrishamn, knapp zehn Kilometer entfernt. Die konnte er natürlich auch besuchen.

»Und fahr bloß nicht zu den Jungs nach Simrishamn zum Schmarotzen«, sagte Olga, als sie Sigvards albernes Grinsen bemerkte.

Wenn man seit fast fünfzig Jahren verheiratet ist, dann ist es einfach lächerlich, etwas geheim halten zu wollen. Es steht einem ins Gesicht geschrieben, was man denkt und fühlt.

Sigvard seufzte. Als er aus dem Zimmer ging, drehte er sich in der Tür noch einmal um.

»Die Reise wird richtig nett, da bin ich mir sicher«, sagte er und meinte es auch so.

Im Branteviksvägen saß Viola Björk auf dem alten abgebeizten Küchensofa mit dem selbstgewebten Stoffbezug. Ihr schmächtiger Körper war noch mehr in sich zusammengesackt als sonst. Der Brustkorb sah beinahe aus wie eine Schüssel, so eingesunken und zerbrechlich wirkte er. Sie rang die Hände in monotonen kreisenden Bewegungen. Wenn sie innehielt, dann nur, um stattdessen an ihrem Ehering zu drehen.

»Das ist ja schön, Viola«, sagte Arvid freundlich, doch er machte sich ein wenig Sorgen wegen ihres nervösen Verhaltens. »Wir haben ja niemals die Zeit oder die Möglichkeit gehabt zu verreisen, und ihr Frauen versteht euch doch prima, oder?«

»Ja, sicher, es wird bestimmt nett, aber es gibt natürlich einiges zu organisieren.« Viola kratzte sich nervös an der Handfläche. Wobei Kratzen noch eine Untertreibung war. Sie scheuerte geradezu auf der Haut herum, und zwar so fest, dass sie einen gequälten Gesichtsausdruck bekam.

»Ich glaube, heutzutage braucht man nicht mal mehr einen Pass, um nach Deutschland zu reisen«, sagte Arvid beruhigend.

Viola hörte auf, sich zu kratzen, und starrte an ihrem Mann vorbei durchs Küchenfenster.

Containerschiffe glitten wie dunkle Schatten auf dem Meer dahin. Sie waren unterwegs zu weit entfernten Zielen in fremden Ländern. Die Welt dort draußen auf der See war so weit weg vom Leben in dem kleinen Küstenort.

Im Branteviksvägen lag Viola in ihrem Bett und machte sich voller Entsetzen bewusst, dass sie beinahe zum ersten Mal ihr Land verlassen würde. Sie war nur einige Male in Dänemark gewesen, noch bevor die Brücke über den Öresund erbaut worden war. Die Busreise zum Weihnachtsmarkt in Deutschland ließ ihr keine Ruhe. Wenn sie die Strecke über Dänemark nahmen, mussten sie hinter der Öresundbrücke in den Tunnel fahren, der unter der Wasseroberfläche verlief. Sie musste sich irgendetwas einfallen lassen, damit sie um die Reise herumkam.

Viola stürmte aus dem Bett und rannte so schnell in die Küche, dass sie sich beinahe selbst überholte, wie Eskil manchmal aus Spaß sagte. Sie öffnete den Küchenschrank und nahm eine Packung Schmerzmittel heraus. Dann füllte sie ein Glas mit Wasser und schluckte eine Tablette. Im selben Moment fragte sie sich, warum sie eigentlich ein Schmerzmittel nahm. Sie hatte ja gar keine Schmerzen. Manchmal bekam sie fast ein wenig Angst vor sich selbst.

Aber so war es immer schon gewesen. Kaum wurde sie nervös, stellte sie seltsame Dinge an, ohne sich dessen ganz bewusst zu sein. Wie damals, als Eskil noch als kleiner Junge mit dem Boot beim Fischen gewesen war und nicht pünktlich nach Hause kam. Damals war sie außer sich vor Unruhe gewesen und hatte angefangen, im Garten Unkraut zu jäten. Dabei hatte sie so heftig im Boden herumgehackt, als wolle sie das Innere der Erde erreichen. Erst als Eskil in den Garten spaziert kam, merkte sie, was sie angerichtet hatte. Die frisch angepflanzten Stiefmütterchen, die Petunien und die Lavendelpflanzen – alles hatte sie aus der Erde gerissen und zerstört. Das Beet lag wie ein großes dunkles Quadrat mitten im ansonsten grünenden Garten. Eskil hatte sie verwundert angesehen, aber nichts gesagt, und auch sie hatte geschwiegen.

Verlegen schob sie die Schmerztabletten in den Schrank zurück. Diese Nacht wurde zu einem einzigen langen Warten auf den nächsten Morgen, der sie der Abreise nach Deutschland einen Tag näherbringen würde.

3. *Kapitel*

Mitte November kamen die Fahrkarten. Inez erhielt ihre Karte kostenlos, da sie ja die Reise gewonnen hatte, während die anderen bezahlen mussten, aber die Freundinnen waren sich rührend einig, alle Kosten gleichmäßig untereinander zu teilen.

Svea hatte sich gefreut, als Olga von der Vereinbarung erzählte, und sie nahm es als selbstverständlich hin, mitfahren zu dürfen. Olga und Viola hatten nichts dagegen einzuwenden, und Inez wäre es zu peinlich gewesen zu protestieren, doch sie freute sich einfach nicht – weder über die Reise selbst noch über Svea Wejmers Begleitung. Svea hatte ja nicht mal ein Los gekauft, weshalb sie Inez wie eine Trittbrettfahrerin vorkam.

Nach einer Weile ertappte sich Viola dabei, der Reise mit einer gewissen Spannung entgegenzusehen. Ihre Angst hatte sich in leichte Unruhe verwandelt. Eskil und seine Frau Kerstin hatten sich sehr für sie gefreut. Sie hatten sie beruhigt und erzählt, dass man sich auf Busreisen über nichts Gedanken machen müsse, da Fahrer und Reiseleiter sich um alles kümmerten.

Eskil hatte ihr eine lange Liste von Spirituosen überreicht, die sie in Deutschland besorgen sollte. Zum Glück war Arvid ihr zu Hilfe geeilt und hatte ihm erklärt, es sei weitaus riskanter, Viola Alkoholika kaufen zu lassen, als ihn, Arvid, loszuschicken, um diese verdammten Gemüse- und Kräutersamen zu besorgen, und da sei das Scheitern ja schon vorprogrammiert: Brokkoli statt Petersilie oder umgekehrt. Er könne sich schon vorstellen, was für Flaschen Viola anschleppen würde. Arvid war fürsorglich. Er wusste, dass Viola schon genug damit zu tun hatte, sich Sorgen wegen der Reise zu machen, da sollte sie nicht auch noch an Einkäufe denken, die man außerdem in Fremdwährung bezahlen musste. »Daraus wird nichts«, hatte Arvid abschließend gesagt und die Einkaufsliste in den Papierkorb geworfen.

Als Viola eines Tages Olga beim Einkaufen traf, schlug sie vor, sich vor der Abreise noch mal abends zusammenzusetzen, um wichtige Dinge zu besprechen. Zwar hatten sie schon beim vorigen Nähkränzchen eifrig diskutiert, aber das war noch vor dem Eintreffen der Fahrkarten und der Reiseinformationen gewesen. Da war zum Beispiel die Sache mit der Zimmerverteilung. Inez hatte als Gewinnerin der Reise ein Einzelzimmer bekommen, obwohl sie viel lieber ein Zimmer mit Olga geteilt hätte. Svea hingegen wollte unbedingt ein Einzelzimmer, und nach vielen Diskussionen hatten sich auch Olga und Viola für Einzelzimmer entschieden, obwohl sie dafür Zuschläge zahlen mussten.

Inez hatte sich gefragt, ob sie sich womöglich an den Zusatzkosten der anderen würde beteiligen müssen. Doch dann hatte sie beschlossen, das Ganze etwas positiver zu sehen. Sie würde sich einfach nie wieder in eine solche Lage bringen. In der letzten Zeit war ihr klargeworden, dass sie ein kleines bisschen Mitschuld an der ganzen Sache trug. Sie hätte einfach darauf verzichten sollen, ein Los zu kaufen, wenn sie doch ohnehin kein Interesse an einer Reise hatte. Doch jetzt war es nicht mehr zu ändern, und sie war heute Abend zu Viola eingeladen, um die bevorstehende Reise noch einmal zu diskutieren und zu planen.

Viola wollte heute Kaffee und selbstgebackene Brötchen servieren. Manchmal hatte sie genug vom ewigen Kuchen und sehnte sich nach frischgebackenen Brötchen mit leckerem Belag.

Sie hatte die Heizung im Esszimmer hochgedreht und ein hübsches Tischtuch aufgelegt, das sie selbst bestickt hatte. Richtig zufrieden war sie, als sie dastand und den gedeckten Tisch betrachtete. Der Raum wurde mittlerweile nur noch als Esszimmer genutzt. Die Sofagruppe hatten sie in eines der anderen Zimmer gestellt, und abgesehen vom Bücherregal und dem Esstisch war es ziemlich leer im Zimmer. Dafür hingen an den Wänden die bestickten Bildchen dicht an dicht wie Fliegen auf einem Fliegengitter, und der große ovale Spiegel mit dem Goldrahmen, der noch aus Violas Elternhaus stammte, nahm auch recht viel Platz ein.

Viola hatte eine Liste mit Fragen zur Reise erstellt, die ihr noch eingefallen waren. Ganz unten hatte sie aufgeschrieben, was sie einpacken musste, und auf der Rückseite standen ein paar Verhaltensregeln für Arvid.

Draußen war Sveas laute Stimme zu hören, die Freundinnen waren also schon im Anmarsch.

Viola öffnete die Tür. »Kommt herein!«, sagte sie.

»Sehr gern, vielen Dank. Heute Abend haben wir

aber keine Handarbeiten mitgebracht«, sagte Olga lachend.

Arvid stand in der Küchentür und grüßte höflich.

»Ich nehme euch die Mäntel ab und hänge sie drinnen auf«, sagte er freundlich. »In dieser Jahreszeit ist es ein bisschen kalt und ungemütlich im Flur.«

»Nächsten Winter werden wir hier einen Heizkörper installieren«, sagte Viola entschuldigend.

Olga lächelte. Das sagte Viola schon seit fünf Jahren. Sie wirkte noch kleiner und zerbrechlicher, wenn sie sich entschuldigte, denn dabei sackte sie sozusagen in sich zusammen. Olga empfand Zärtlichkeit für sie. Sie mochte Viola, denn sie war so lieb und freundlich. Vorsichtig war sie auch und wollte es allen recht machen. Olgas runde Bäckchen glühten vor Zuneigung.

»Keine Ahnung, was man alles einpacken muss«, sagte Viola mit schwacher Stimme, ehe sie Olga den Teller mit den Brötchen reichte. »Bettwäsche muss man aber nicht mitbringen, oder?«

»Bettwäsche!« Svea lächelte herablassend. »Wir wohnen im Hotel, nicht in der Jugendherberge.«

Viola errötete und wischte sich ein paar Krümel aus dem Mundwinkel.

»Stell dir vor, es wäre so ausgegangen wie bei der Frau, von der sie auf Ingas Fest erzählt haben. Wobei ich nicht glaube, dass die Geschichte wirklich stimmt«, fügte Olga rasch hinzu.

»Ich kann mich gar nicht mehr erinnern«, sagte Viola neugierig.

»Ach, das weiß du bestimmt noch, Viola!« Olga kicherte und fing an zu erzählen. »Eine ältere Frau aus

Kristianstad hatte eine Weltreise gewonnen und sollte einen Monat lang unterwegs sein. Den ganzen Monat trug sie ein Paket unter dem Arm, eingewickelt in braunes Packpapier und versehen mit einer Paketschnur. In der Wüste ritt sie auf Kamelen, sie kletterte Berge hinauf und stieg in tiefe Höhlen hinab. Die ganze Zeit hielt sie krampfhaft ihr Paket unter den Arm geklemmt, und die anderen Reiseteilnehmer wurden immer neugieriger, was wohl darin sein mochte, doch es wäre ihnen zu peinlich gewesen nachzufragen. Auf dem Heimweg konnte der Reiseleiter sich nicht mehr zurückhalten und erkundigte sich: ›Was tragen Sie eigentlich in Ihrem Paket herum?‹ Die Frau erklärte: ›Ach, das ist bloß meine Bettwäsche, denn ich werde auf dem Heimweg bei meiner Schwester in Lund übernachten.‹«

Die Freundinnen lachten so laut, dass Arvid in den Flur schlich und erstaunt ins Zimmer lugte.

»Also, ich kann mir kaum vorstellen, dass die Geschichte wahr ist«, sagte Svea und lachte weiter.

»Genau das habe ich doch eben gesagt«, meinte Olga ein wenig verschnupft, »dass ich nicht an den Wahrheitsgehalt der Geschichte glaube.«

»Was für ein Glück, dass wir keine Weltreise gewonnen haben«, sagte Viola und sah verstohlen zu Inez hinüber, die zustimmend nickte.

»Ja, bewahre!« Inez lachte erleichtert.

Viola nickte ihr freundlich zu, und auf einmal hatte sie den Eindruck, dass Inez' Blick warm und herzlich war. Mehrmals hatte Inez an diesem Abend wütend zu Svea hinübergestarrt, als diese zu laut geworden war, aber ansonsten hatte sie ungewohnt freundlich und optimistisch gewirkt. Und als die anderen meinten, sie würden ihre Einzelzimmerzuschläge natürlich selbst zahlen, hatte sie sogar richtig zufrieden ausgesehen.

Svea passt nicht zu uns anderen, dachte Inez. Immer frisch frisiert und mit einem so schreiend roten Lippenstift geschminkt, dass man ihn schon von Weitem sah. Dazu diese Pumps, in denen sie bei jedem Wetter herumtrippelte. Fast immer trug sie einen karierten Faltenrock, der vorn mit einer großen glänzenden Sicherheitsnadel zusammengehalten wurde. Aber hübsch war sie, daran bestand kein Zweifel, schlank und gut angezogen. Na ja, wir anderen sind auf unsere Art auch ganz gut angezogen, dachte Inez, und Lockenwickler benutzen wir auch. Aber mit Svea war es anders, sie spielte irgendwie in einer höheren Liga.

Viola war zufrieden mit dem Abend. Sie konnte ihre Fragen auf der Liste abhaken, und sie hatten sich in groben Zügen geeinigt, was sie an Kleidung mitnehmen würden. Jetzt fühlte sie sich ein bisschen sicherer. Das Einzige, was sie sich nicht zu fragen getraut hatte, war, ob man sich impfen lassen musste, um nach Deutschland zu reisen. Sie spürte selbst, dass die Frage dumm und unnötig war, aber sie würde sich sicherheitshalber bei Eskil erkundigen. Auf Reisen sollte man vorsichtig sein und sich nicht irgendwelches Ungemach einfangen. Einen Pass brauche man nicht, hatte Svea erzählt, aber man müsse eine schwedische Identitätskarte bei sich haben. »Ein aktueller Führerschein geht auch«, hatte sie ein wenig arrogant gesagt, und da hatte Viola gesehen, wie Inez den Mund verzogen und wie ihr scharfer Blick sich verdunkelt hatte. Nur Svea besaß nämlich einen Führerschein. Wobei das nicht ganz stimmte, denn auch Olga hatte einen, aber da sie seit dreißig Jahren nicht Auto gefahren war, hatte sie sich nie darum gekümmert, ihn zu erneuern.

»Ich begleite euch noch ein Stück«, sagte Viola, als die Freundinnen nach Hause gehen wollten. »Ich brauche frische Luft, um einschlafen zu können.«

Bei der ersten Abzweigung bogen Inez und Svea ab, während Viola und Olga weiterspazierten.

Olga hakte sich bei Viola ein.

»Siehst du den hell leuchtenden Stern dort oben, Viola?«

»Wo?« Viola blieb stehen.

»Dort, über Antonssons Bootshaus.« Olga zeigte in die Dunkelheit. »Den habe ich noch nie gesehen, glaube ich.«

»Keine Ahnung, ich finde, die sehen alle gleich aus«, antwortete Viola ehrlich.

»Frierst du? Dein Mantel wirkt ziemlich dünn«, sagte Olga und hielt Violas Arm ein wenig fester.

»Ist nicht so schlimm, aber klar, besonders warm ist er nicht.«

»Weißt du was, mir kommt es so vor, als würde dieser Stern heller scheinen als sonst«, meinte Olga.

»Kann schon sein, jetzt wo ich genauer hinsehe. Richtig schön ist der Sternenhimmel.«

»Und zugleich ein bisschen unheimlich. Manchmal habe ich Angst, dass die Erde aufhören könnte, sich zu drehen. Einfach stehenbleibt, ganz plötzlich. Dann würden wir ja ins Weltall hinausgeschleudert werden.«

»Wirklich?«, fragte Viola erschrocken.

»Manchmal sind Sachen so komisch, dass man gar nicht wagt, den Gedanken fertigzudenken. Dreh mal besser um, du solltest nicht so lange im Dunkeln herumlaufen.«

»Ich mag es aber, mit dir im Dunkeln herumzulaufen. Es ist gerade so ruhig und schön. Unglaublich, wie laut Svea heute wieder war.«

Olga lächelte in der Dunkelheit. Viola spürte ihre Wärme.

»Gute Nacht, Viola. Danke für den schönen Abend.« Olga ließ ihren Arm los, woraufhin Viola kehrtmachte und nach Hause ging.

Ob die Erde einfach aufhören könnte, sich zu drehen?, grübelte Viola und blickte sich noch einmal um. Sie sah Olga als kleine dunkle Silhouette. Ach, das kann doch nicht sein, dachte sie dann und beschleunigte ihre Schritte.

4. Kapitel

Am Morgen des vierten Dezember standen die gepackten Koffer bei den Mitgliedern des Nähkränzchens bereit. Es war ein blasser Wintertag, und das Gras glitzerte vor Raureif.

Der Bus würde die Reiseteilnehmer aus Österlen auf dem Hafenplatz in Simrishamn aufsammeln. Sveas Mann Ola wollte zum Bridgespielen, doch die anderen Ehemänner würden mitfahren und ihre Frauen verabschieden.

»Das ist ja gar keine richtige Fahrkarte, sondern nur ein ganz normales Blatt Papier«, sagte Viola vom Rücksitz.

»Und bald ist nicht mal mehr das Papier übrig, so wie du damit herumhantierst«, zog Arvid sie auf.

Als sie nach Simrishamn kamen, lag der Platz einsam und verlassen da.

»Die Abreise war doch heute, oder?«, sagte Inez und wühlte in der Tasche nach der Reisebestätigung.

»Jetzt seid ihr wirklich ein bisschen übernervös. Es dauert noch eine halbe Stunde, bis der Bus kommt. In der Zwischenzeit könnten wir glatt noch ins Hotel Svea gehen und frühstücken«, meinte Sigvard und grinste.

Die Abfahrtszeit hatte für lebhafte Diskussionen gesorgt. Svea war der Meinung, es sei viel zu früh, schon um Viertel nach acht in Brantevik aufzubrechen, wenn der Bus erst um neun Uhr abfahren sollte. »Die müssen doch sowieso warten, bis wir kommen«, hatte sie in ihrer überlegenen Art gesagt.

Zum Glück hatte es drei zu eins gestanden, und außerdem war Sveas Mann ja mit dem gemeinsamen Auto zum Bridgespielen gefahren. Also hatte Svea keine andere Wahl gehabt, als sich den anderen anzuschließen, wenn sie nicht ein Taxi bestellen wollte. Sie hatte ihre Meinung auf ihre eigene Weise kundgetan, indem sie nämlich nicht fertig gewesen war, als Gösta vor dem Haus hupte. Sie hatten mehrere Minuten warten müssen, ehe sie herausgekommen war. Inez dachte, dass sich ihre Befürchtungen vor der Reise schon jetzt bewahrheitet hatten, aber sie würde ihren Mund halten, das hatte sie sich geschworen.

Nach einer Weile kam noch ein Auto auf den Hafenplatz gefahren und lieferte ein älteres Paar mit Koffern ab.

»Gehören Sie zur Reisegruppe nach Deutschland?«, fragte der Mann.

»Die Hälfte von uns zumindest«, antwortete Gösta freundlich.

»Du vergisst doch nicht, den Herd auszuschalten?«, sagte Inez zu Gösta, als der große Bus auf den Platz bog.

Die Männer halfen ihren Frauen mit dem Gepäck. Viola hatte eine große rote Seidenschleife an den Griff ihres Koffers gebunden, um ihn leichter zu erkennen. Svea hatte die Nase gerümpft, als sie es sah, aber Viola wollte ihren Koffer unter keinen Umständen verwechseln, weil sie darin ihre Medizin aufbewahrte.

Der Fahrer lud die Gepäckstücke in den Bus, und die

Reiseleiterin Kerstin hakte die Namen der Passagiere auf ihrer Liste ab. Während der Bus in der Hamngatan verschwand, blieben die Männer noch eine Weile stehen und winkten, aber schon als der Bus den letzten Kreisverkehr in Simrishamn erreicht hatte, saßen sie bei Kaffee und Gebäck in Thulins Konditorei. Das hatten sie sich nach all der Aufregung wirklich verdient, fanden sie.

Viola tätschelte Olga vorsichtig die Hand.

»Wenn du willst, kannst du gern am Fenster sitzen ... Wenn du rausschauen willst, meine ich.«

»Ach, hier kennt man ja alles in- und auswendig. Vielleicht können wir später mal tauschen«, sagte Olga, während sie ihren Mantel aufhängte.

Viola schämte sich ein bisschen. Es war gar nicht ihre Art, sich vorzudrängeln, aber sie wollte so gern neben Olga sitzen. Inez hingegen musste mit dem Platz neben Svea vorliebnehmen, und ihr Unmut darüber war nicht zu übersehen.

Die Reiseleiterin hieß sie willkommen und berichtete, dass die letzten Passagiere in Malmö einsteigen würden. Danach werde es weitere Informationen über die Reise geben. Auf einmal klingelte das Handy des Busfahrers, und das folgende Gespräch wurde so laut geführt, dass Viola auf ihrem Platz in sich zusammenkroch. Nach dem Telefonat unterhielt sich der Busfahrer eifrig mit der Reiseleiterin. Sie gestikulierten, und Kerstin sah beinahe ängstlich aus, fand Viola. Sie spürte, wie die Angst sie packte.

Der Busfahrer schaltete das Mikrofon an. »Hallo,

ich heiße Stig und werde Sie zu Ihrem Reiseziel bringen. Wir müssen in Malmö den Bus wechseln, weil dieser hier mit einer anderen Reisegruppe Richtung Nordkap fährt. Der Bus, mit dem wir weiterreisen, ist nach einem kleinen Unfall leider ein wenig verspätet. Aber die Wartezeit wird nicht lang sein, und wir werden Sie auf dem Laufenden halten.«

»Das klingt ja gefährlich«, sagte die Reiseleiterin zu Stig. »Glaubst du, wir sollten uns bei der Polizei erkundigen? Man weiß ja nicht, wie es sich entwickelt, bis wir in Malmö ankommen.«

»Schalt das Mikro aus«, meinte Stig gereizt.

Viola sah ängstlich zu Olga hinüber. »Wäre es nicht am besten, wenn wir aussteigen?«

»Unsinn«, beruhigte Olga sie. »Wie würde das denn aussehen, wenn wir mitten auf der Landstraße mit unseren Koffern stünden. Mach dir keine Sorgen, die werden das schon regeln. ›Ein kleiner Unfall‹, hat der Busfahrer gesagt, da kann es nichts Schlimmes sein.«

Aber Viola kam es so vor, als bemerke sie eine gewisse Unruhe in Olgas Augen, und das machte sie noch ängstlicher.

»Sie wollen also sagen, dass wir in einem Bus weiterreisen müssen, der zwischen den Touren nicht gereinigt worden ist?« Svea hatte ihre laute und herrische Stimme erhoben. Sie hatte mit dem Handy telefoniert und nur Teile des erregten Gesprächs zwischen Stig und der Reiseleiterin mitbekommen.

Inez sah aus wie die Gestalt auf Edvard Munchs Gemälde »Der Schrei«, doch es kam kein Laut über ihre Lippen, kein einziger Laut.

Der Busfahrer fixierte Svea im Rückspiegel. »Natürlich werden wir rasch den Abfall beseitigen, ehe wir weiterfahren, aber leider können wir das Fahrzeug nicht gründlich reinigen, denn wir müssen schnell weiter. Sobald wir in Puttgarden die Fähre verlassen, ist nämlich schon Zeit für das vorbestellte Mittagessen. Aber ich werde selbstverständlich heute Abend den Bus putzen, wenn wir in Schwerin sind.«

»Sieh an, da hat sie sich gleich mal vorgestellt«, flüsterte Stig der Reiseleiterin Kerstin zu. »Die Urlaubssaboteurin. Haben wir genug Beschwerdeformulare? Wir brauchen vermutlich einen ganzen Block. Unglaublich, dass auf jeder Reise so eine Hexe dabei sein muss.«

»Entspann dich, Stig. Sie hat doch nur gefragt, ob der Bus gereinigt wird.«

»Ich fahre seit dreißig Jahren Reisebus, und ich durchschaue diese Leute von Anfang an. Aus diesem Mund werden nichts als Gemeinheiten kommen … Warte nur ab!«

»Immer dasselbe«, sagte Svea an Inez gewandt. »Ich werde mich beschweren. Wir müssen Schadenersatz fordern.«

Inez antwortete nicht, sondern starrte auf ihre Knie. Warum muss man gleich so einen Ton anschlagen?, dachte sie. Meine Güte, wenn auf der Straße was passiert ist, dann lässt sich das nicht ändern. Allerdings war die Vorstellung, bei dieser Kälte in Malmö herumzustehen und auf einen Bus zu warten, auch nicht angenehm. Nein, sie hätte einfach nicht mitfahren sollen. Inez war überzeugt, dass die Reise von Anfang bis Ende ein einziges Desaster werden würde.

Viola und Olga saßen schweigend da und sahen aus dem Fenster. Zwischendurch lächelten sie sich an oder zeigten auf irgendetwas, woran sie gerade vorbeifuhren.

Nach etwa fünfzig Kilometern, als sie die Hälfte der Strecke nach Malmö hinter sich gebracht hatten, begann Viola in ihrem Nylonbeutel herumzuwühlen. Erstaunt sah Olga ihr zu, wie sie eine Serviette auf ihrem Schoß ausbreitete und auch ihren drei Freundinnen großgeblümte Servietten reichte. Dann knisterte Viola mit einem in Alufolie eingewickelten Päckchen und servierte ihnen wenig später mit zufriedenem Gesichtsausdruck belegte Brote mit Aufschnitt und Gurke.

»Ach, Viola«, sagte Olga lachend. »Hast du Proviant mitgenommen?«

»Wenn man schon mal einen Ausflug macht, dann richtig«, meinte Viola fröhlich und nahm einen großen Bissen von ihrem Brot.

Svea sah mit Widerwillen auf ihr Sandwich und blickte sich peinlich berührt im Bus um, doch sie traute sich nicht, das Brot zurückzugeben.

»Und wo ist der Kaffee?«, fragte Inez lachend. Svea verzog den Mund.

»Die Thermoskanne wollte ich nicht mitschleppen«, erklärte Viola. »Ein bisschen Stachelbeersaft muss reichen. Ich habe ihn selbst eingekocht.«

»Die Brote sind richtig lecker«, sagte Olga anerkennend, während sie einen Becher mit Stachelbeersaft in Empfang nahm, den sie vorsichtig auf dem Schoß balancierte.

»Du hast wirklich ein Händchen für so was, Viola. Hast du auch Abendessen dabei?« Inez wischte sich mit der geblümten Serviette den Mund ab.

»Hier könnt ihr die Servietten und Plastikbecher reintun«, meinte Olga und warf ihren Abfall in eine kleine Plastiktüte, die das Busunternehmen an die äußeren Armlehnen gehängt hatte.

»Hier gibt es keine Mülltrennung«, sagte Inez fröhlich und steckte den Plastikbecher in die Tüte.

Svea kaute vorsichtig auf ihrem Sandwich herum und sah in die Landschaft hinaus. Sie hat sich nicht mal bei Viola für das leckere Brot bedankt, dachte Inez und lehnte sich zurück.

Der Busfahrer half den Fahrgästen mit dem Gepäck, als sie am Öresundterminal vor Malmö angekommen waren.

»Oje, sind das viele Busse!«, rief Viola entsetzt. »Das sind sicher über hundert.«

»Schau mal«, sagte Inez begeistert. »Der da fährt nach Polen und der da drüben sogar bis Paris.«

»Woher weißt du das denn?« Viola blinzelte zu den Bussen hinüber.

»Das steht doch auf den Schildern an der Frontscheibe. Man könnte denken, halb Schweden verreist ins Ausland.«

Alle standen schweigend neben ihrem Gepäck – nur Svea nicht, die ein Stück entfernt sichtlich aufgeregt ein Gespräch mit dem Busfahrer führte. Inez stellte sich zu Viola und Olga.

»Das fängt ja gut an«, sagte Inez grimmig.

»Ach, bisher ist doch nichts passiert, und die Busfahrt war richtig nett«, meinte Viola beruhigend.

Eine lange Karawane von Bussen fuhr vorüber. Viola träumte sich in längst vergangene Zeiten zurück, als die herbstlichen Rübentransporte über die Landstraße zur Zuckerfabrik in Köpingebro zogen. Sie glaubte beinahe den Duft wahrzunehmen und die lehmige Straße vor sich zu sehen.

Der Busfahrer entfernte sich ein paar Schritte von Svea und nahm ein Gespräch auf seinem Handy entgegen. Er sah besorgt aus.

»Der Bus kommt in zehn Minuten«, verkündete er dann.

Im selben Moment bogen ein Krankenwagen und ein Polizeiauto auf das Gelände.

Die Frauen griffen unruhig nach ihren Koffern, als ein Reisebus zu ihnen auf den Parkplatz fuhr. Sobald sich die Türen öffneten, quollen grölende Passagiere heraus. Im allgemeinen Tumult stürmten die Sanitäter mit einer Trage heran und bahnten sich einen Weg durch die Menschenansammlung.

»Du hast schon die ganze Reise darum gebeten«, sagte ein wütender Mann und begann auf einen anderen Passagier einzuschlagen, der nicht lange zögerte und mit einem Faustschlag in den Bauch konterte. Die Polizisten trennten die Streithähne. Im selben Moment kam ein angeheiterter Mann aus dem Bus, der stark aus der Nase blutete und von einer Frau gestützt wurde. Weitere betrunkene Passagiere liefen johlend um den Bus herum, während Stig sich besorgt mit dem anderen Fahrer unterhielt, der so aussah, als würde er gleich umkippen.

Viola hatte ihre Schultern so weit hochgezogen, dass ihr Kopf fast im Mantel verschwand, und sogar Olga sah entsetzt aus. Inez' Mund glich einem Strich, der sich an den Mundwinkeln nach unten bog.

»Glaubst du, die kommen von diesem Oktoberfest?«, fragte Inez.

»Herrje«, sagte Viola. »Ich weiß gar nicht, ob ich überhaupt weiterfahren möchte. Denn das ist ja wohl der Bus, den wir nehmen sollen, oder?«

»Ach, wir wollen doch gar nicht zum Oktoberfest«, tröstete Olga sie.

»Aber ich bin trotzdem unruhig. Geht es euch nicht so?«, fuhr Viola fort und wandte sich an Olga und Inez.

»Das Oktoberfest geht nur bis Anfang Oktober«, sagte Svea überheblich, als sie zu ihnen trat.

Die Sanitäter kamen mit einer Trage aus dem Bus, auf der ein Mann mit blutenden Wunden im Gesicht lag.

»Vielleicht hatte der Bus einen Unfall«, sagte Viola in der Hoffnung eine Erklärung zu finden.

»Hallo, Süße, ich bin Nicke. Kommst du mit zu mir nach Hause?«, lallte einer der Betrunkenen und klopfte Svea auf den Rücken.

»Schaffen Sie den weg«, zischte Svea den Busfahrer an. »Sonst verständige ich meinen Anwalt!«

»Dummerweise erinnerst du mich an meine tote Schwiegermutter, da wirst du den Abend leider ohne meine Gesellschaft verbringen müssen, kleines Fräulein«, fuhr Nicke fort. Er lehnte sich gegen Svea, um das Gleichgewicht zu halten. »Aber vielleicht findest du einen netten Rentner in deinem Alter. Wir machen uns jetzt auf in die Innenstadt. Komm, Johan, hier ist nichts zu holen. Wir nehmen ein Taxi.«

Svea klopfte den Mantel an der Stelle ab, wo Nicke sich angelehnt hatte, ging zur Reiseleiterin und begann ein empörtes Gespräch.

»Puh«, sagte Viola und sah zu Olga hinüber.

Nicke blieb stehen, als er Inez entdeckte. Er torkelte zu ihr, und sie hielt ihre Handtasche krampfhaft mit beiden Händen fest.

»Wollen Sie auf dem Markt Eier verkaufen, gute Frau?«, nuschelte er.

Inez starrte ihn wütend an.

»Oho, mit diesen Augen ist nicht zu spaßen«, meinte Nicke und wich ihrem Blick aus.

Die Reiseleiterin des anderen Busses versuchte die Passagiere zur Ordnung zu rufen und brachte sie zu den bereitstehenden Autos. Nicke und seinen Kumpel schob sie beiseite.

»Wir räumen nur kurz den Bus auf. Dann geht es weiter«, sagte Stig freundlich.

Bald brachten die Fahrer große schwarze Müllsäcke aus dem Bus, deren Inhalt laut klirrte. Kerstin und die andere Reiseleiterin folgten mit Plastiktüten, in denen man blutige Handtücher und Lappen erahnen konnte. Das war kein Anblick, den die Nähkränzchendamen erwartet hatten.

»Wo ist eigentlich Svea?«, fragte Olga.

»Dort.« Inez zeigte auf ein Grüppchen, darunter auch Svea, die auf eine gut angezogene Frau einredete und dabei wild gestikulierte.

Nach einer Weile klatschte Stig in die Hände.

»Die Reisegruppe zum Weihnachtsmarkt in Schwerin, bitte!«, sagte er munter. »Nehmen Sie Platz, die Türen werden geschlossen!«

»Und die Koffer?«, fragte eine kleine schüchterne Dame mit einem mageren und hohläugigen Mann an ihrer Seite.

»Natürlich!« Sofort öffnete Stig eine Luke an der Seite des Fahrzeugs und half ihnen, das Gepäck zu verstauen.

Im Bus roch es muffig, und der Gestank nach Alkohol lag noch immer in der Luft.

»Wollen wir ungefähr an derselben Stelle sitzen wie im letzten Bus?«, schlug Olga vor.

Viola antwortete nicht, sondern schlängelte sich gleich auf den entsprechenden Platz, den sie auch schon im letzten Bus gehabt hatte. Olga setzte sich neben sie.

»Hier ist Blut!«, rief Svea und stand voller Abscheu von ihrem Sitz auf. »Das sieht ja aus wie beim Blutbad von Stockholm. Meint ihr wirklich, dass wir hier sitzen sollten?«

»An meinem Platz ist kein Blut, und ich gedenke hier sitzenzubleiben«, sagte Inez entschlossen.

»Der Bus ist nicht voll, bitte suchen Sie sich einen anderen Platz«, rief Stig genervt und beobachtete Svea im Rückspiegel.

Kerstin stellte das Mikrofon an.

»Herzlich willkommen, und bitte entschuldigen Sie den turbulenten Beginn. Solche Reisen sind eigentlich immer sehr angenehm, und ich bin davon überzeugt, dass es keine weiteren Zwischenfälle geben wird. Wie Sie wissen, sind die Sicherheitsgurte obligatorisch, und ich möchte Sie bitten, sich anzuschnallen. Die Toilette befindet sich ganz hinten im Bus. Für unser aller Wohlbefinden sind wir dankbar, wenn Sie sich beim Besuch des WCs hinsetzen.«

Viola sah Olga mit großen Augen an.

»Diese Bitte war natürlich an die Herren unter Ihnen gerichtet«, fügte Kerstin schnell hinzu. »Wir werden jetzt über den Öresund fahren – und drunter durch«, kündigte sie scherzhaft an. »Wenn wir auf der anderen Seite angekommen sind, fahren wir noch ein Stück, bevor wir Kaffeepause machen. Die Überfahrt zwischen Rödby und Puttgarden dauert etwa eine Dreiviertelstunde. In der Zeit können Sie zollfrei einkaufen oder vielleicht ein kühles Bier genießen. In Deutschland werden wir in einem gemütlichen kleinen Restaurant Rast machen, wo das Mittagessen dann schon vorbestellt ist. Ich gebe eine Liste herum, auf der Sie ankreuzen können, was Sie essen möchten. Es gibt drei Alternativen: Wiener Schnitzel, Scholle oder Pasta. Das Mittagessen ist im Preis inbegriffen, die Getränke zahlen Sie vor Ort selbst. Noch einmal herzlich willkommen und eine gute Fahrt!«

»Stell dir vor, es gibt eine Toilette im Bus«, sagte Viola beeindruckt.

»Ein bisschen eng wird es da sein, aber es ist gut, dass es eine gibt«, meinte Olga. »Möchtest du ein Stück Schokolade?«

Aber Viola hörte ihr gar nicht zu. »Ich habe Angst vor der Brücke«, sagte sie plötzlich. Inzwischen befanden sie sich nämlich schon auf der Öresundbrücke, und sie war der Meinung, dass der Bus viel zu dicht am Rand fuhr. »Puh, ist das hoch!«

Olga antwortete nicht. Viola sah nach vorn zum Busfahrer und stellte fest, dass er an seinem Handy herumfingerte. Plötzlich kam es ihr so vor, als würde der Bus ausscheren und dann noch näher am Rand fahren.

»Achtung! So passen Sie doch auf!«, rief Viola mit hysterischer Stimme.

Der Bus schwankte ein weiteres Mal, und der Fahrer sah grinsend in den Rückspiegel. »Gut, ich werde mich jetzt auf die Straße konzentrieren.«

Svea bedachte Viola mit einem herablassenden Blick, und sogar Inez starrte sie verärgert an.

»Ach, das ist wirklich nicht schlimm. Ich bin schon zweimal über die Brücke gefahren«, sagte Olga tröstend. »Vielleicht willst du dir eine Zeitschrift ausleihen und darin lesen? Dann bekommst du nämlich nichts mit. Das habe ich beim ersten Mal auch gemacht.«

»Wirklich?«

Als sie weiter auf die Brücke hinausgefahren waren, blickte Viola verwundert auf das Wasser. »Schön sieht es aber aus, Olga.«

»Das habe ich ja schon gesagt, aber jetzt nimm lieber die Zeitschrift, gleich fahren wir in den Tunnel.«

Viola riss Olga förmlich die Zeitschrift aus den Händen und blätterte hektisch, während der Bus im Tunnel verschwand. Unglaublich, die lassen sich ja ständig scheiden, dachte Viola, als sie eine Reportage über die Popsängerin Charlotte Perrelli las. Ihre Augen wanderten zwischen dem Text und den Fotos hin und her.

»Sag Bescheid, wenn wir aus dem Tunnel wieder raus sind«, bat sie Olga nervös, ohne den Blick zu heben.

»Du bist ein verrücktes Huhn, Viola. Wir sind längst wieder draußen.«

Viola lachte erleichtert auf und las weiter.

Inez warf einen interessierten Blick zu den Freundinnen hinüber. Ein bisschen einsam fühlte sie sich schon, aber besser gar keine Sitznachbarin als Svea, tröstete sie sich.

»Ich setze mich eine Weile zu Inez, während du liest, ja?«, sagte Olga. »Sie tut mir leid, weil sie allein sitzt.«

»Aber da war doch Blut auf dem Sitz.«

»Ach, solange es nicht meins ist ...«

»Geht's dir gut, Inez?«, erkundigte sich Olga freundlich, als sie sich neben die Freundin gesetzt hatte.

»Der Beginn der Reise war schon ein bisschen heftig, aber jetzt geht's mir gut, wirklich.«

Inez reichte Olga eine kleine Schachtel mit Halspastillen.

»Emser Salz, die habe ich ja schon ewig nicht mehr gelutscht. Danke, die sind lecker. Solche hatte meine Mutter immer in ihrer Ausgehtasche.«

»Ach, hatte sie auch so eine Tasche?«, fragte Inez lachend. »Na ja, das war früher so. Ich glaube nicht, dass die jungen Frauen heutzutage so was haben. Was meinst du?«

»Nein, heute besitzen sie ja jede Menge Taschen, riesige Teile, die zu unterschiedlichsten Kleidungsstücken passen sollen. Das ist nicht ganz dasselbe, finde ich«, sagte Olga.

»Es war schon was Besonderes, wenn meine Mutter ihre Ausgehtasche hervorholte. Ich durfte immer hineinschauen, bevor sie losging, obwohl ich natürlich wusste, was drin war. Halspastillen, Portemonnaie, Kamm und ein sauberes Taschentuch. Und die Tasche hat immer so gut gerochen.«

»Heutzutage sind die Taschen vollgestopft bis obenhin. Handys, dicke Kalender, Schminksachen, Spiegel, Ersatzstrümpfe, Adressbücher und diese modernen Interdentalbürsten. Man könnte meinen, die Besitzerinnen wollten verreisen. Und dann diese unvermeidliche Wasserflasche, die sie mit sich herumschleppen. Ich kenne die Taschen meiner Schwiegertöchter, also weiß ich, wovon ich spreche.«

»Du hast sicher recht, Olga. Es gibt schon eine Menge Sachen von früher, die einem fehlen.«

Sie lutschten ihre Pastillen und lehnten sich in stillem Einverständnis gegen die Kopfstützen.

Olga gibt mir ein Gefühl von Sicherheit, dachte Inez. Sie muss gar nichts sagen, es reicht schon, wenn sie neben mir sitzt.

»Was sind Interdentalbürsten?«, fragte sie plötzlich.

»Das sind diese Dinger, zu denen einem die Zahnärzte immer raten. Fast wie Zahnstocher, nur eben eine Bürste.«

»Was es nicht alles gibt.«

5. Kapitel

In Dänemark schien die Sonne. Viola legte die Zeitschrift beiseite und sah aus dem Fenster. Sie begann sich wohlzufühlen und vergewisserte sich noch mal, dass die Reisebestätigung in der Tasche lag. Nach einer Weile hielt der Bus an einem Parkplatz mit Tischen und Bänken.

»Jetzt gibt es Kaffee«, sagte Stig ins Mikro. »Zehn Kronen ohne Musik und fünfzehn mit. Sie können auch Bier und Wasser kaufen.«

Sobald der Bus stand, eilten die Passagiere hinaus. Viola, Olga und Inez standen ziemlich weit vorn in der Kaffeeschlange.

»Was mag er mit ›Musik‹ gemeint haben?«, erkundigte sich Viola bei Olga. »Ich will doch meine Ruhe haben, wenn ich Kaffee trinke, keine lärmende Musik.«

»Ach, das ist nur so ein Witz«, meinte Olga kichernd. »Wenn man Kaffee mit Musik bestellt, dann kriegt man einen Schuss Whisky in den Kaffee.«

Inez und Viola sahen wie lebende Fragezeichen aus.

»Nehmt ruhig die Variante mit Musik. Das ist wirklich lecker«, versuchte Olga ihre Freundinnen zu überzeugen. Sie war stolz, dass sie so gut Bescheid wusste.

»Einmal Musik in Stereo«, sagte ein erwartungsvoller älterer Herr zum Busfahrer.

»Ein doppelter Whisky. Aber gerne«, meinte Stig und lachte.

Das Wetter war kühl und lud nicht gerade dazu ein, sich auf die Bänke zu setzen, aber immerhin konnte man die Becher auf den Tischen abstellen.

»Das ist wirklich gut«, sagte Viola, »aber stark.«

»Ja, und wie!«, sagte Inez und lachte. Die anderen beiden sahen sie erstaunt an. »Nicht gerade Himbeersaft.«

»Das hab ich doch gesagt«, meinte Olga lächelnd, und ihre runden Wangen glühten.

Svea stand ganz hinten in der Kaffeeschlange.

»Nehmen Sie schwedisches und dänisches Geld?«, erkundigte sie sich säuerlich.

»Ich nehme alles, nur keine deutsche Mark von vor dem Weltkrieg«, antwortete Stig.

Schon bald war die Stimmung richtig ausgelassen. Die Freundinnen hatten Gelegenheit, die anderen Passagiere genauer in Augenschein zu nehmen. Die meisten waren paarweise unterwegs, aber es gab auch einige allein reisende Frauen, doch nur ein einziger Mann schien ohne Begleitung zu sein. Svea hatte ihn gleich mit Beschlag belegt, und ihre sonst so durchdringende Stimme war warm und einschmeichelnd geworden.

»Das sieht ja fast aus wie eine Rentnerreise«, sagte Inez, als sie sich umschaute.

»Die jungen Leute fahren vermutlich lieber zum Oktoberfest«, erwiderte Olga.

»Puh«, sagte Viola und schauderte – ob beim Gedanken ans Oktoberfest oder wegen des hochprozentigen Getränks in ihrem Becher war schwer auszumachen.

»Ich bin Eva«, sagte eine ältere Dame, die die Gelegenheit nutzte, herumzugehen und sich vorzustellen. Ihr Händedruck war so fest, dass viele Passagiere beinahe aufjaulten, als sie sie mit Handschlag begrüßte.

»Die hat sicher kein Problem, Marmeladengläser zu öffnen.« Olga rieb sich die rechte Hand.

»Da hat man ja das Gefühl, als würde man sich die Hand in einer Wäschemangel einklemmen«, sagte Inez fröstelnd und leerte ihren Becher.

Ein gut gekleidetes älteres Paar, er in den Sechzigern und sie um die vierzig, standen ein Stück entfernt und schäkerten herum.

»Glaubt ihr, dass die miteinander verheiratet sind?«, fragte Viola halblaut.

Inez stieß sie in die Seite und sah sie scharf an. »Nicht mit nacktem Finger auf angezogene Leute zeigen.«

Verlegen nahm Viola die Hand herunter.

»Das ist bestimmt seine Geliebte«, sagte Olga amüsiert. »Männer verjüngen sich ja gern mal, wenn sie in die Jahre kommen. Da genügen wir alten Weiber einfach nicht mehr.«

»Wie du redest«, meinte Viola entsetzt und dachte an Arvid. Plötzlich hatte sie das Gefühl, als zöge eine dunkle Wolke vorbei.

»Sieh dir Svea an«, sagte Inez. »Sie spreizt sich wie ein Pfau vor diesem Mann. Hat er keine eigene Frau dabei?«

»Vielleicht ist er mitgefahren, um jemanden kennenzulernen. Er ist bestimmt Witwer.«

»Von wegen Witwer«, schnaubte Olga. »Das ist ein Schürzenjäger, das sieht man doch von Weitem. Na, da hat sie selber schuld.«

Als sie wieder in den Bus stiegen, setzte Svea sich nach vorn zu dem allein reisenden Mann.

Kaum näherten sie sich dem Fähranleger in Rödby, kroch die Unruhe wie ein Haufen Ameisen unter Violas Haut. Nicht nur ihre Hände juckten, sondern der ganze Körper.

»Meistens sind viele Busse an Bord«, sagte Kerstin, als sie in der Schlange an der Fähre hielten. »Eine Viertelstunde bevor wir anlegen, sollten Sie unten am Bus sein. Bitte merken Sie sich den Buchstaben des Treppenaufgangs, damit Sie später wieder zurückfinden. Wenn Sie nicht rechtzeitig im Bus sind, müssen wir ohne Sie an Land fahren.«

»Oje«, sagte Viola und kratzte sich die linke Hand.

»Es ist immer ein bisschen chaotisch, wenn man zum Bus zurückmuss«, sagte Olga. »Aber folg mir einfach, ich habe einen ganz guten Orientierungssinn.«

»Müssen all diese Autos und Laster und der Zug mit auf die Fähre?« Viola ließ ihren Blick über die langen Fahrzeugschlangen schweifen.

»Ja, und es ist unbegreiflich, wie die Fähre überhaupt noch schwimmen kann, aber es funktioniert«, sagte Olga tröstend und legte ihre Hand auf Violas.

»Wir müssen Inez und Svea Bescheid sagen, damit wir zusammenbleiben.« Viola sah zu den beiden hinüber, aber Svea saß vorne und las, und Inez hatte die Augen geschlossen.

»Das sind ja fürchterlich hohe Treppen«, meinte Viola, als sie auf dem Weg nach oben waren.

Inez stöhnte leise vor sich hin, während sie die Stufen hochkletterte. Immer wieder musste sie ihre Mütze zurechtschieben, die ihr übers Auge gerutscht war, und sie nahm sich vor, einen Gummizug einzunähen. Svea hatte angekündigt, im Shop zollfrei Parfüm einzukaufen, und Inez war dankbar, dass sie sich mit Viola und Olga zusammentun konnte.

»Was sind das nur für Schlangen an der Cafeteria«, meinte Olga seufzend.

Viola hielt sich krampfhaft an Inez' Mantelärmel fest. Ihr blieb die Luft weg, als sie von einem dicken Mann einen kräftigen Stoß in die Seite bekam.

»Passen Sie auf, Mensch!«, fuhr Inez ihn wütend an, denn auch sie hatte den Stoß gespürt.

»Bitte entschuldigen Sie, das war nicht ich, das war mein Bauch«, erwiderte der Däne lächelnd.

»Dann ziehen Sie ihn eben ein«, zischte Inez.

Olga zeigte auf drei freie Sitzplätze in der Nähe. »Es gibt ja ohnehin gleich Mittagessen, und wenn wir rechtzeitig am Bus sein wollen, wird es zu hektisch jetzt noch einen Kaffee zu trinken.«

»Ich bleibe hier«, sagte Viola entschlossen und setzte sich auf die Box, in der die Rettungswesten aufbewahrt wurden. Sie studierte die Anweisungen, bezweifelte aber, dass sie in der Lage sein würde, eine Weste anzulegen, falls die Fähre sinken sollte.

Was für ein Glück, dass Arvid mich nicht sieht, dachte sie. Er hatte sie mehrmals eingeladen, ihn in seinem Fischerboot zu begleiten, aber Viola hatte sich nie getraut, denn sie hatte große Angst vor dem mächtigen Meer. Sie mochte es nicht, wenn Arvid sich darüber lustig machte. Ihr fiel ein, wie sie eines Abends einen Spaziergang am Strand machen wollten und er gesagt hatte: »Um Gottes willen, vergiss bloß nicht, deine Schwimmweste überzuziehen, Viola, wenn wir so nahe am Meer gehen.«

»Was meinst du, worüber Viola gerade nachdenkt?« Inez rutschte auf dem unbequemen Plastikstuhl herum. »Sie lächelt über das ganze Gesicht.«

»Vielleicht ist es die Musik im Kaffee, die sie so froh macht.«

Die Fähre neigte sich leicht zur Seite, und Viola sah plötzlich wieder ernst aus. Man konnte doch jetzt nicht die Box mit den Rettungswesten öffnen, oder? Die anderen saßen ganz ruhig da, sahen sich um und wirkten vollkommen ungerührt. Sie blickte zu Inez und Olga, die ihr fröhlich zuwinkten.

Es ist keine Kunst, mutig zu sein, wenn man keine Angst hat, dachte Viola. Diesen Satz hatte sie irgendwo gelesen, und sie fand ihn sehr zutreffend. Er hätte glatt von ihr sein können.

Das Restaurant in Deutschland war wirklich nett, genau wie die Reiseleiterin es versprochen hatte. Es war aufregend, im Ausland zu sein, wo man von lauter Schildern mit deutschen Wörtern umgeben war. Svea hatte sich neben ihren neuen Bekannten gesetzt, während die anderen Freundinnen an einem Tisch zusammensaßen. Sie hatten sich alle drei für Wiener Schnitzel und ein Glas roten Hauswein entschieden, denn der kostete kaum mehr als Bier oder Wasser. Sie hatten auch die Gelegenheit beim Schopf ergriffen, auf die Toilette zu gehen. Die im Bus wollten sie nur im äußersten Notfall benutzen.

»Ist die künstlich?«, fragte Inez und betastete die Topfblume vor ihnen auf dem Tisch.

»Bei dieser Schummerbeleuchtung können echte Pflanzen gar nicht überleben«, meinte Olga vernünftig, kniff aber dennoch vorsichtig in die Pflanze, um sich zu vergewissern.

Viola sah sich neugierig im Restaurant um.

»Schaut euch mal diesen kleinen Jungen an«, flüsterte sie ihren Freundinnen zu. »Er ist höchstens vier und kann schon Deutsch. Ich glaube jedenfalls, es ist Deutsch, denn Schwedisch ist es nicht.«

»Der ist bestimmt hier geboren, du Witzbold«, meinte Olga lachend.

»Ja, und?« Violas Stirn legte sich in tiefe Falten, und sie sah noch einmal zu dem Jungen hinüber.

»Ist hier noch frei?«, fragte der Mann in den Sechzigern, der vorhin mit der jüngeren Frau geschäkert hatte.
»Natürlich«, antwortete Viola und nahm ihre Tasche vom Nachbarstuhl.

»Jetzt freue ich mich aufs Essen.« Die jüngere Frau sah begierig auf den Salat und das Brot, die schon auf dem Tisch standen.

Die Freundinnen erfuhren, dass sie Christina hieß und der Mann John. Die beiden waren richtig nett, fanden sie. John erzählte, dass er Witwer sei, und Olga sah Viola mit einem »Hab ich's nicht gesagt?«-Blick an.

Als die Wiener Schnitzel aufgetragen wurden, drehte Viola ihr Fleischstück auf dem Teller, als wisse sie nicht so recht, an welchem Ende sie es anschneiden sollte.

»Das Schnitzel ist ja so groß wie ein Scheunentor!«, bemerkte sie lachend, und die anderen stimmten ein.

6. *Kapitel*

»Guck mal, es hat angefangen zu schneien«, sagte Olga fröhlich, als sie wieder im Bus saßen.

»Dann wird es ja ein richtiger Weihnachtsmarkt.« Viola gähnte, denn Whisky und Wein taten ihre Wirkung.

Die Fahrt über die Autobahn machte schläfrig, und Stig hatte Weihnachtsmusik eingelegt, die gedämpft über die Lautsprecher zu hören war. Viola schlief als Erste ein, und Olga betrachtete sie zärtlich, ehe auch ihr die Augen zufielen und ihr Kopf zur Seite kippte. Inez saß mit durchgestrecktem Rücken da und starrte nach draußen in die deutsche Dunkelheit. Große Schneeflocken schwebten herab, und die Scheibenwischer glitten gleichmäßig über die Fenster.

»Und jetzt, meine Damen und Herren, nähern wir uns allmählich unserem Reiseziel«, sagte Kerstin. »Wenn wir am Hotel sind, bitte ich Sie, noch im Bus sitzen zu bleiben, während ich die Zimmerschlüssel hole und verteile. In der Hotellobby gibt es eine Pinnwand, an der ich Informationen zum Tagesablauf und Hinweise zu den Ausflügen anbringen werde.«

Der Bus hielt bald darauf, und Kerstin stieg aus.

»Das sieht ja schön aus«, meinte Olga, während sie zum Hotel hinübersah.

»Und groß. Guck mal, was für hübsche Laternen es hier gibt«, sagte Viola hingerissen.

Kerstin kam mit kleinen Umschlägen zurück, auf denen die Namen und die Zimmernummern der Passagiere standen.

»Diejenigen, die sich für das Abendessen in Schwerin angemeldet haben, sollten bitte um Viertel nach sieben wieder im Bus sein«, meinte Kerstin, während sie die Umschläge verteilte.

»Habt ihr Schlüssel bekommen?«, fragte Inez besorgt und wandte sich über den Mittelgang hinweg an die anderen, nachdem sie ihren eigenen Umschlag geöffnet hatte.

»Ich habe nur eine Karte gekriegt«, antwortete Viola.

»Die funktioniert aber wie ein Schlüssel«, erklärte Olga und gähnte. »Meine Beine fühlen sich so dick an wie Telefonmasten«, fuhr sie fort. »Ich freu mich schon drauf, die Schuhe auszuziehen, wobei ich sie hinterher wahrscheinlich nicht mehr anbekomme.«

Die Reiseteilnehmer drängten aus dem Bus und warteten ungeduldig, während Stig das Gepäck auslud. Viola freute sich, dass sie die rote Schleife am Griff befestigt hatte, denn es gab mehrere Koffer, die genauso aussahen wie ihrer.

»Geht es euch gut?«, fragte Svea und lief an ihren Freundinnen vorbei, ohne eine Antwort abzuwarten.

Dann zog sie ihr Handy aus der Tasche und tippte planlos darauf herum, während sie durch die Drehtür des Hotels rauschte.

Die vier Freundinnen hatten vier Zimmer nebeneinander bekommen. Bevor Inez, Viola und Olga hinaufgingen, sahen sie, wie Svea sich mit dem allein reisenden Mann in die Bar setzte. Erik hieß er, wie sie mittlerweile erfahren hatten.

»Rosa Hemd und Goldkettchen«, meinte Inez abfällig. »Dabei hat Svea sich doch immer etwas auf ihren guten Geschmack eingebildet.«

»Aber Ola ist doch nett, oder?«, sagte Olga.

»Ola schon, der ist in Ordnung. Hoffentlich macht Svea jetzt keine Dummheiten.«

Als sie vor ihren Zimmertüren standen, wendete Viola ihre Schlüsselkarte hin und her. Dann steckte sie sie vorsichtig in den Schlitz und versuchte sie zu drehen.

»NEIN! NEIN! Die bricht gleich durch, du verrücktes Huhn!«, schrie Olga so laut, dass Viola zusammenzuckte. »Du musst sie einfach hineinschieben, so.«

Es klickte, und Olga öffnete Violas Zimmertür.

»Unglaublich... Und das mit einer Karte. Aber sie passt hoffentlich nicht zu allen Türen im Hotel?«, fragte Viola erschrocken.

»Nein, Olga, oder?«, mischte sich Inez ein.

Erst nachdem Olga ihnen versichert hatte, dass jede Karte nur für ein Zimmer passte, verabredeten die drei, sich eine Stunde später bei Viola zu treffen, um gemeinsam wieder zum Bus zu gehen. Dann betraten sie ihre Zimmer. Das Abendessen wollten sie auf gar keinen Fall verpassen, ebenso wenig wie einen ersten Blick auf den Weihnachtsmarkt.

Viola sah sich erst einmal in ihrem Zimmer um. Es war dunkel, aber durch den Laternenschein von draußen konnte sie ein paar Details erkennen. Sie versuchte die Lampen anzuschalten, erst die an der Decke, dann die kleine Tischlampe und schließlich die Leselampe. Doch das Licht funktionierte nicht. Konnten denn alle Glühbirnen auf einmal kaputt gegangen sein?

Im Flur fiel Violas Blick auf eine Bekanntmachung. Ihr Mut sank, als sie sah, dass die Information nur auf Deutsch und Englisch verfasst war. Doch dann erkannte sie auf einer Abbildung die Schlüsselkarte und einen Pfeil, der auf eine kleine Box an der Wand zeigte. Unsicher steckte sie die Karte in das entsprechende Kästchen in ihrem Zimmer, woraufhin die komplette Beleuchtung anging. Viola klatschte stolz in die Hände und schloss die Tür hinter sich. So was sollten wir auch zu Hause haben, dachte sie. Einfach die Karte aus dem Schlitz ziehen, und schon gehen alle Lampen aus. Dann müsste man nicht ständig kontrollieren, ob alles ausgeschaltet ist.

Zufrieden begutachtete sie das Zimmer. Es war wirklich hübsch. Ein Doppelbett! Aber sie hatte doch ein Einzelzimmer bestellt. Ob hier noch jemand schlafen sollte? Viola beschloss, abends noch mal die Reiseleiterin zu fragen, damit nicht irgendetwas schiefging. Sie schnappte nach Luft, als sie die Badezimmertür öffnete.

»Mein Gott!«, rief sie. Der Raum war fast so groß wie die Schlafzimmer bei ihr zu Hause.

Die Badezimmerbeleuchtung war so stark, dass sie blinzeln musste. Weißer Boden, weiße Fliesen, weiße Handtücher. Trotz der Größe des Raums gab es keine Badewanne, sondern nur eine Duschecke, wie Eskil und Kerstin sie in ihrem Haus hatten. Auf einmal erklang ein intensives Brummen, und Viola klammerte sich erschrocken an das Waschbecken. Es war so laut wie ein Sägewerk. Sie blieb eine Weile stehen. Sobald sie die Lampe ausschaltete, verstummte auch das Brummen.

Viola beschloss, rasch zu duschen und dann die neue grüne Bluse aus Kunstseide mit der Schleife am Hals und dazu den braunen Faltenrock anzuziehen. Der war zwar nicht neu, sie hatte ihn aber bisher kaum getragen, und er passte gut zur Bluse. Schnell packte sie den Koffer aus und schlich zurück ins Bad. Es gab eine Fußbodenheizung, und sie hatte das Gefühl, als würden sich ihre müden weißen Füße am warmen Fliesenboden festsaugen. Sie streifte die Duschkappe über, stieg vorsichtig in die Dusche und zog den weißen Vorhang zu.

Viola hatte ein einfaches Seifenstück mitgebracht, doch an der Wand hing ein Behälter mit Flüssigseife. Während sie den Hahn aufdrehte, entnahm sie Seife aus dem Spender. Aus dem Hahn lief reichlich Wasser, doch aus dem Duschkopf kam kein einziger Tropfen. Sie drehte und drückte alle Griffe und Knöpfe, doch ohne Resultat. Nun ja, ein Resultat gab es natürlich: Das Wasser, das aus dem Hahn lief, war abwechselnd eiskalt und kochend heiß. Am Ende gelang es ihr immerhin, die richtige Temperatur einzustellen, und sie musste sich damit begnügen, den eingeseiften Körper unter dem Wasserhahn abzuwaschen, was nicht ganz einfach war.

Hinterher stand sie vor dem großen Spiegel. Du siehst ja schrecklich aus, dachte sie, während sie ihren mageren, etwas gebeugten Körper betrachtete. So schlimm war ihr Spiegelbild zu Hause aber nicht. Jede Falte im Gesicht schien sich vertieft zu haben, und das kleine Muttermal über der einen Brust sah aus wie ein schwarzes Auge, das sie anstarrte.

Eilig griff sie nach dem Duschhandtuch und wickelte sich darin ein. Sie vermisste ihr blau geblümtes Frotteetuch. Hier war alles weiß, sogar die Bettwäsche. Natürlich war das Hotel schön, aber man hätte ruhig ein paar Pflanzen auf die Fensterbänke und einige Ziergegenstände hinstellen können, fand sie. Als sie sich angezogen hatte, warf sie einen Blick in den Spiegel draußen im Zimmer. Darin fand sie sich ganz annehmbar. Die grüne Bluse verlieh ihr ein bisschen Farbe, und sie war zufrieden mit dem Anblick. Zum Glück gibt es Kleider, die das ganze Elend verstecken, dachte sie. In diesem Moment klopfte es an der Tür. Sie ließ die beiden Freundinnen herein.

»Setzt euch doch«, sagte Viola freundlich. »Der Bus fährt erst in einer halben Stunde.«

»Unglaublich, wir sind zu einem Weihnachtsmarkt nach Deutschland gefahren«, sagte Inez aufgedreht.

»Habt ihr geschafft zu duschen?«, erkundigte sich Viola.

»Na ja, was heißt duschen«, meinte Inez. »Bei mir kam kein Wasser aus dem Duschkopf, sondern nur aus dem Wasserhahn.«

»Bei mir auch«, meinte Viola und kicherte. »Und bei dir, Olga?«

»Ich habe gelernt, wie diese Duschen funktionieren, als Sigvard und ich mal im Hotel Gothia in Göteborg übernachtet haben. Unsere Jungs hatten uns zur goldenen Hochzeit eine Reise nach Göteborg geschenkt.«

»Gelernt?« Inez sah sie fragend an.

»Man kommt nicht ohne Weiteres drauf, aber Sigvard hat es schließlich hingekriegt. Los, ich zeige es euch.« Sobald Olga das Licht im Bad angeschaltet hatte, fing das Brummen wieder an. »Die Lüftung klingt ja schrecklich, schlimmer als ein Mähdrescher.«

Bald standen die drei vor der Duschwanne. Olga zeigte den Freundinnen einen kleinen Ring, den man hochziehen musste, wenn man von Wasserhahn zu Duschkopf wechseln wollte. Sie drehte den Hahn auf, zog am Ring, und schon rauschte das Wasser so heftig aus der Dusche, dass Viola schnell zurücktreten musste, um keine nassen Schuhe zu bekommen.

»Nicht zu fassen«, meinte Inez seufzend. »Es könnte wenigstens eine Gebrauchsanweisung an der Wand hängen.«

»Ich finde es irgendwie verkehrt, dass wir Svea nicht gefragt haben, ob sie heute Abend mitkommen will«, sagte Viola plötzlich und betrachtete sich im Badezimmerspiegel.

»Ach, sie hat sich ja selbst zurückgezogen. Die hat doch ohnehin nur Interesse an diesem Kerl mit dem Goldkettchen«, sagte Inez abfällig.

»Christina und John sind aber ganz nett, oder?« Viola strich mit der Hand über ihren Rock.

»Doch. So ein sympathischer Mann, und ausgerechnet der verliert seine Frau. Natürlich ist es schön für ihn, dass er eine Neue kennengelernt hat, aber es hätte ja eine im passenden Alter sein können«, meinte Inez.

»Wo die Liebe hinfällt. Ich finde es schlimmer, wenn es umgekehrt ist«, sagte Viola vorsichtig.

»Wie umgekehrt?« Inez fuhr sich mit der Hand durchs dünne Haar.

»Wenn die Frau älter ist als der Mann, meine ich.«

»Wo die Liebe hinfällt, hast du eben selbst gesagt. Das gilt doch umgekehrt genauso.«

»Ach, egal, die beiden wirken jedenfalls glücklich miteinander, und das freut mich«, meinte Viola. »Wichtig ist doch nur, dass man glücklich ist. Ob der eine nun ein paar Jahre jünger oder älter ist, spielt doch keine Rolle.«

»Da hast du recht«, stimmte Inez zu.

Die drei Freundinnen stiegen als Erste in den Bus. Stig und Kerstin waren nett und zuvorkommend wie immer. Sie hatten alles gut organisiert und hakten die Namen auf ihrer Liste ab. Als alle Platz genommen hatten, griff Kerstin zum Mikrofon.

»Herzlich willkommen. Sind alle da?«

»Svea ist noch nicht gekommen«, rief Olga.

»Svea und Erik haben sich gar nicht zum Abendessen angemeldet.«

»Da seht ihr mal«, sagte Inez. »Sie hat eine interessantere Reisebegleitung gefunden. Wenn Ola das wüsste!«

»Sie sind doch einfach nur Freunde«, sagte Olga beschwichtigend. »Vielleicht kannte sie ihn ja schon von früher?«

Inez verzog den Mund.

Da Svea nicht mitgekommen war, suchten sich die Freundinnen einen Platz in der letzten Reihe, damit sie alle nebeneinandersitzen konnten.

»Diese grüne Bluse habe ich noch nie an dir gesehen«, sagte Inez.

»Die ist auch neu. Ich habe sie letzten Herbst im

Schlussverkauf erstanden, aber ich trage sie heute zum ersten Mal.«

»Die Farbe steht dir«, fuhr Inez fort. »Und stell dir vor, ich wollte mir immer schon eine Bluse mit Schleife am Hals zulegen.«

»Vielleicht finden wir hier in Deutschland etwas Passendes für dich«, sagte Olga aufmunternd.

»Hoffentlich bindet man deutsche Schleifen so wie schwedische«, meinte Inez und kicherte. »Sonst kriege ich sie womöglich nicht mehr auf. Ich schaffe es ja nicht mal, Gösta bei seinem Schlipsknoten zu helfen. Ich drehe seine Krawatte hin und her und knote wild herum. Einmal war der Schlips hinterher so zerknittert, dass ich ihn bügeln musste.«

Olga und Viola nickten. Das kannten sie nur zu gut.

Die Innenstadt von Schwerin lag eine halbe Stunde vom Hotel entfernt. Die drei blickten schweigend aus dem Fenster. Der Schnee war geschmolzen, und die Temperatur lag um den Gefrierpunkt. Als der Bus ins Zentrum rollte, griff Kerstin erneut zum Mikro.

»Rechter Hand sehen Sie das wunderschön erleuchtete Märchenschloss von Schwerin. Wer will, kann morgen an einer Führung teilnehmen.«

Neunundreißig Gesichter drehten sich nach rechts, und ein »Oooh!« erklang.

»Linker Hand«, sagte Kerstin, »sehen Sie ein Haus, das ganz besonders schön weihnachtlich geschmückt ist.«

Neunundreißig Gesichter drehten sich nach links, und wieder erklang ein »Oooh!«.

Olga konnte sich ein Kichern nicht verkneifen. Es sah

einfach zu albern aus. Wenn Kerstin behauptet hätte, es gäbe ein schönes Gemälde an der Decke des Busses, dann wären sicher alle Blicke dorthin gewandert. Wir sind wie eine Schafherde, dachte Olga, während Kerstin wieder das Wort ergriff.

»Das Essen ist vorbestellt, aber nicht im Preis Ihrer Reise enthalten. Getränke bestellen Sie bitte selbst nach Belieben. Nach dem Essen können Sie auf eigene Faust auf dem Weihnachtsmarkt herumschlendern, bevor wir uns um halb elf wieder am Bus treffen. Wir stehen auf dem großen Parkplatz am Lidl, Sie werden den Bus bestimmt leicht finden.«

»Oje«, sagte Viola. »Stellt euch vor, wir verlaufen uns und verpassen den Bus! Wir müssen die ganze Zeit zusammenbleiben ...«

»Wir gehen gemeinsam zum Restaurant, und ich hoffe, Sie verbringen einen netten Abend. Bitte achten Sie gut auf Ihre Handtaschen. Es sind viele Leute unterwegs, man kann nie vorsichtig genug sein«, beendete Kerstin ihre Ausführungen.

Die Straßen waren weihnachtlich herausgeputzt, die glitzernden Girlanden und Lichter schaukelten sacht. Kerstin und Stig gingen voran, und die Reiseleiterin hielt ein Schild hoch, auf dem »Weihnachtsmarkt in Schwerin« stand. Das muss für andere Besucher ziemlich blöd aussehen, dachte Inez. Die Passanten auf der Straße wussten schließlich, dass sie sich auf einem Weihnachtsmarkt befanden.

Verführerische Düfte von Bratwurst und frisch gebackenen Waffeln stiegen den Freundinnen in die Nase, und sie schauten sich mit großen Augen alles an, was es zu sehen gab. Da sie zu dritt Arm in Arm gingen, fingen sie sich hier und da genervte Blicke ein. Klänge von Straßenmusik lagen über dem Weihnachtsmarkt.

»Wie hübsch es hier ist. So viele Lampen und Girlanden. In der Weihnachtszeit würde ich am liebsten in jeden Baum im Garten eine Lichterkette hängen«, sagte Viola wehmütig. »›Aber jetzt kommt mir wirklich keine einzige verdammte Lampe mehr ins Haus‹, hat Arvid letztes Jahr gesagt, als er mit den ganzen Kabeln von der Weihnachtsbeleuchtung dastand. ›Du hättest einen Elektriker heiraten sollen, Viola.‹«

»Kerle verstehen einfach nichts von Adventssternen und festlicher Beleuchtung. Hauptsache, sie kriegen ihren Rotkohl und ihren Weihnachtsschinken, dann sind sie zufrieden.«

»Stellt euch vor, es ist Dezember, und die Leute sitzen draußen. Seht mal, sie haben irgendwas Heißes in ihren Bechern.«

»Das ist Glühwein«, sagte die Begleiterin des mageren und hohläugigen kleinen Mannes, die offenbar ihr Gespräch verfolgt hatte. »Der wärmt gut durch«, fuhr sie lächelnd fort. »Beinahe wie unser Glögg, aber natürlich ist er nicht ganz so lecker.« Auch der kleine Mann lächelte, und als er die Mundwinkel hochzog, sah es so aus, als würde die trockene Haut nicht ganz für das magere Gesicht ausreichen, aus dem die Wangenknochen wie zwei Beulen hervorstanden.

»Den müssen wir nachher mal probieren«, sagte Olga fröhlich.

»Seht mal dort!«, rief Inez begeistert. »Ein Riesenrad! Meine Güte, ist das hoch … und so hübsch mit den bunten Lichtern. Aber da trauen wir uns nicht rauf, oder?«

Das kleine Restaurant war gemütlich, und sie wurden freundlich empfangen. Im Nebenraum, in den sie geführt wurden, stand ein langer gedeckter Tisch mit Kerzen in großen Kandelabern. Das Essen war ausgezeichnet, aber Viola konnte sich nicht recht entspannen, weil sie die ganze Zeit darüber nachgrübelte, wie sie später zum Bus zurückfinden sollten. Die Freundinnen tranken je zwei Gläser Wein zum Essen. Er sei so rot und vollmundig wie der Abendmahlswein zu Hause in der Kirche, meinte Inez, aber natürlich nicht gratis.

7. Kapitel

Und dann befanden sich die drei Freundinnen aus Simrishamn mitten in einer deutschen Menschenmenge. Erst standen sie einfach nur schweigend da, als wollten sie sich orientieren, dann begannen sie vorsichtig die kleine Straße entlangzugehen, die von Menschen nur so wimmelte.

»Schau mal, was für schöne Engel, die leuchten ja sogar von innen. Und die Strohsterne erst. Bestimmt Handarbeit.« Die Freundinnen drängelten sich vor den Ständen und nahmen alles in sich auf, was sie sahen.

»Wollen wir einen Becher von diesem Getränk da probieren, das so ähnlich wie Glögg schmeckt?«, schlug Olga vor.

Viola wühlte in ihrer Handtasche nach ihren Geldbörsen. Sie hatte nämlich nicht nur eine mit schwedischem Geld dabei, sondern auch noch eine mit dänischen Kronen, falls man dort einen längeren Aufenthalt hätte, und natürlich eine mit Euros. Ein bisschen unsicher fühlte sie sich schon, als sie vortrat und auf einen Becher zeigte, während sie den Mann am Glühweinstand freundlich anlächelte. Er fragte etwas, doch keine der drei verstand ihn. Dann zeigte er auf den Becher und anschließend auf das Schild mit den Preisen. In diesem Moment kam Eva von ihrer Reisegruppe vorbei und erklärte, dass der Glühwein fünf Euro koste, wenn man den Becher behalten wolle. Wenn man ihn wieder zurückgebe, bekomme man die Hälfte des Geldes zurück, denn das sei das Pfand.

»Ich will den Becher behalten!«, rief Viola eifrig. »Ihr doch sicher auch, oder?«, fragte sie Olga und Inez.

Die Freundinnen nickten, und Eva half ihnen beim Bestellen. Dann setzte sie sich dazu und unterhielt sich mit ihnen. Viola steckte ihre Hand lieber in die Manteltasche, denn sie erinnerte sich an Evas kräftigen Händedruck von vorhin.

»Unglaublich, da sitzt man mitten im Winter draußen auf alten Fässern und trinkt so was hier«, sagte Inez fröhlich und hob den Becher.

»Bequem sind die Fässer ja nicht gerade, aber dekorativ«, meinte Olga, rutschte hin und her und zog den Mantel enger um sich. »Solche Fässer hatten wir früher in meinem Elternhaus«, fuhr sie fort. »Meine Mutter brauchte sie zum Einsalzen von Heringen.«

»Ja, früher musste man ganz schön schuften«, sagte Eva. »Heutzutage gibt es Gefrierschränke und Tupperdosen. Aber jetzt will ich weiter und mir ein bisschen was gönnen. Bald ist wieder Kragenwenden angesagt.«

»Kragenwenden? Was meinst du damit?« Inez stellte den Becher ab.

»Ich bin ledig. Und zwar aus eigenem Entschluss«, fügte sie schnell hinzu. »Ich habe keine Lust, den Rest meines Lebens einen Kerl zu versorgen.«

»Und stattdessen wendest du Kragen?« Olga runzelte die Stirn.

»Das hab ich mir nicht ausgesucht, aber ich habe einen reichen, aber geizigen alten Onkel. Unverheiratet und kinderlos, und ich verstehe nicht, warum er alles aufhebt und sich nie etwas Neues kauft.«

»Aber was hat das mit den Kragen zu tun?«, fragte Olga ratlos.

»Mein Onkel besucht mich jedes Jahr zu Weihnachten. Dann bringt er immer seine Oberhemden mit, deren Kragen im Lauf des Jahres verschlissen sind. Ihr wisst schon, wenn der Rand so ausgefranst ist.«

Die Freundinnen nickten zustimmend.

»Warum bringt er denn seine alten Oberhemden mit?«, wollte Viola wissen.

»Er ist einfach zu geizig, sich neue zu kaufen, und deshalb will er, dass ich die Kragen abtrenne, wende und andersherum wieder annähe, damit sie ein weiteres Jahr reichen. Ein verflixtes Gefummel. Der Mann ist so knauserig, dass er sicher weint, wenn er auf die Toilette geht.« Als sie die verständnislosen Blicke der drei sah, fügte sie hinzu: »Na ja, ich meine, auf dem Klo muss er ja was von sich zurücklassen.«

»Das würde ich niemals tun. Also, Hemdenkragen wenden«, sagte Inez empört.

»Wenn man einmal damit angefangen hat, kann man schlecht wieder aufhören. Ich weiß also, was ich über Weihnachten tun muss.« Eva stand auf und reckte die Arme, bis die Gelenke knackten. »Aber eines Tages bekomme ich meine Belohnung. Ich bin Alleinerbin.« Sie sah zufrieden aus.

»Aber stell dir vor, er vererbt sein Geld per Testament an irgendeine Hilfsorganisation?«, gab Viola zu bedenken.

»*Ich* bin Ivars Hilfsorganisation. Ich war immer für

ihn da. Passt bloß auf, dass ihr euch keine Blasenentzündung holt, Mädels. Danke für die nette Gesellschaft.« Wie um ihre Aussage zu unterstreichen, schlug sie mit der Faust auf ein Fass, und Viola hielt erschrocken ihren Becher fest. Dann hängte Eva sich ihre Tasche um und ging mit raschen Schritten die Straße hinunter.

»Warum hat sie uns das alles erzählt, einfach so? Sie ist schon ein bisschen merkwürdig, aber ganz nett. Was meint ihr?«, fragte Inez. »Haben wir es gut, dass wir keine Hemdenkragen wenden müssen! Lieber sticken wir Kreuzstiche.«

Nachdem sie ausgetrunken hatten, war es Inez ein bisschen peinlich, den leeren Becher einzustecken. »Stell dir vor, die Leute denken, wir würden die Becher stehlen«, meinte sie.

»Ach Quatsch, wir haben doch bezahlt«, sagte Olga entschlossen und schob ihren Becher in eine kleine Plastiktüte, die sie immer in ihrer Handtasche mit sich trug.

Viola betrachtete ihren Becher und dann ihre Tasche. Es kam ihr auch komisch vor, den Becher einfach einzustecken. Deshalb beschloss sie, die Sache ganz offen zu handhaben. Freundlich nickend streckte sie dem Glühweinverkäufer den Becher hin und wollte ihn dann in die Handtasche stecken, während der Verkäufer zusah. Doch ehe sie sichs versah, hatte der Mann den Becher ein weiteres Mal mit Glühwein gefüllt. Lächelnd wartete er auf die Bezahlung.

»Viola, willst du wirklich noch mehr? Vergiss nicht, dass das Zeug eine Menge Alkohol enthält«, sagte Inez erstaunt. »Außerdem müssen wir bald zum Bus zurück.«

»Ich wollte ihm doch nur den Becher zeigen, damit er sieht, dass ich ihn in meine Handtasche stecke«, sagte Viola unglücklich. »Jetzt müsst ihr mir helfen.« Sie zahlte und ließ anschließend ihren Becher herumgehen. Die Freundinnen schlürften leicht gestresst den Glühwein. Als der Becher leer war, zog Viola ein Papiertaschentuch aus ihrer Handtasche, umwickelte ihn und steckte ihn ein, während Inez ständig auf die Uhr sah.

»Wir sollten allmählich zum Bus gehen«, sagte sie.

»Gebrannte Mandeln!«, rief Olga. »Die muss ich noch kaufen. Ich hab schon ewig keine mehr gegessen.«

Als sie zum Platz mit dem Riesenrad kamen, zogen auch hübsch erleuchtete kleine Karussells und Losstände ihre Blicke an.

»Ich kaufe mir eine Ansichtskarte vom Riesenrad. Die kann ich dann zu Hause herzeigen.« Olga wählte zwischen den Karten aus und entschied sich schließlich für eine, auf der das nächtlich beleuchtete Riesenrad zu sehen war.

»Schau mal, hier werden Lose verkauft«, sagte Viola und zupfte Inez am Ärmel. »Nimm dir eines, wo du doch immer so ein Glück hast.«

Die drei zahlten und steckten dann nacheinander ihre Hände in die Lostrommel.

»Niete«, sagte Inez strahlend.

Olga und Viola hatten sich bereits darüber ausgetauscht, wie erstaunt sie über Inez' plötzlich so optimistische und fröhliche Art waren. »Als hätte sie sich von einem Moment auf den anderen vollkommen verändert«, hatte Viola Olga zugeflüstert, die zustimmend genickt hatte. Olga hatte sich gefragt, ob es an Sveas Mitgliedschaft bei ihrem Nähkränzchen lag, dass Inez in letzter Zeit so schlecht gelaunt gewesen war. Sie wussten, dass Inez Svea nicht besonders mochte. In der Tat war Svea ein paarmal richtig unverschämt zu Inez gewesen. Aber jetzt schien Inez wie die Sonne, und das freute auch ihre Freundinnen.

»Ebenfalls eine Niete«, sagte Olga und sah zu Viola hinüber, die ihr Los noch immer nicht geöffnet hatte.

»Auf meinem steht eine Nummer«, meinte Viola kichernd. Durch dieses rote Getränk war sie richtig aufgedreht, ja, sogar ein bisschen wacklig in den Beinen – oder war es einfach Müdigkeit?

Viola reichte dem Mann das Los und wartete gespannt auf den Gewinn. Zu ihrem Entsetzen sah sie ihn einen riesigen Engel vom obersten Regal räumen. Der ist ja fast einen Meter groß, stellte sie im Stillen fest, als der Mann ihr vorsichtig die Figur herüberreichte.

»Mensch, Viola! Ein Engel!«, meinte Inez und grinste. »Der ist hübsch, aber fürchterlich groß.«

Es war Viola unangenehm, mit dem Engel in den Armen mitten im Gewühl zu stehen. Er war schon ein Riesenungetüm und nicht gerade handlich. Aber schön war er. Sie versuchte, ihre Handtasche über den einen Arm zu hängen und die Tüten über den anderen, ehe sie den Engel umarmte. Das Lametta, das er am Kopf hatte, kitzelte Viola in der Nase.

»Der kommt mit nach Hause, und wenn ich mir eine Sackkarre kaufen muss, um ihn nach Schweden zu transportieren«, meinte Viola kichernd, und die anderen lachten mit.

»Glaubst du, der Engel passt noch in den Bus?«, witzelte Olga. »Sonst brauchst du für ihn womöglich eine Sonderfahrkarte? Jetzt aber los. Kerstin hat gesagt, dass der Bus nicht auf uns wartet.«

»Sieh mal«, sagte Viola. »Ein blinder Mann mit einem Blindenhund. Entscheidet eigentlich der Hund, wohin sie gehen? Der Mann sieht ja nichts.«

»Du siehst doch, dass er einen weißen Stock hat, mit dem er sich vortastet.«

Viola schien trotzdem nicht zu begreifen, wie es funktionierte.

»Da fällt mir ein Witz ein«, sagte Inez mit verschmitztem Blick. »In Ystad steht ein Blinder mit seinem Hund an einer Fußgängerampel und wartet auf Grün. Plötzlich hebt der Hund sein Bein und pinkelt seinem Herrchen an die Wade.«

Die Freundinnen blieben stehen und sahen Inez erstaunt an.

»Da nimmt der Blinde ein Stück Würfelzucker aus der Tasche und gibt es dem Hund«, fuhr Inez fort. »Ein Passant geht zu ihm hin und sagt: ›Sie müssen ja ein richtiger Tierfreund sein. Der Hund pinkelt Sie an, und Sie geben ihm auch noch ein Stück Zucker.‹ ›Von wegen, ich will nur herausfinden, wo der Hund seinen Kopf hat, damit ich ihm einen Arschtritt verpassen kann‹, erklärt der Blinde.«

»Aber Inez, was erzählst du denn da!«, meinte Viola entsetzt.

»Das habe ja nicht ich gesagt, sondern der Mann.« Inez sah zufrieden aus.

Sie gingen schweigend weiter. Zu ihrer Erleichterung fanden sie ohne Schwierigkeiten zum Parkplatz, wo der

Bus stand. Es gab viele lustige Kommentare, als Viola mit ihrem Engel ankam. Olga und Inez kauften sich noch eine Tasse Kaffee mit Musik, während Viola lieber verzichtete, da sie keine Hand mehr frei hatte – sie trug nicht nur den Engel, sondern auch noch den Becher, ein Marzipanbrot und einen schönen Strohstern mit sich herum, den sie zu Hause aufhängen wollte.

»Ich setze mich zu Olga, dann hast du genug Platz für den Engel«, sagte Inez.

Als der Bus am Hotel vorfuhr, stand der Engel auf dem Sitz neben Viola. Sein Glitzerkleid funkelte, wenn es von Straßenlaternen angestrahlt wurde.

Svea war nirgends zu sehen, als sie ausstiegen, was Viola nur recht war, so wie sie mit all den Sachen angeschleppt kam. Nur die Rezeptionistin lachte freundlich, als sie den Engel sah.

»Ich gebe eine Runde Likör aus, ich hab welchen gekauft«, sagte Inez. »Bringt bitte eure Zahnputzbecher mit.«

Dann gingen die drei in ihre Zimmer.

Jedes Mal, wenn Viola die Karte in den Schlitz steckte, um die Tür zu öffnen, hatte sie das Gefühl, ein bisschen mutiger geworden zu sein.

Als Viola und Olga zu Inez ins Zimmer kamen, stand dort schon die Flasche zusammen mit ihrem Plastikzahnputzbecher auf dem Tisch bereit. Die anderen stellten ihre Becher dazu.

»Ich gebe eine Runde echtes Lübecker Marzipan aus«, sagte Viola. »Aber ich finde es ganz schön teuer.«

Inez setzte sich auf ihr Bett und bot ihren Freundinnen die beiden Sessel an. Die anderen hatten sich die Schuhe ausgezogen und wackelten ein bisschen mit den Zehen, während Inez mit großer Mühe die Likörflasche öffnete.

»Grasgrün ist er«, sagte Olga, »und ich hoffe, er schmeckt besser als dieses Gesöff, das wir heute getrunken haben.«

»Nimm dir ein Stückchen Marzipan dazu.« Umständlich öffnete Viola das goldfarbene Stanniolpapier und brach das Marzipanbrot in Stücke.

»Eier auf dem Markt verkaufen«, meinte Inez und schüttelte den Kopf. »Der war schon widerlich, dieser Kerl da in Malmö.«

»Ich bereue fast, dass ich auf dem Weihnachtsmarkt keinen Honig gekauft habe«, sagte Inez. »Der ist so lecker im Winter, wenn man verfroren ist. Wisst ihr, was ich als Kind gesagt habe?«

Die Freundinnen sahen Inez erwartungsvoll an.

»Meine Mutter hat mir als Kind eine Geschichte vorgelesen, die davon handelte, wie die Bienen den Nektar in den Blüten sammeln und Honig herstellen. Als sie fertig war, wollte sie sich vergewissern, dass ich alles begriffen hatte, und fragte: ›Hast du das auch verstanden, Inez?‹ Da habe ich geantwortet: ›Mir ist schon klar, wie die Bienen den Honig machen, aber wo kriegen sie denn die Gläser her?‹«

Die Freundinnen lachten, und Viola zog ein Papiertaschentuch aus ihrer Tasche, mit dem sie sich den Mund abtupfte.

»Sch«, machte Olga plötzlich. »Ist das nicht Sveas Zimmer?« Sie zeigte auf die eine Wand.

»Doch, unsere Zimmer liegen ja alle nebeneinander.«

Die Freundinnen erstarrten und sahen einander erschrocken an.

»Habt ihr das gehört?«, fragte Inez entsetzt.

»Ach, das kann doch auch was anderes sein«, flüsterte Viola, obwohl sie gar nicht genau wusste, warum sie eigentlich flüsterte.

»Was anderes!«, sagte Inez aufgebracht. »Hört ihr nicht, was sie machen?«

»Ihr glaubt doch nicht etwa ...«, sagte Viola unglücklich, während sie sich ein großes Stück Marzipan in den Mund steckte.

»Glaubt! Mein Gott, ihr hört doch wohl selbst. Das ist bestimmt der Kerl mit dem Goldkettchen, den sie mit aufs Zimmer geschleppt hat.«

Das Wummern wurde lauter.

»Sie wird ja keine Bilder an die Wand hämmern«, fuhr Inez fort.

»Das ist Svea, die wir da keuchen hören, ganz sicher. Sie wird doch wohl nicht krank geworden sein?« Viola kratzte sich nervös an den Händen.

»In ihrem Alter, und dann so was! Sie sollte sich schämen. Sagt mal, muss sich das eigentlich so anhören, wenn man ...?« Inez verstummte.

»Ach, das kann doch ganz unterschiedlich klingen«, meinte Olga und kicherte. Dann lachten sie alle und erhoben ihre Zahnputzbecher. Im selben Moment erklang aus dem Zimmer nebenan ein Brüllen.

»Jetzt reicht's aber. Das klingt ja schlimmer als im Schlachthof.« Inez rutschte verlegen auf dem Stuhl hin und her.

»Vielleicht sieht sie sich ja einen Film an«, meinte Viola beschwichtigend. »Wobei ... dieses Gewummer ... Wie mag es eigentlich unseren Männern zu Hause gehen?«, sagte sie plötzlich und wunderte sich im selben Moment, dass sie noch gar nicht darüber nachgedacht hatte, seit sie morgens losgefahren waren.

»Warum fragst du dich das gerade jetzt?«, fragte Inez und nahm einen Schluck aus dem Becher. Dann schloss sie genießerisch die Augen.

»War mir nur eben eingefallen«, entgegnete Viola und rollte mit den Augen, als ein Wimmern aus Sveas Zimmer drang.

»Wollen wir mal an die Wand klopfen?«, schlug Olga spaßhaft vor und erhob sich.

»Nein!«, schrie Inez und hielt sie am Ärmel ihres Kleides fest.

»Das war ein richtig netter Tag«, sagte Viola, »aber ich bin müde. Wir wollen ja morgen zu diesem Schloss.«

»Und es ist viel netter, als ich gedacht habe«, räumte Inez ein. Ihre beiden Freundinnen sahen sie lächelnd an und erhoben ein letztes Mal die Zahnputzbecher.

»Da siehst du mal«, sagte Olga fröhlich, stand auf und ging in Richtung Tür. »Frühstück gibt es zwischen acht und zehn. Sollen wir uns um acht im Speisesaal treffen?«

»Ich hoffe, ich wache rechtzeitig auf«, sagte Viola besorgt. »Ich hatte schon überlegt, den Wecker mitzunehmen, aber dann habe ich mir gedacht, ich wache ohnehin immer so früh auf ...«

»Ich werde den telefonischen Weckdienst programmieren«, sagte Olga beherzt. »Soll ich das auch für dich machen, Inez? Wie wäre es mit sieben Uhr?« Inez nickte, und Olga drückte auf der Tastatur des Telefons herum, während die anderen beeindruckt zusahen.

»Könntest du mir bitte auch helfen?«, bat Viola.

»Klar. Prost und danke für den schönen Tag heute!«

Als Olga auch ihr Telefon programmiert hatte und aus dem Zimmer gegangen war, schloss Viola von innen ab. Das ist ja ein riesiges Bett, dachte sie, als sie unter die Decke kroch. Und eigentlich war es ja für zwei gedacht. Natürlich hatte sie sich noch mal vergewissert, dass sie wirklich nur für eine Person bezahlen musste und dass sich auch ganz bestimmt niemand in das zweite Bett legen würde.

Kurz vor dem Einschlafen hörte sie draußen einen Krankenwagen vorbeifahren. Hoffentlich ist Arvid nichts passiert, schoss es ihr durch den Kopf. Martinshörner weckten Ängste in ihr. Sie fragte sich sofort, wo sich Arvid und Eskil und seine Familie wohl gerade befanden, wenn sie eins hörte. Dann sank sie wieder auf das weiche, weiße Kissen.

Im Bett neben ihr lag der Engel mit einem anmutigen Lächeln auf den Lippen, und das Glitzerkleid funkelte im schwachen Mondlicht. Es war ganz still, nur ab und zu war ein leises Zischen vom Fahrstuhl zu hören. Auf dem runden Glastischchen lagen die Süßigkeiten vom Weihnachtsmarkt und der große Strohstern.

Zu Hause in Brantevik war früher Abend. Arvid und Sigvard gingen schweigend nebeneinander her. Die Häuser lagen wie an einer Perlenschnur aufgereiht an der kleinen Dorfstraße. Arvid bückte sich, zog einen Schuh aus, nahm ein Steinchen heraus und warf es in eine Hecke.

»Wie mag es ihnen gehen da unten?«, fragte Arvid.

»Ach, es geht ihnen bestimmt gut, aber wir müssen wohl den Anhänger mitbringen, wenn wir sie abholen. Meine Güte, was werden sie an Krimskrams einkaufen!«, meinte Sigvard grinsend. »Weißt du eigentlich, was Ola vorhat, jetzt wo Svea mal nicht da ist? Vielleicht nutzt er die Gelegenheit, sich seines Lebens zu erfreuen.«

Arvid nickte in der Dunkelheit.

»Bridge ist das Einzige, woran er denkt«, fuhr Sigvard fort. »Ich habe nie begriffen, was daran so toll sein soll. Schweigend dasitzen und ein paar Karten umdrehen. Aber es ist offenbar was ganz Besonderes, wie alles, was die beiden tun. Ich glaube, Ola hat sogar schwarze Farbe im Haar. Früher war er ja mal grau, aber jetzt sind die Haare beinahe schwarz.«

»Na ja, das mit dem Kartendrehen ist wohl nicht das Einzige, was sie beim Bridge machen. Beim Jahresfest ihres Clubs muss es ganz schön wild zugegangen sein.«

»Ach, war das nicht, als Olas Auto die ganze Nacht vor Sivans Haus stand?«

»Das erzählt man sich zumindest. Und um das Auto herum muss sich jemand ziemlich erbrochen haben.« Arvid schüttelte den Kopf, während er sprach.

»Und was hat Svea dazu gesagt, dass Ola nachts nicht nach Hause gekommen ist?«

»Sie war mal wieder in Stockholm bei den Kindern. Da sind sie ja ständig. Ich verstehe gar nicht, warum sie überhaupt hierhergezogen sind. Sie hätten doch gleich da oben bleiben können.« Sigvard schneuzte sich in die Finger und wischte sie sich dann an der Hose ab.

Als sie unten am Hafen standen, empfand Sigvard eine gewisse Wehmut. Nur noch ein paar Freizeitboote lagen im Wasser und schaukelten an ihren Festmachern, ansonsten war es einsam und verlassen. Es war kaum zu glauben, dass Brantevik um 1900 über die größte Handelsflotte Schwedens verfügt hatte. Heutzutage war das Dorf in erster Linie ein Touristenort, in dem die meisten Häuser in den Wintermonaten leer standen.

Sigvard blickte zur Börse hinüber. So nannten die Seeleute und andere Bewohner den breiten Bürgersteig vor einem der Häuser unten am Hafen. Früher ging man abends dorthin, um sich auszutauschen – über die Schifffahrt und das Wetter, über die wirtschaftliche Lage und die Ereignisse draußen in der Welt, und natürlich um den neuesten Dorftratsch zu erfahren. Hier stand man aber auch schweigend und ernst beisammen, wenn die Nachricht von einem Schiffbruch das Dorf erreicht hatte. Ja, die Börse war wie ein regionaler Nachrichtensender gewesen. Frauen waren selten dabei. Es war ein sicheres Gebiet für die Männer gewesen, wo auch hin und wieder ein vulgärer Witz erzählt werden konnte.

»Es ist lange her, dass wir einen richtigen Winter hatten«, sagte Sigvard unvermittelt.

»Seitdem bin ich auch nur dreimal auf Bornholm gewesen«, meinte Arvid und lachte glucksend. Bis heute sprach man vom Winter 1942, als die jungen Leute von Eisscholle zu Eisscholle fast bis nach Bornholm gesprungen waren. »Aber ehrlich gesagt reichen mir die Winter, die wir jetzt haben.«

»Wir sollten uns allmählich nach Hause aufmachen«, murmelte Sigvard, der sich die Pfeife in den Mundwinkel geschoben hatte. Ein zischendes Geräusch war zu hören, wenn er genüsslich den Rauch einzog, um ihn dann in kleinen Wolken wieder auszustoßen. Arvid antwortete nicht. Beide waren nicht besonders gesprächig.

Die Männer verschwanden langsam in der Dunkelheit. Bald waren nur noch die Reflektorstreifen an Sigvards Jackenärmeln zu sehen, die wie Pendel hin- und herschwangen und Muster in die Finsternis malten.

8. Kapitel

Viola fuhr verwirrt in ihrem Bett hoch, als das Telefon klingelte. Ohne nachzudenken, meldete sie sich mit ihrer Rufnummer aus Brantevik.

»Ich bin schon wach«, fuhr sie dann bemüht munter fort. »Aber danke, dass Sie angerufen haben.«

Als sie den Hörer wieder aufgelegt hatte, war es ihr irgendwie peinlich. Der Mann hatte deutsch gesprochen und sie bestimmt nicht verstanden. Oder war es Englisch gewesen? Denn er hatte ja »Good morning« gesagt, und was das bedeutete, wusste sie immerhin.

Olga und Inez saßen bereits im Speisesaal, als Viola um Punkt acht hinunterkam. Sie hatten sich aber noch kein Frühstück geholt, sondern auf sie gewartet.

»Wollen wir nacheinander gehen? Dann müssen wir unsere Handtaschen nicht mitnehmen«, schlug Olga vor. »Geh du doch zuerst, Inez.«

Inez reichte Olga ihre Handtasche und ging zum Büfett, wo sie sich einen Teller zusammenstellte.

Als alle sich etwas geholt hatten, musterten sie die Auswahl der anderen und verglichen.

»Habt ihr euch keine Bratwurst genommen?«, fragte Olga.

»Um Himmels willen, man kann sich ja nicht von allem nehmen«, meinte Viola. »Unglaublich, frische Erdbeeren im Dezember und außerdem so ein Rührei, wie wir es zu Hause zum Aal essen.«

»Es gibt viele komische Sachen auf dem Büfett, die ich gar nicht kenne«, sagte Inez. »Ist es euch eigentlich gelungen, den Orangensaft aus diesem Automaten ins Glas zu bringen? Bei mir ist die Hälfte danebengegangen.«

Sie kicherten und genossen das, was sie auf ihren Tellern hatten.

»Nur der Kaffee schmeckt nicht so besonders«, meinte Viola und schauderte.

In diesem Moment rauschte Svea zusammen mit Erik in den Speisesaal. Sie sahen sich nach einem freien Tisch um, doch da überall sonst belegt war, kamen sie zu den drei Freundinnen.

»Und – eine schöne Nacht gehabt?«, fragte Inez spitz, und Viola ließ vor Schreck die Gabel auf den Teller fallen.

»Durchaus, ja«, sagte Svea und lächelte Erik zu.

»Sehr schön sogar«, antwortete Erik und plusterte sich so auf, dass er fast nicht mehr ins Hemd passte.

»Mein Schlaf war leider nicht so gut«, sagte Inez. »Anscheinend gibt es gerade Handwerker hier im Hotel. Jedenfalls hat es an der Wand gedonnert und gewummert«, fuhr sie fort, ohne Svea aus den Augen zu lassen. »Es muss sich auch jemand auf den Finger gehämmert haben, denn zwischendurch waren richtige Schreie zu hören.«

Jetzt wurde Viola so nervös, dass sie aufstand und zum Büfett ging, obwohl sie längst satt war. Sie drehte mehrere Runden und sah dabei immer wieder zu ihrem

Tisch hinüber. Als sie schließlich zurückkam, sah Svea ein bisschen zerknittert aus, wie sie dasaß und an ihrem Handy herumfummelte. Erik hingegen saß kerzengerade da, mit einem albernen Lächeln auf den Lippen.

»Man lebt nur einmal«, sagte er gönnerhaft. »Und wir haben es auch wummern hören, Svea, nicht wahr?«

Svea versetzte ihm einen Stoß in die Seite. Herrgott, dachte sie. Da saßen ihre drei Freundinnen – die aussahen wie die drei Musketiere, wenn sie Arm in Arm unterwegs waren – und besaßen die Dreistigkeit, sie vor allen Leuten zurechtzuweisen. Sie war plötzlich verunsichert. Was, wenn sie zu Hause in Brantevik von der Sache erzählten? Eigentlich mochte sie die drei wirklich gern, aber sie konnte sie nicht so genau einschätzen.

Plötzlich fühlte sie sich unendlich einsam. Sie hatte sich bemüht, sich anzupassen – an die neue Wohnung und an die Menschen in Brantevik, aber ihr fehlte etwas. Svea war verwirrt wegen dieser Sache mit Ola. Ja, eigentlich wegen der gesamten Situation. Vorsichtig steckte sie das Handy zurück in ihre Tasche.

»Fahrt ihr mit zum Schloss?«, erkundigte sich Olga bei Svea.

»Das hatten wir uns vorgenommen, ja«, antwortete Svea und verschwand in Richtung Frühstücksbüfett.

»Kennt ihr euch von früher?«, fragte Erik. Seine Goldzähne glitzerten mit dem Goldkettchen um die Wette.

Es ist ja mehr als merkwürdig, dass Svea ihm offenbar gar nicht gesagt hat, dass wir zu viert reisen, dachte Inez. Sie schämt sich bestimmt für uns. Aber zum Nähkränzchen kommen und herumprahlen, das kann sie.

Inez' Einstellung zu Svea war durch die aktuellen Ereignisse nicht gerade positiver geworden. Eigentlich hatte sie sich vorgenommen, nett zu ihr zu sein, denn es war sicherlich nicht einfach, in einen anderen Ort zu ziehen, aber Svea machte es ihr schwer. Inez hatte schon darüber nachgedacht, ob sie Svea noch in ihrem Nähkränzchen haben wollte. Nach dieser Sache fragte sie sich sogar, ob sie überhaupt noch etwas mit dieser Frau zu tun haben wollte. Wenn sie kein Interesse an unserer Gesellschaft hat, dann braucht sie sich zu Hause auch nicht aufzudrängen, dachte sie. Als wären wir nur was wert, wenn sonst niemand da ist. Und dieses verdammte Handy – muss man das auch im Urlaub überallhin mitschleppen?

Erik ging ebenfalls zum Frühstücksbüfett.

»Hättest du mir nicht einen Kaffee mitbringen können?«, sagte Svea säuerlich, als er zurückkam.

»Hier ist Selbstbedienung«, sagte er fröhlich. »Jeder nimmt sich, was er will.«

Inez lächelte im Stillen. Stimmt, dachte sie, solche Schürzenjäger sind nichts für den Alltag.

Inez, Olga und Viola waren wie immer als Erste am Bus. Sie ernteten Lob von Stig, der sagte, dass er Pünktlichkeit sehr zu schätzen wisse. Als sich der Abfahrtszeitpunkt näherte, waren Svea und Erik noch immer nicht da. Erst im letzten Moment, als Stig den Bus startete, kamen die beiden angerannt.

»Was für schreckliche Betten!«, fauchte Svea. »In Ihrer Broschüre steht doch, es sei ein komfortables Hotel. Oder etwa nicht?«, fügte sie wütend hinzu.

»Ich habe sehr gut geschlafen«, sagte der kleine hohläugige Mann, und viele andere nickten zustimmend.

Svea ging nach hinten und breitete sich auf ihrem Platz aus. Erik gab Kerstin einen Klaps auf den Hintern und umfasste dann liebevoll ihre Schultern. Genervt schüttelte sie ihn ab. Die arrogante Frau, mit der Svea sich in Malmö unterhalten hatte, lächelte Erik freundlich an. Er fixierte sie und ließ sich dann auf den Sitz neben ihr sinken. Sveas Augen blitzten, und sie erhob sich, als wolle sie hinrennen und ihn wegzerren.

Zufrieden stupste Inez Viola an.

»Manche Sünden straft der liebe Gott sofort«, flüsterte Inez. »Heißt die Frau da vorne Gia?«

»Na ja, es gibt doch wohl keinen normalen Menschen, der sein Kind Gia tauft«, meinte Olga und kicherte. »Vermutlich heißt sie anders und nennt sich Gia. Manche Leute wollen eben immer etwas Besonderes sein.«

Erik und Gia wurden immer ausgelassener, und als Svea sah, dass Erik seine Hand auf Gias Bein legte, stand sie auf und zog ihn am Ärmel.

»Ich habe dir einen Platz freigehalten!«, zischte sie. »Komm und setz dich!«

»Das ist lieb von dir, aber ich sitze prima hier«, sagte Erik, ohne sie eines Blickes zu würdigen.

»Dann kannst du auch auf dem Heimweg dort sitzen.« Svea ließ sich auf ihren Platz fallen und verschränkte die Arme vor der Brust.

»Jetzt wird's richtig lustig«, meinte Inez und stupste Viola wieder an.

Viola und Olga nickten sich zu. Inez hatte sich verändert, das war ganz offensichtlich. Richtig süß sah sie aus, wenn sie lächelte, fand Viola, selbst wenn ihre Freude ein bisschen hämisch war.

Am Schloss versammelten sich alle um Kerstin. Svea stellte sich trotzig neben Erik, und Gia bedachte sie mit einem höhnischen Lächeln.

»Wir werden jetzt das Märchenschloss von Schwerin besichtigen«, sagte Kerstin. »Sie haben sicher schon bemerkt, dass es auf einer kleinen Insel liegt. Aufgrund seiner Schönheit wird es auch als das Neuschwanstein des Nordens bezeichnet. Das Schloss verfügt über mehrere Zinnen und Türme und eine goldene Kuppel. Die Fassaden aus dem neunzehnten Jahrhundert sind von sieben verschiedenen Baustilen geprägt. Wir haben eine Schlossführung für Sie organisiert, zahlen können Sie später bei mir. Es ist wichtig, dass die Gruppe zusammenbleibt. Die Führung wird etwa eine Stunde dauern.« Kerstin ging in Richtung Eingang, und die Gruppe folgte ihr.

»Wie schön es hier ist!«, sagte Viola hingerissen. »Und so viel Gold!«

»Das hätte bei diesem Erik für viele Goldzähne und Goldkettchen gereicht«, flüsterte Inez.

Svea ging in der Nähe der drei Freundinnen.

»Schaut mal, was für eine imposante Statue«, fuhr Viola fort.

»Ich glaube, die Frauen wurden damals sehr unterdrückt«, sagte Olga. »Sehr ihr nicht, was für einen gequälten Gesichtsausdruck sie hat?«

»Damals trugen die Frauen Keuschheitsgürtel«, sagte Inez. »So was könnten heutzutage auch manche Frauen gebrauchen.« Sie warf Svea einen Blick zu, doch die hatte sich in ein Gespräch mit einer anderen Reiseteilnehmerin vertieft.

»Ach«, sagte Viola. »Gab es diese Keuschheitsgürtel wirklich? Ist das nicht nur eine Legende?«

»Also, ich habe jedenfalls davon gelesen«, sagte Inez und warf den Kopf in den Nacken. »Ansonsten kenne ich einen Witz über Keuschheitsgürtel.« Sie kicherte und sah zu Boden.

»Wie geht der?«, erkundigte sich Olga neugierig.

»Also, es war einmal ein Schlossherr, der in den Krieg ziehen musste ...«

»Ja, und?«, mischte sich Viola ein, als könne sie dadurch die Erzählung voranbringen.

»Na ja, er legte seiner Frau den Keuschheitsgürtel an und schloss ihn ab. Ehe er loszog, vertraute er einem seiner Diener den Schlüssel an. ›Wenn ich nach einem Jahr noch nicht zurückgekehrt bin, gehört der Schlüssel dir‹, sagte er und ritt davon. Der Schlossherr war nur einige Kilometer weit gekommen, da hörte er ein Pferd, das sich in vollem Galopp näherte. Als er sich umdrehte, sah er, dass es der Diener war. ›Ihr habt mir den falschen Schlüssel gegeben!‹, keuchte er.«

»Ich sag's ja«, seufzte Viola. »Manchmal passieren die dümmsten Fehler.«

Olga hatte den Verdacht, dass Viola den Witz nicht richtig verstanden hatte, und sah, wie ihre Freundin die Stirn angestrengt in Falten zog. Kerstin begann von einer Ritterrüstung zu erzählen, die ein Stück entfernt stand, und hatte sich bereits in die Details vertieft, als Viola plötzlich unkontrolliert zu lachen begann. Alle sahen erstaunt zu ihr hinüber.

»Da war er bestimmt ganz schön wütend!«, sagte Viola laut und lachte weiter.

»Sch«, machte Olga und kicherte leise.

Viola schämte sich und sah verstohlen zu den anderen, während sie tief durchatmete und sich Mühe gab, nicht wieder laut zu lachen.

Die Schlossführung war sehr interessant, und die Freundinnen nahmen mehrere Broschüren mit, die sie in ihren Taschen verstauten.

»Jetzt haben Sie zwei Stunden zur freien Verfügung«, sagte Kerstin, als sie wieder vor dem Schloss standen. »Der Bus bleibt hier auf dem Parkplatz stehen. Sie finden ganz leicht hierher. Nutzen Sie die Gelegenheit für ein leichtes Mittagessen, wenn Sie Hunger haben. Heute Abend essen wir auf jeden Fall noch einmal warm.«

»Wir gehen in die Stadt«, sagte Olga. »Ich habe gestern in einem Laden einen schönen Hut entdeckt, den ich gern anprobieren würde.«

Die Freundinnen schlenderten nebeneinander her durch die Straßen. Inez empfand es als beinahe unwirklich, ohne Gösta unterwegs zu sein – und das in einem fremden Land.

»Guckt mal, das war Ola in seinem Auto«, sagte Viola plötzlich.

»Ola? Was meinst du?«, fragte Inez.

Erst da wurde Viola bewusst, was sie eben gesagt und was sie gesehen hatte. Sie zupfte ihre beiden Freundinnen am Mantelärmel.

»O Gott, es war wirklich Ola, Sveas Mann!«

»Sag mal, Viola, bist du ganz von Sinnen? Wir sind

doch in Deutschland. Da kommt doch nicht Ola in seinem Auto vorbeigefahren. Du musst dich geirrt haben.«

»Er war es aber«, beharrte Viola, »ich bin mir ganz sicher …« Oder wenigstens fast, dachte sie.

Inez und Olga beschäftigten sich nicht weiter mit dem, was Viola gesehen haben wollte, sondern spazierten ruhig und kommentarlos weiter.

Eine Weile später standen sie im Hutgeschäft. Olga zeigte auf den Hut, den sie am Vorabend im Schaufenster gesehen hatte. Die Verkäuferin setzte ihn Olga auf den Kopf, zog ihn nach unten und schob ihn so zurecht, dass er ein wenig schräg saß. Dann trat sie zurück und sah Olga bewundernd an. Olga war das unangenehm. Sie wollte den Hut gar nicht so tief tragen, denn so sahen ihre runden Wangen noch runder aus, und als sie den Preis sah, entschied sie ganz schnell, dass sie den Hut gar nicht mehr wollte – ganz egal, wie er sitzen mochte. Mit einem verlegenen Lächeln reichte sie ihn der Verkäuferin und eilte Richtung Tür.

»Mit diesem Hut hättest du Sigvard zu Tode erschreckt«, scherzte Inez. »Das ist gar nicht dein Stil, Olga«, fuhr sie versöhnlich fort.

»Hundert Euro, das sind ja beinahe tausend schwedische Kronen, oder?«, meinte Viola.

»Ist ja auch egal«, sagte Olga. »Jedenfalls sehe ich damit wie eine Vogelscheuche aus. Und jetzt gehen wir Mittag essen.« Sie machte so große Schritte, dass Viola und Inez kaum mithalten konnten.

Als sie sich dem Restaurant näherten, hatte Viola sie eingeholt und ging als Erste die hohe, steile Treppe hinauf.

»Warte, Viola, bleib stehen! Du hast was unten an der Hose hängen, ich nehme es eben weg.« Inez zupfte, und Viola spürte, wie sich oben am Hosenbund etwas bewegte.

»Zieh nicht so«, sagte Viola irritiert. »Das ist meine Schlafanzughose.«

Inez ließ los.

»Schlafanzughose?«, fragte Olga verwundert.

Viola schüttelte ungeduldig den Kopf. »Ich habe gestern so fürchterlich an den Beinen gefroren«, erklärte sie und kniff vorsichtig in den Stoff ihrer Hose. »Die hier ist aus Kunstfaser, und das kühlt so.«

»Du bist ja verrückt«, meinte Inez und musste kichern. »Du könntest sie wenigstens hochziehen. Die Pyjamaborte passt überhaupt nicht zu deiner Hose.«

Sie muss es doch nicht noch peinlicher machen, als es ohnehin schon ist, dachte Viola verlegen.

Inez öffnete ihren Mantel und hob ihren Pullover an. Sie zeigte die Schichten, die sie darunter trug.

»Das sind die drei T-Shirts, die ich mitgenommen habe. Und dann habe ich noch diesen dicken Pullover darübergezogen«, meinte sie und lachte. »Hast du auch ein Geheimnis zu lüften?«, fuhr sie fort und blitzte Olga mit ihren dunklen Augen an.

»Falls es so wäre, dann würde ich mein Geheimnis nicht verraten, ihr verrückten Hühner. Rein mit euch in die Wärme, aber behalt bitte deine Schlafanzughose an, Viola.« Olga schob ihre Freundinnen zur Tür.

»Ich glaube, ich habe eine Blase an der Ferse«, sagte Viola, als sie im Restaurant saßen. »Ich habe Pflaster dabei, aber die liegen natürlich im Hotelzimmer.«

»Unsere Eva hatte mal eine Blase, als sie auf dem Jahrmarkt war, und natürlich hatte sie kein Pflaster dabei«, erzählte Inez. »Dann hat sie so eine Slipeinlage genommen und sie sich hinten in den Schuh gesteckt.«

»Slipeinlage«, meinte Viola und kicherte. »So was hab ich mal in der Fernsehwerbung gesehen.«

»Ich bin ja froh, dass ich die Dinger nicht mehr brauche«, sagte Olga. »Letztes Jahr hab ich mal gedacht, ich hätte meine Tage gekriegt, und habe Sigvard gerufen, wie ich da auf der Toilette saß. ›Was schreist du so?‹, hat er gefragt, als er die Tür öffnete. ›Ich habe meine Tage gekriegt!‹, habe ich geschrien, und Sigvard hat mich nur angestarrt.«

»Mensch, Olga«, sagte Viola entsetzt. »Es war doch wohl nichts Ernstes?«

»Rote Bete, ich hatte Rote Bete gekocht, die sind so lecker mit einem Stich Butter drauf, und ich hatte ziemlich viel davon gegessen. Hinterher ist der Urin rot, beinahe wie Blut.«

»Ich weiß«, antwortete Inez. »Dass du nicht gleich darauf gekommen bist!«

»Sigvard hat jedenfalls einen Riesenschreck bekommen«, meinte Olga und lachte. »Ein bisschen geschämt habe ich mich schon hinterher. Wollen wir Wein zum Essen bestellen?«, fragte sie, als wollte sie schnell das Thema wechseln.

»Wo wir ohnehin bei den unteren Regionen sind …«, fing Inez an.

Olga lächelte die Freundin an. Du bist so prüde und vorsichtig, Inez, dachte sie zärtlich.

»Guckt ihr eigentlich auch die Dokusoap ›Schwedinnen in Hollywood‹?«, fragte Inez und ließ ihren Blick zwischen Olga und Viola hin- und herwandern.

»Nein, wirklich nicht«, sagte Olga und verzog den Mund. »Du siehst dir doch nicht etwa diesen Schund an, Inez?«

»Doch, das tue ich.« Inez warf den Kopf in den Nacken. »Gösta gefällt es nicht, dass ich das gucke. ›Das ist ja der letzte Schrott‹, sagt er.«

»Aber was hat die Serie mit den unteren Regionen zu tun?«, fragte Viola neugierig.

»Also, diese Montessori aus der Serie ...«

»Montazami«, korrigierte Olga.

»Dann hast du die Serie ja doch gesehen«, sagte Inez erstaunt. »Wirklich komisch, alle behaupten, sie würden so was nicht schauen, und trotzdem wissen sie alles.«

»Jetzt erzähl schon«, unterbrach Viola sie.

»Also, in der einen Folge haben die ein komisches Fest für eine Freundin gegeben, die ein Kind kriegen sollte. Die Gäste mussten alle Geschenke mitbringen. Ich versteh das ja nicht, ich meine, es kann ja auch was schiefgehen bei so einer Schwangerschaft. Na ja, jedenfalls ist bei der Hochschwangeren mitten im Fest die Fruchtblase geplatzt. Und diese Montezorri ...«

»Montazami«, korrigierte Olga.

»... war so aufgeregt, dass sie gesagt hat: ›Ihr Wasser ist geplatzt.‹ Die sprechen schon irgendwie komisch, obwohl sie Schwedinnen sind. Wahrscheinlich haben diese Frauen schon zu lange in Hollywood gelebt.« Inez machte eine ausladende Geste mit den Armen.

»Hat die das wirklich gesagt?«, meinte Viola. »Das ist ja verrückt.«

»Wein am helllichten Tag. Jetzt sollten uns unsere Männer mal sehen«, sagte Inez und erhob ihr Glas. »Na, die haben mit den Topfpflanzen zu Hause bestimmt genug um die Ohren.«

»Puh, ja«, sagte Viola. »Ich habe Arvid gebeten, jeden Tag die Begonie im Küchenfenster zu gießen. Der schafft es ja sogar, Topfblumen aus Plastik eingehen zu lassen. Ich habe keine große Hoffnung, dass die Begonie überlebt.«

Viola sah hinaus auf die Menschen, die vor dem Fenster vorbeiströmten. Plötzlich erstarrte sie. Eigentlich wollte sie sagen, dass sie schon wieder Ola gesehen hatte, aber das konnte ja gar nicht sein. Die anderen hatten bestimmt recht, denn warum sollte er nach Deutschland fahren? Dann hätte er ja gleich an der Reise teilnehmen können.

Sie genossen den Salat und das Brot, das sie bestellt hatten.

»Ich verstehe nicht, warum man nur eine Rechnung bekommt«, sagte Inez, als sie zahlen wollten. »So ist es immer. Und dann ist man ewig damit beschäftigt, das Ganze gerecht auseinanderzuklamüsern.«

»Wir hatten doch alle dasselbe, dann ist das Aufteilen ganz leicht. Wie viel Trinkgeld wollen wir geben?«, fragte Viola und suchte nach Kleingeld.

»Ich finde Trinkgeld überflüssig«, sagte Inez. »Ich habe mal in einer Kolumne gelesen, dass die ausländischen Taxifahrer uns Schweden ziemlich komisch finden. Erst versuchen wir den Preis zu drücken, und dann zahlen wir jede Menge Trinkgeld. Die bekommen doch ihr Gehalt. Wir bezahlen ja auch kein Trinkgeld, wenn wir zum Einkaufen gehen oder zum Arzt. Oje, da fällt mir ein, ich muss zur Mammografie, wenn wir wieder zu Hause sind«, fuhr sie rasch fort. »Das finde ich ziemlich unangenehm. Stell dir vor, es ist mittendrin Stromausfall. Dann stehst du da, steckst im Gerät fest, und die Brust ist plattgedrückt wie ein Pfannkuchen.«

»Ich frage mich, ob Herta vielleicht nur die halbe Gebühr zahlen muss, wenn sie zur Mammografie geht«, mischte sich Olga ein.

»Warum denn das?«

»Sie hat doch nur eine Brust, die andere gehört der Krankenkasse.«

»Der Krankenkasse?« Viola sah sie erstaunt an.

»Na ja, sie hatte Krebs, und eine Brust musste abgenommen werden, aber die Krankenkasse hat ihr eine neue spendiert.«

Die drei Freundinnen aus Brantevik sahen einander an. Nach einer gebührenden kleinen Pause prosteten sie sich zu.

»Es ist ein gutes Gefühl, mit euch über Mammografie, Rote Bete und solche Sachen zu reden«, sagte Viola. »Über so was hätte ich mit Svea nicht sprechen können.«

»Warum denn das nicht?«, fragte Olga.

»Ich meine ja nicht, dass sie was Besseres ist … Aber wenn jemand Hochschwedisch spricht, hab ich trotzdem immer das Gefühl, als sei er irgendwie feiner. Als ich klein war und noch mit Puppen gespielt habe, da habe ich als Puppenmama immer Hochschwedisch gesprochen. Meine Freundinnen haben das auch getan.

Da hat man beinahe Gänsehaut bekommen, so großartig hat sich das angefühlt. Glaubt ihr, die Kinder in Stockholm reden dafür mit ihren Puppen südschwedischen Dialekt?«

»Keine Ahnung«, meinte Inez. »Aber sie tun mir in jedem Fall leid, wenn sie nie dieses besondere Gefühl erleben dürfen.«

Ehe sie das Restaurant verließen, unterhielten sie sich noch über Svea. Es würde unangenehm werden, zu Hause auf Ola zu treffen, aber sie waren sich einig, ihm gegenüber nichts von der Sache zu erwähnen. Außerdem hatten sie keine Beweise, obwohl Inez der Meinung war, dass das, was sie gesehen und gehört hatten, mehr als genug an Beweis war. Viola und Inez wollten Svea lieber nicht mehr bei den Nähkränzchen dabeihaben, während Olga keinen Anlass sah, sie von den Treffen auszuschließen. »Sie ist erwachsen und muss selbst wissen, was sie tut«, sagte sie.

Als sie gezahlt hatten und gerade gehen wollten, lehnte Viola sich über den Tisch und nahm sich zwei Päckchen Zucker und eine Portion Kaffeesahne.

»Stimmt, das ist wirklich praktisch, wenn man Gäste bekommt und keine Kaffeesahne zu Hause hat«, meinte Inez und nickte verständnisvoll. »Diese kleinen Marmeladenportionen finde ich auch gut«, fuhr sie fort, öffnete ihre Handtasche und zeigte ihnen den Inhalt. »Ich habe sie mir vom Frühstückbüfett mitgenommen. Ich hoffe, das war in Ordnung?«

Viola zog sich ihre Schnürschuhe wieder an, die sie unter dem Tisch abgestreift hatte, und dann gingen die drei hinaus ins Gewimmel des Schweriner Weihnachtsmarkts, wo sie von Musik, Düften und glitzernder Beleuchtung empfangen wurden.

An einem kleinen Platz blieb Inez abrupt stehen. Die Freundinnen sahen sie erstaunt an. Da nahm Inez Anlauf und hüpfte mit beiden Füßen über eine Bierdose, die auf dem Gehweg lag. Dabei rutschte ihr die Mütze in die Stirn, und die Handtasche schlug seitlich gegen ihren Körper.

»Inez, was machst du denn da?«, fragte Viola lachend.

»Ich freue mich«, antwortete Inez und schob die Mütze wieder zurecht. »Und wenn man sich freut, dann muss man hüpfen.«

»Du verrücktes Huhn.« Olga sah Inez amüsiert an. »Worüber freust du dich denn so?«

»Ich habe einfach nur gute Laune. Als Kind bin ich immer so herumgehopst, wenn ich mich gefreut habe. Ich wollte nur wissen, ob es sich noch so anfühlt wie damals.«

»Und, wie fühlt es sich an?«, fragte Viola.

»Beinahe so wie als Kind«, erwiderte Inez fröhlich. »Nur baumelten damals meine Zöpfe herunter, und jetzt ist es meine Handtasche. In Brantevik hätte ich mich niemals getraut, auf dem Gehweg herumzuhüpfen.«

»Nein, das stimmt. Man wird irgendwie wagemutiger, wenn man nicht zu Hause ist. In Brantevik hätte ich mich auch nicht getraut, die Schlafanzughose anzubehalten«, sagte Viola und zog ihre Oberhose hoch, bis die Pyjamabeine darunter zu sehen waren. Sie lachten noch eine Weile aus tiefstem Herzen miteinander, doch plötzlich wurde Inez ernst.

»Ich bin so froh, dass du diese Lose mitgebracht hast, Viola. Ich finde die Reise wunderschön. Bis auf die Sache mit Svea.«

»Ich glaube, das klärt sich noch auf. Manchmal läuft alles schief, obwohl man es gar nicht will«, sagte Olga.

»Stimmt. Guckt mal da drüben! Zuckerwatte!«, rief Viola exaltiert. »Und auch noch in Lila!« Sie zog ihre Freundinnen am Ärmel, und Olga und Inez mussten laufen, um mit ihr Schritt zu halten.

»Wartet nur ab, gleich erzählt dieser Olle wieder Witze«, sagte Olga. »Er liebt es ja, vorne im Bus zu stehen und ins Mikro zu sprechen.«

Die drei Freundinnen hatten sich in die hinterste Reihe gesetzt. Der Bus war gerade losgefahren, als der redselige Olle nach vorne ging und sich das Mikrofon schnappte.

»Na, was hab ich gesagt?« Olga seufzte. »Er ist ja nett und freundlich, aber ein begnadeter Witzeerzähler ist er wirklich nicht.«

»Kennt ihr den, wo ein Elefant auf eine Ameise kackt?«, fing er fröhlich an.

Einige der Passagiere rutschten peinlich berührt auf ihren Sitzen herum, während andere ihre Gespräche demonstrativ laut weiterführten.

»Ich muss mal wohin«, sagte Viola unglücklich.

»Wir sind bald zurück im Hotel«, tröstete Inez.

»Aber ich kann nicht so lange warten …«

»Ich passe währenddessen auf deine Handtasche auf, außer du brauchst sie auf dem Klo«, bot Inez an und griff nach der Tasche.

Viola stützte sich auf die Rückenlehnen der Sitze, während sie zur Toilette stolperte. Sie schob den Riegel vor, als sie in dem kleinen Raum stand, und vergewisserte sich mehrmals, dass die Tür auch wirklich abgeschlossen war. Es war eng dort drinnen, und sie hielt nur mit Mühe das Gleichgewicht, während sie sich die Unterhose herunterzog. Der dünne Strahl, der auf das Porzellan traf, hatte zum ersten Mal in Viola Björks Leben eine pikante Knoblauchnote. Als sie den Slip hochgezogen und ihre übrige Kleidung wieder gerichtet hatte, begann sie vergeblich nach der Spülung zu suchen. Das ist ja merkwürdig, dachte sie, und am Waschbecken gibt es auch keinen Wasserhahn.

Olga und Inez wechselten beunruhigte Blicke, als Viola nach geraumer Zeit noch immer nicht zurückgekehrt war.

»Es ist ihr doch hoffentlich nicht schlecht geworden?«

»Ach was«, sagte Olga. »Wahrscheinlich findet sie den Knopf für die Spülung nicht. Das ging mir bei meiner ersten Busreise auch so.«

»Wollen wir hingehen und uns vergewissern, dass sie nicht gestürzt ist?«

Olga stand entschlossen auf und ging hinüber zur Toilette.

»Der ist unten auf dem Boden! Du musst drauftreten!«, rief sie durch die Tür.

»Was?« Violas Stimme klang gedämpft.

»Der Knopf für die Spülung. Einfach drauftreten …«

Im nächsten Moment war ein Rauschen zu hören, und Viola kam erleichtert heraus.

»Auf der Toilette ist mir ein Witz eingefallen, den ich gern erzählen würde«, sagte sie geheimnisvoll.

»Dann erzähl mal«, sagte Olga, als sie wieder saßen.

»Nein, da vorne«, meinte Viola.

»Ins Mikrofon?«, fragte Inez und schnappte nach Luft. »Bist du verrückt?«

Die beiden Freundinnen sahen sich ungläubig an.

»Warum dürfen denn immer nur Männer Witze erzählen?«, konterte Viola.

»Da hast du natürlich recht. Aber da vorne vor allen Leuten! Dass du dich traust! Du bist doch sonst nicht so wagemutig.«

»Ich will es, und ich werde es tun.«

»Du bist ja gut im Witzeerzählen, das wissen wir«, sagte Olga aufmunternd. »Aber ins Mikro!«

»Irgendwann ist immer das erste Mal. Hier kennt mich ja keiner, und ich wollte immer schon mal in so ein Ding reinsprechen ...«

Bestürzt sahen die Freundinnen Viola hinterher, wie sie entschlossen nach vorn ging. Ein paar Reiseteilnehmer sahen erstaunt auf und beobachteten, wie Viola der Reiseleiterin leicht auf den Rücken klopfte. Kerstin lächelte Viola an und griff nach dem Mikrofon.

»Viola hat das Wort«, sagte sie erwartungsvoll und reichte Viola das Mikrofon.

»Also«, begann Viola zögernd und stutzte, als ihre Stimme laut durch den Bus tönte. Es wurde mucksmäuschenstill, und irgendjemand klatschte. Der kleine hohläugige Mann lächelte ermutigend. Olga und Inez hielten die Luft an.

»Eben auf der Toilette ist mir ein Witz eingefallen,

den ich richtig nett finde«, fuhr Viola fort. »Er spielt im Zug nach Stockholm. Eine Dame, die nicht so reiseerfahren ist, geht auf die Toilette. Als sie fertig ist, entdeckt sie, dass das Klopapier zu Ende ist. Die Schlange vor der Tür wird immer länger. Plötzlich ist die Stimme der Dame aus der Toilette zu hören: ›Hätte vielleicht jemand Toilettenpapier für mich?‹ Niemand reagiert, und die Schlange wird noch länger. Da erklingt wieder die verzweifelte Stimme der Dame: ›Könnte mir jemand einen Hunderter in fünf Zwanzigkronenscheine wechseln?‹«

Lachsalven ertönten, und die Passagiere klatschten Beifall. Viola gab Kerstin das Mikrofon und ging zu ihrem Platz zurück – mit geradem Rücken und ohne sich festzuhalten. Auf dem ganzen Weg nach hinten bekam sie freundliche, ermutigende Blicke und Applaus.

»Dass du dich das getraut hast«, meinte Inez beeindruckt. »Das war wirklich gut, Viola. Hast du gemerkt, wie sie sich alle amüsiert haben? Olle musste so lachen, dass er Gesichtszuckungen bekommen hat.«

»Dann ist ja gut«, sagte Viola und setzte sich zufrieden hin. »Stell dir vor, wenn Arvid wüsste, dass ich vorne in einem Bus in Deutschland gestanden und in ein Mikrofon gesprochen habe.«

»Aber erzähl bitte nicht diesen Witz vom Mädchen und dem Knecht«, sagte Olga.

»Puh, nein, ein Witz reicht, denn jetzt weiß ich ja, wie es sich anfühlt.«

»Das war wirklich ein netter Tagesabschluss«, sagte Kerstin anerkennend. »Wobei der Tag noch nicht ganz zu Ende ist. Wenn wir im Hotel sind, können Sie Kaffee trinken – mit und ohne Musik. Vielleicht wollen Sie sich vor dem Abendessen noch ein Weilchen ausruhen. Wir werden zu einem Restaurant ganz in der Nähe spazieren. Diejenigen, die sich fürs Abendessen angemeldet haben, treffen sich um Viertel vor sieben an der Rezeption.«

Die Freundinnen gönnten sich einen Kaffee mit Musik und zogen sich dann in ihre Zimmer zurück, um auszuruhen. Viola streifte erleichtert die Schuhe ab und ließ sich in das gemütliche Bett sinken. Wir haben wirklich Spaß zusammen, dachte sie zufrieden. Ihr fiel Svea ein. Olga hatte den Busfahrer darauf aufmerksam gemacht, dass Svea nicht mit eingestiegen war, aber er hatte sie beruhigt und gesagt, dass einige aus der Reisegruppe in der Stadt geblieben seien und auf eigene Faust zum Hotel zurückkehren wollten.

Viola fand es trotzdem etwas merkwürdig, dass Svea auf dem Rückweg nicht im Bus mitgefahren war. Erik war dabei gewesen und hatte neben Gia gesessen. Ob Svea womöglich ein Treffen mit ihrem Mann vereinbart hatte? Viola war sich ziemlich sicher, dass es Ola gewesen war, den sie gesehen hatte, aber hundertprozentig überzeugt war sie nicht.

Sehr viel mehr konnte sie gar nicht denken, ehe der Schlaf sie übermannte. Und schon wenig später leuchtete ihr entspanntes Lächeln mit dem des Engels um die Wette.

9. *Kapitel*

Es war warm und anheimelnd im Restaurant *Casa Grande*. Überall standen kleine Laternen, und aus der Stereoanlage ertönte gedämpfte Weihnachtsmusik. Kerstin hatte die Sitzordnung so arrangiert, dass die Reiseteilnehmer bunt gemischt und nicht bei ihrer jeweiligen Begleitung saßen. Inez, die Erik als Tischherrn erwischt hatte, sah nicht sonderlich zufrieden aus. Olga kam neben ein Paar aus Eskilstuna, Ulrika und Sten, die sich nicht hatten auseinandersetzen lassen. Sie machten einen netten Eindruck, aber die Freundinnen hatten bisher kaum Kontakt mit ihnen gehabt. Ulrika wirkte sehr entschlossen und redete ohne Punkt und Komma. Sten atmete manchmal tief durch, um ein paar Worte einzuwerfen, aber noch ehe er seinen Satz formuliert hatte, ergriff Ulrika wieder das Wort. Sie erzählte, dass sie die Reise anlässlich ihres fünfzigsten Hochzeitstages gebucht hätten.

»Ich habe alle zollfreien Einkäufe auf der Fähre bezahlt«, sagte Ulrika plötzlich zu Sten.

»Aber diesen Duft da, den du dir gekauft hast, den bezahlst du doch wohl selbst?« Sten rollte nervös die Serviette zwischen den Fingern.

»Dein Whisky hat hundertneunundzwanzig dänische Kronen gekostet, und die will ich bitteschön zurück.«

»Ich habe keine dänischen Kronen. Ich gebe es dir in Euro.« Sten begann in seiner Geldbörse zu wühlen und legte dann eine Handvoll Münzen auf den Tisch.

Ulrika arrangierte drei kleine Stapel: dänische und schwedische Kronen und Euro.

»Und wie viel wird das dann?«

Als Sten nicht antwortete, schob Ulrika ihren Teller beiseite, nahm ein Papier und begann energisch, lange Zahlenreihen zu notieren.

»Das können wir doch später klären«, meinte Sten. »Muss das jetzt sein?« Er sah zu Olga hinüber.

»Es ist besser, wir klären das gleich, solange wir uns noch an alles erinnern. Außerdem habe ich die Blumen für das Grab deiner Tante an Allerheiligen bezahlt«, fuhr Ulrika fort.

»Willst du das Geld in schwedischen Kronen oder in Euro haben? Ansonsten kann ich zu Ostern die Narzissen für Beatas Grab besorgen, dann sind wir quitt«, schlug Sten vor und seufzte.

Olga fand das richtig peinlich. Mein Gott, wie konnte man es fünfzig Jahre miteinander aushalten, wenn man sich über solche Kleinigkeiten stritt?

Als die Kellnerin kam, um die Bestellung aufzunehmen, schob Sten das Geld zur Seite.

»Du bringst ja alles durcheinander!«, rief Ulrika entsetzt.

»Nimm das Geld, Ulrika. Das wird schon alles seine Richtigkeit haben.«

Ulrika starrte ihren Mann wütend an und stopfte dann das Geld zusammen mit ihren Zahlenkolonnen in die Tasche.

Olga rollte mit den Augen und begann über das Wetter zu reden.

Viola saß zwischen Gustav, dem kleinen hohläugigen Mann, der immer so dankbar und zufrieden war, und dem Busfahrer. Sie war richtig zufrieden mit ihrem Platz. Die beiden Herren unterhielten sich mit ihr und waren aufmerksam und höflich.

»Zuerst kommt die Kellnerin und nimmt die Bestellung für die Getränke auf«, erklärte Kerstin. »Das Essen ist schon bezahlt, aber die Getränke übernimmt jeder selbst.«

»Wir warten nur auf Svea, wie immer«, bemerkte Stig.

Gerade als die Kellnerin mit dem Notizblock in der Hand auftauchte, kam Svea. Ihre Absätze knallten, während sie über den Steinfußboden zu Kerstin hinüberging.

»Hatten wir nicht Viertel vor sieben gesagt?«, fragte Svea mit gellender Stimme.

»Das stimmt«, antwortete Kerstin freundlich. »Wir haben bis zehn vor sieben gewartet, dann sind wir losgegangen.«

»Ich war Punkt Viertel vor da«, fauchte Svea. »Gibt es noch einen freien Platz, oder soll ich vielleicht an einem eigenen Tisch sitzen?«

»Das können Sie ganz allein entscheiden«, sagte Stig. »Aber hier wäre noch ein freier Platz.« Er zeigte auf den Stuhl gegenüber von Viola.

Man spürte eine gewisse Irritation innerhalb der Reisegruppe, weil Svea sich nur selten an die vereinbarten

Zeiten hielt. Sie setzte sich schwungvoll auf den Stuhl und legte ihr Handy neben den Teller.

»Die Benutzung von Handys hier im Lokal ist unerwünscht«, sagte Stig. »Aber falls das Telefon in Ihrer dunklen Tasche Angst kriegt, dann können Sie es natürlich auf dem Tisch liegen lassen – ausgeschaltet, versteht sich«, fuhr er in etwas schärferem Ton fort.

Svea verzog ihren Mund und sah ein bisschen zerknittert aus.

Bald hatten alle ihre Getränke bekommen. Die meisten hatten Wein bestellt.

»Dann stoßen wir auf einen weiteren netten Abend an«, sagte Kerstin und erhob ihr Glas. »Der Tag war im Übrigen auch sehr nett. Danke, Viola, für den Witz, den Sie uns im Bus erzählt haben. Der war richtig lustig. Und Sie haben mit dem Mikrofon hantiert, als hätten Sie nie etwas anderes getan.«

Svea hatte gerade das Weinglas erhoben, um zu trinken, hielt jetzt aber inne und sah ungläubig zu Viola hinüber. Die hob lächelnd ihr Glas und empfand eine gewisse Zufriedenheit, als sie Sveas verwunderte Miene sah.

Als das Essen vor ihnen stand, wandte sich Viola an Stig und fragte: »Das ist doch nicht etwa Pilzsoße, oder?« Sie stocherte mit der Gabel in ihrem Teller herum.

»Doch, und zwar richtig leckere«, meinte Stig, der schon gekostet hatte.

»Ich weiß nicht, ob ich mich traue, davon zu essen.« Viola schob einen Pilz auf die Seite.

»Die ist wirklich gut«, versicherte Stig.

»Mag sein, aber ich frage mich, ob die Leute vom Restaurant die Pilze womöglich selbst gesammelt haben.

Da kann ja leicht mal was schiefgehen. Und dann stirbt man«, sagte Viola mit Nachdruck, als verkünde sie eine Neuigkeit.

»Ach, die sammeln die Pilze bestimmt nicht selber«, meinte Stig tröstend. »Die haben genug damit zu tun, sie zuzubereiten.«

Auf einmal begann Viola zu kichern, und Stig sah sie erstaunt an.

»Ich musste nur gerade an einen Witz denken, in dem ein Ehepaar Gäste erwartet und im Vorfeld darüber diskutiert, was es zu essen geben soll.«

Stig sah sie interessiert an, während sie fortfuhr: »Die Frau schlägt vor, Braten und Pilzsoße anzubieten, denn sie haben gerade Pilze gesammelt. Aber ihr Mann ist der Meinung, dass sie nicht so gute Pilzkenner seien, und hat Sorge, dass die Gäste sich eine Pilzvergiftung holen könnten.«

Viola holte tief Atem und trank einen Schluck Wein.

»Da meint seine Frau, dass sie die Pilze ja an ihrem Hund testen könnten. Wenn der überlebe, dann bestünde ja wohl keine Gefahr.«

Stig lachte.

»Der Hund bekommt ein paar Pilze, die er offensichtlich gut verträgt. Deshalb beschließen sie, eine Soße aus den selbstgesammelten Pilzen zu kochen.« Viola lachte laut, und Stig wirkte ein bisschen verunsichert, denn er wusste nicht, ob die Geschichte womöglich schon zu Ende war, aber Viola erzählte weiter.

»Kaum haben die Gäste den Hauptgang gegessen, kommt die Haushälterin herein und flüstert dem Gastgeber ins Ohr: ›Der Hund ist tot.‹«

»Oje«, sagte Stig entsetzt.

»Alle müssen ins Krankenhaus und sich den Magen auspumpen lassen«, erzählte Viola kichernd und nahm noch einen Schluck Wein. »Als sie zurück sind, kommt die Haushälterin wieder herein und sagt: ›Inzwischen war der Mann da, der Ihren Hund totgefahren hat.‹«

Stig begann heftig zu lachen, und Viola sah zufrieden aus. Die ganze Reisegruppe sah zu ihnen herüber, und Inez lächelte freundlich, obwohl sie Violas Erzählung nicht gehört hatte.

»Sie können wirklich gut Witze erzählen«, sagte Stig.

Viola genoss die Aufmerksamkeit und war versucht, auch noch den Witz von dem Mädchen und dem Knecht zu erzählen, aber verzichtete dann doch darauf. Es gab Grenzen.

Nach dem Essen gingen die Freundinnen umher und sahen sich die vielen Dekorationsgegenstände an, die es im Restaurant gab. An der Wand hing eine hübsche alte Kuckucksuhr aus dem Schwarzwald, und in einem Vitrinenschrank waren Puppen in langen Seidenkleidern zu bewundern. Plötzlich spürte Viola, wie jemand ihre Schulter berührte.

»Das war wirklich ein guter Witz, den du da erzählt hast«, sagte Olle anerkennend. »Vielleicht können wir mal ein paar Geschichten austauschen?« Er lachte.

Dass ausgerechnet Olle ihren Witz mochte, freute sie besonders. Auch Monika und Bertil aus Uppsala, mit denen Viola sich schon mehrmals unterhalten hatte, kamen zu ihr und lobten sie. Beinahe fühlte sie sich, als gehörten sie alle zu einer großen Familie.

Als sie wieder zum Hotel kamen, sahen sie Svea allein an der Infotafel stehen. Sie wirkte traurig. Svea war nicht nur allein zum Restaurant gekommen, sie hatte auch die meiste Zeit schweigend dagesessen. Sie hatte sich auch nicht mit Erik unterhalten, soweit die drei Freundinnen es mitbekommen hatten. Inez ging zu Svea hinüber.

»Gibt es neue Informationen an der Tafel?«, fragte sie freundlich.

»Keine Ahnung«, antwortete Svea leise.

»Es war wirklich Pech, dass der Bus schon losgefahren war, als du zum Treffpunkt gekommen bist, aber du schlägst dich wirklich in jeder Lebenslage durch, Svea«, versuchte Inez sie aufzumuntern.

Svea lächelte schwach.

»Dann wünsche ich dir eine gute Nacht«, meinte Inez und ging zu ihren Freundinnen zurück.

Vor ihren Zimmern trennten sie sich.

Inez kroch gleich ins Bett. Sie ärgerte sich über Erik, der Svea so verletzt hatte. Dann kuschelte sie sich in ihre weiche Daunendecke, die wie eine große Wolke über ihr lag und sie angenehm wärmte. Tja, Gösta Glans, du kannst zu Hause liegen und schnarchen, so viel du willst, sagte sie sich und lächelte schläfrig. Dann dachte sie an die Brust, die der Krankenkasse gehörte. Ihre Diskussion während des Mittagessens war schon etwas verrückt gewesen.

Kaum war sie eingeschlafen, konkurrierte das Pfeifen zwischen ihren Vorderzähnen mit dem Geräusch vom Fahrstuhl – aber wenigstens störte kein Gewummer aus dem Nachbarzimmer.

Viola saß in ihrem Sessel und zog sich die Schuhe aus. Der Witz vom Hund und der Pilzsoße hatte Stig gefallen, und auch der, den sie im Bus erzählt hatte. Das war vollkommen anders als früher. Sie hatte nämlich schon als Kind gerne Witze erzählt, wenn die Verwandtschaft versammelt war. Damals war sie schüchtern gewesen und hatte hinter der Tür gestanden, während die Verwandten im Zimmer gesessen und andächtig gelauscht hatten. In mir wohnt doch eine kleine Schauspielerin, dachte sie zufrieden. Sie erinnerte sich genau, wie sie einmal einen Witz erzählt hatte, den sie von den Jungen in der Schule abgehört, aber selbst nicht ganz verstanden hatte. Bei einer Familienfeier hatte sie ihn zum Besten gegeben. Danach hatte sie hinter der Tür gestanden und auf das Gelächter der Verwandten gewartet. Doch nichts war zu hören gewesen, und Viola hatte gar nicht begriffen, warum das Lachen ausblieb. Plötzlich hatte ihr Vater die Tür aufgerissen und sie am Arm gepackt und geschüttelt. »Du sollst dich was schämen!«, hatte er sie angebrüllt, aber sie hatte noch immer nicht verstanden, was eigentlich los war. Ihr älterer Bruder Yngve hatte ihr später verraten, worum es bei dem Witz gegangen war, und Viola hatte sich tatsächlich geschämt. Seit jenem Tag hatte sie nie wieder ihre Verwandtschaft mit Witzen unterhalten.

Plötzlich fühlte sie sich einsam. Sie sah sich den Becher an, den sie am Glühweinstand gekauft hatte. In weißen Buchstaben auf blauem Grund war das Wort »Weihnachtsmarkt« zu lesen. Sie zog ihren schmalen Finger am Rand des Bechers entlang, immer wieder im Kreis, während sie geistesabwesend vor sich hinstarrte.

Sie vermisste Olga und Inez, obwohl sie gleich nebenan wohnten. Ihr warmherziges Lächeln und ihre freundlichen Blicke. Manchmal tat ihr Svea ein bisschen leid, denn durch ihre Art entging ihr vieles von der Freundschaft, die die übrigen drei verband.

Viola saß eine ganze Weile im Sessel und ließ ihre Gedanken wie Wolken davonschweben. Manchmal waren sie dunkel und schwer wie bei Regen, dann wieder hell wie der Sommerhimmel. Genau wie das Leben, dachte sie. Vielleicht musste es auch manchmal dunkel sein, damit man das Helle ausreichend schätzte.

Sie erhob sich und ging hinüber zum Fenster, zog den Vorhang zu und begann sich auszuziehen.

Es gibt bestimmt nicht viele Schlafanzughosen, die in Schwerin spazieren geführt werden und sogar in ein Restaurant mitkommen dürfen, dachte sie und lächelte den Engel an.

10. Kapitel

Sigvard und Arvid gingen zusammen an der kleinen Dorfstraße entlang. Gösta hatte sie zum Abendkaffee eingeladen.

»Ein Schandfleck für das ganze Dorf«, sagte Arvid empört. Er schob die Hände tief in die Jackentaschen, während er zu einem der kleinen Häuser nickte. »Ich werde dafür sorgen, dass ich mich weiterhin gut mit Viola vertrage. Wer weiß, wie unser Haus sonst aussehen würde.«

Das Häuschen, auf das sich Arvid bezog, sah wirklich merkwürdig aus. Die Fenster auf der einen Seite des Gebäudes waren in einer quietschgrünen Farbe gestrichen, während die Rahmen auf der anderen Seite in Altrosa gehalten waren. Die Haustür war zur Hälfte grün gestrichen, die andere Hälfte rosa. Man erzählte sich, dass sich die Besitzer, die nur im Sommer hier lebten, nicht auf eine Farbe hätten einigen können. Da keiner hatte nachgeben wollen, war es zu diesem Ergebnis gekommen.

»Ich frage mich, wie es weitergehen soll. Die Baubehörde hat offenbar auch eine Meinung zur Farbgebung des Hauses.«

»Das wollen wir hoffen«, knurrte Arvid. »Die sollen bloß nicht glauben, dass sie einfach herkommen und alles so machen können, wie es ihnen gefällt.«

Natürlich freute man sich in Brantevik über die Feriengäste. Sie waren eine bunte Abwechslung in dem sonst recht ereignislosen Dorfleben, und die Ortsansässigen hatten auf einmal viele neue Gesprächsthemen. Die Sommergäste hatten nämlich manchmal seltsame Ideen! Ein Haus in zwei Farben zu streichen, das war allerdings doch etwas zu viel des Guten.

Gösta stand draußen im Garten, als sie kamen.

»Ich habe Inez versprochen, während ihrer Abwesenheit die Buchsbaumhecke zu schneiden, obwohl Winter ist. Jedes Jahr muss ich sie schneiden, dabei wächst sie so langsam. Einmal habe ich Inez aber beschummelt«, meinte Gösta und grinste. »Sie war in Ystad und hat Eva geholfen, neue Küchengardinen zu nähen, und ich hatte ihr versprochen, die Hecke zurückzuschneiden. In Wirklichkeit habe ich nicht einen einzigen Zweig abgeschnitten, aber als Inez wieder zu Hause war, habe ich sie gefragt, wie ihr die Hecke jetzt gefalle. ›Du hast wirklich ein Händchen für Pflanzen‹, hat sie gesagt. ›Genau die richtige Länge.‹«

Sie lachten alle drei, zogen sich schon auf der Vortreppe die Schuhe aus und stellten sie auf eine große Plastiktüte, die zu diesem Zweck auf dem Flurfußboden lag.

»Ich habe schon mit den Topfpflanzen zu Hause genug zu tun. Ich verstehe einfach nicht, warum es so viele sein müssen«, sagte Sigvard. »Die eine soll jeden Tag gegossen werden, die andere soll Blumendünger kriegen, und einige brauchen überhaupt kein Wasser, während sie weg ist. Das ist eine richtige Wissenschaft.«

Arvid hatte schweigend dagesessen und das Gespräch verfolgt. Plötzlich begann eine Ader auf seiner Stirn zu pulsieren, während ein paar Schweißtropfen zum Vorschein kamen.

»Verdammt noch mal«, murmelte er.

»Was ist denn los?« Die anderen beiden starrten ihn an.

»Ich habe Viola versprochen, jeden Tag die Begonie im Küchenfenster zu gießen, und bis heute hat sie keinen einzigen Tropfen bekommen.«

»Das ist ja nicht so gut«, meinte Sigvard anteilnehmend. »Wie sieht sie denn aus?«

»Wie sie aussieht? Denkst du, ich habe ständig alle Fensterbretter im Blick, du Witzbold?«

»Nein, vermutlich starrst du vor allem die Decke über deinem Bett an.«

»Ich habe gestern mit Herbert gesprochen«, erzählte Arvid. »Er hat Ola seit der Abreise unserer Frauen nicht mehr gesehen. Keiner weiß, wo er steckt. Natürlich kann er auch nach Stockholm zu den Kindern gefahren sein.«

»Aber das Auto ist weg. Er nimmt doch immer den Zug nach Stockholm.«

»Das Auto war nach dem Bridgeabend auch verschwunden«, meinte Sigvard mit einem hintergründigen Lächeln.

»Diese Friseurin in Simrishamn mit den kurzen Röcken, ich glaube, sie heißt Louise... Jedenfalls war Herberts Frau Blenda zum Dauerwellenmachen da, und da hat sie von Louise erfahren, dass Svea, die auch eine von Louises Kundinnen ist, ihrem Mann weder den Reiseveranstalter noch das Hotel genannt hat, in dem sie wohnen wird.« Sigvards Blick wanderte zwischen Arvid und Gösta hin und her.

»Aber was ist, wenn was passiert und er sie erreichen muss?« Arvid sah ein wenig nervös aus. Er selbst hatte alle Unterlagen zu Hause auf dem Küchentisch ausgebreitet, für alle Fälle ...

»Sie hat doch ständig dieses verdammte Gerät in der Hand, das hat zumindest Viola gesagt.«

»Welches Gerät?«

»Na, diesen Telefonhörer.«

Gösta schaltete die Kaffeemaschine an und deckte den Kaffeetisch. »Dieser Holmgren hat sich mal wieder mit den Mietern in den Hochhäusern in Simrishamn angelegt«, erzählte er, während er einen Teller mit Gebäck auf den Tisch stellte. Holmgren war ein unverfänglicheres Gesprächsthema.

»Das ist ja albern, von Hochhäusern zu sprechen. Die Gebäude haben doch höchstens drei Stockwerke. Wie soll man denn dann diesen Klotz in Malmö nennen, der sich um die eigene Achse zu drehen scheint? Turning Torso oder wie das Ding heißt. Es hat vierundfünfzig Stockwerke. *Das* ist eine stattliche Höhe!« Sigvard ließ sich die Zahl auf der Zunge zergehen.

»Die hießen doch immer schon Hochhäuser. Alle Gebäude mit mehr als zwei Stockwerken gelten in Simrishamn als Hochhäuser. Das höchste Haus der Stadt hat vier Stockwerke und wird Wolkenkratzer genannt«, sagte Gösta mürrisch. »Wollt ihr gar nicht wissen, was mit Holmgren ist?«

»Na klar, was hat er denn jetzt schon wieder angestellt?« Sigvard rührte sorgfältig in seiner Tasse.

»Er hat einen Korb mit blauen Überziehern hingestellt, die die Mieter sich über die Schuhe streifen sollen, ehe sie die Waschküche betreten. Das muss man sich mal vorstellen.« Gösta reichte seinen Gästen den Teller mit Gebäck. »Geizig soll er auch noch sein, dieser Holmgren, habe ich gehört.«

Sigvard entfernte umständlich das Papier von einer Zimtschnecke. »Ach ja?«

»Er hat beinahe sein komplettes Blut hergegeben. Früher, als man fürs Blutspenden noch Bargeld bekommen hat, ist er so oft zur Blutspendezentrale gefahren, dass sie ihn irgendwann abweisen mussten. Er hatte ja schon fast kein Blut mehr im Körper.«

»Bekommen die denn kein Geld mehr fürs Blutspenden?«, wollte Sigvard wissen.

»Zumindest kein Bargeld«, erklärte Gösta. »Heutzutage kann man sich zwischen Gutscheinen für Benzin, Blumen oder Essen oder aber einer Wertmarke entscheiden, die man in den Läden der Blutspendezentralen einlösen oder in eine Spendendose stecken kann. Ich glaube, der Wert liegt bei fünfzig Kronen. Das hat sicher mal wieder die EU so festgelegt.«

»EU hin oder her.« Sigvard biss gereizt in seine Zimtschnecke. »Bald entscheiden die wohl auch noch, wie viel Klopapier wir pro Tag verwenden dürfen, um nicht die Regenwälder zu vernichten.«

»Ich habe in unserem Käseblatt gelesen, dass es so was wie eine Bürgerinitiative geben soll. Wenn sich eine Million EU-Bürger in einer Gegend zusammentun und gemeinsam einen Vorschlag machen, dann wird das von der EU berücksichtigt.«

»Meine Güte, in Brantevik wohnen ja höchstens fünfhundert Leute!«

»Die EU hat entschieden, dass der Kaffee zu stark ist«, sagte Gösta. »Deshalb muss er verdünnt werden.« Er grinste und holte eine Flasche Wodka aus dem Schrank, die er zusammen mit drei Schnapsgläsern auf den Tisch stellte.

Die Strohwitwer schenkten sich routiniert die Gläser voll und kippten den Inhalt in die Kaffeetassen.

»Dieser Holmgren muss wohl mit dem Klammerbeutel gepudert sein«, sagte Arvid und hob die Tasse.

Das folgende Gespräch erreichte nicht ganz das Niveau der EU-Parlamentarier. Die Männer regten sich über eher regionale Fragen auf – wie die Buszeiten nach Simrishamn, die Müllabfuhr und die Insekten auf den Johannisbeerbüschen.

Ehe sie sich trennten, sprachen sie natürlich noch darüber, wie es wohl ihren Frauen in Deutschland ergehen mochte, und in ihren Augen flackerte die Einsamkeit. Sie konnten es nicht lassen, sich ein weiteres Mal zu wundern, warum Ola und sein Auto verschwunden waren. Und dann sagten sie noch ein paar besorgte Worte über Svea. Gösta befürchtete, dass Inez sich mit ihr in die Haare kriegen würde, schließlich sei Svea mehrmals unfreundlich zu ihr gewesen, und Inez lasse auf die Dauer niemanden ungestraft davonkommen.

Als sie aufbrachen und in den Garten hinausgingen, zog ihnen der Teergeruch von den kieloben liegenden Booten in die Nase.

»Vergiss nicht, die ganzen Begonien, Astern oder wie diese vermaledeiten Dinger heißen, zu gießen«, rief

Gösta Arvid hinterher. »Mindestens einmal am Tag, das hat die EU so beschlossen.«

Gösta spürte, wie ihm die Stille entgegenschlug, als er den Kücheneingang hinter sich schloss. Er ging ins Bad und betrachtete sich im Spiegel. Die Haare sehen ja aus, als seien sie in einen Wirbelsturm geraten, dachte er und öffnete den Badezimmerschrank. Die Spezialcreme hatte Inez natürlich nach Deutschland mitgenommen. Sonst funktionierte sie ganz gut zum Glätten der Haare, damit sie weniger zerzaust wirkten. Er beugte sich vor. Sah das Haar nicht auf der einen Seite etwas kürzer aus als auf der anderen? Er drehte den Kopf. Verdammt, die Haare waren auf der linken Seite wirklich kürzer! Seit fünfzehn Jahren war er nicht mehr beim Friseur gewesen, denn Inez fand Friseurbesuche teuer und unnötig. »Ich kann deine Haare nachschneiden«, sagte sie immer. Ein bisschen zackig und ungleichmäßig wurden sie manchmal, aber meistens war er zufrieden. Jetzt nahm er den Kamm, hielt ihn unter den Wasserhahn und strich die Haare sorgfältig nach hinten. Doch sobald er den Kamm aus dem Haar nahm, hatte er das Gefühl, als würde ihn jemand am Kopf kitzeln, und zwei Haarsträhnen stellten sich auf wie Antennen. Gösta seufzte.

Als er die Badezimmerlampe ausschaltete, blitzte eine Idee in seinem Kopf auf. Was, wenn er zum Friseur ginge, ehe Inez nach Hause käme? Das mache ich!, dachte er mutig und schlug mit der Faust an den Türrahmen.

Das war im Übrigen schon die zweite Idee an diesem Tag. Die erste war, einen Sandkuchen zu backen und alle zu Kaffee und Kuchen einzuladen, wenn sie ihre Frauen in Simrishamn abgeholt hätten. Gösta freute sich schon.

Ich frage mich, ob Arvid meine Begonie gegossen hat, dachte Viola, während sie sich die Haare vor dem Spiegel in ihrem Zimmer kämmte. Sie hatte beschlossen, den Badspiegel zu ignorieren, da sie jedes Mal zusammenzuckte, wenn sie sich darin sah.

Die Freundinnen wollten heute nicht in die Stadt fahren. Stattdessen hatten sie sich ein Einkaufszentrum mit vielen Geschäften ganz in der Nähe des Hotels als Ziel ausgesucht. Der heutige Ausflug sollte in ein Museum gehen, und darauf hatte keine von ihnen besondere Lust. Es war auch schön, mal einen Tag für sich zu haben.

Als der Bus mit dem Großteil der Reisegruppe losgefahren war, saßen nur noch wenige Gäste im Speisesaal des Hotels. Es breitete sich eine angenehme Stille aus, und Inez, Viola und Olga entspannten sich.

»Genießt diese Tage, denn wenn wir nach Hause kommen, ist es schon Zeit für den Weihnachtsputz«, meinte Inez und seufzte.

»Da hast du recht. Aber es reicht, sich darüber Gedanken zu machen, wenn wir wieder da sind.«

»Dies Jahr werde ich zu Weihnachten nur oberflächlich putzen. Stattdessen veranstalte ich im Frühjahr eine große Nachlassaktion«, erzählte Olga.

»Nachlassaktion?« Viola schnappte so erschrocken nach Luft, dass die kleine Brosche am Aufschlag ihres Kleides zitterte.

»Sigvard und ich haben beschlossen, unseren Nachlass selbst zu ordnen«, sagte Olga, und in ihren Augen war ein Hauch von Wehmut zu erkennen. »Wir werden ausmisten, Dinge verschenken und wegwerfen. Schließlich wollen wir nicht, dass unsere Jungs und die Schwiegertöchter eines Tages, wenn wir tot sind, in unseren alten Lumpen herumwühlen müssen.«

»Tja, man sammelt im Lauf der Jahre schon allerhand an«, stimmte Viola zu. »Bei uns im Keller stehen lauter Kisten mit altem Geschirr. Wir hatten ja gedacht, das könnte ein guter Start für Eskil sein, wenn er mal ausziehen würde.«

»Ach, die Kinder mögen dieses alte Zeug doch nicht. Eva hat angefangen, ein Service von Royal Copenhagen zu sammeln, kaum dass sie von zu Hause ausgezogen war«, sagte Inez und bekam wieder diesen verbitterten Zug um den Mund.

»Ich dachte, von Nachlass spricht man erst, wenn jemand tot ist«, sagte Viola vorsichtig. »Ich finde, es klingt unheimlich.«

»So ist es jedenfalls«, sagte Olga, und für einen Moment sahen sie alle drei sehr ernst aus.

Als sie das große Einkaufszentrum betraten, fühlten sie sich zunächst etwas verloren. Die Handtaschen hatten sie in den Hotelzimmern gelassen und nur die Geldbörsen in ihre Manteltaschen gesteckt, um die Hände frei zu haben, wenn sie sich etwas näher ansehen wollten.

»Haltet die Arme fest an die Seiten gedrückt«, sagte Olga und demonstrierte ihren Freundinnen, was sie meinte.

»Warum denn das?«, wollten die anderen wissen.

»Ich habe gehört, dass den Leuten die Geldbörsen aus den Taschen geklaut werden«, erklärte Olga.

Schnell pressten sie die Arme an die Seiten und sahen aus wie drei Revolverheldinnen, die bereit waren, jederzeit ihre Waffen zu ziehen.

»Irgendwie komisch, dass sie hier in Deutschland Alkohol in ganz gewöhnlichen Supermärkten verkaufen«, sagte Inez, die an die staatlichen schwedischen Spirituosenläden gewöhnt war.

»Und dann auch noch im Regal neben den Damenschlüpfern«, meinte Olga lachend und musterte die Unterwäsche.

»Sind das nicht die englischen Wochentage?«, sagte Viola und hob eine Packung mit sieben Damenslips hoch. »Mondaj, Tusdaj, Wednesdaj«, las sie laut vor.

»Eine für jeden Tag, sehr praktisch«, fand Inez und riss die Packung an sich.

»Glaubt ihr, es gibt auch Herrenunterhosen?«, fragte Olga.

»Dann gibt es vermutlich zwölf Stück in der Packung – Januar, Februar, März…«, meinte Inez kichernd. »Eine für jeden Monat. Das wär was für den alten Schmied Mikelsen!«

»Pfui«, sagte Viola empört. »Sag doch nicht so was, wie unhygienisch!«

»Nicht viel schlimmer als Bojan Birkestam, die für acht Tage verreisen wollte und nur vier Unterhosen mitnahm, damit der Koffer nicht so voll würde. Nach einem Tag hat sie die Unterhosen immer umgedreht und noch einen Tag getragen.«

Alle drei kicherten ein bisschen verkrampft. Sie

waren die Reinlichkeit selbst und genossen es, jeden Morgen zu duschen und frische Unterwäsche anzuziehen. Obwohl sie nur vier Nächte weg sein würden, hatte Viola sechs Slips eingesteckt – für alle Fälle. Wenn sie heftig nieste oder lachte, konnte schon mal ein Tropfen in die Hose gehen. Die Ärztin hatte gesagt, dass das in ihrem Alter vollkommen normal sei, weshalb sie sich keinerlei Sorgen machte.

»Seht mal, was für eine schöne Bluse!«, rief Viola, die zu einem Drehständer weitergegangen war. »Die kaufe ich mir. Nur fünfzig Kronen!« Glücklich legte sie die Bluse in den Einkaufskorb und ging zur Umkleidekabine.

»Das sind doch Euro, Viola, du verrücktes Huhn! Das müssten etwa fünfhundert Kronen sein«, meinte Olga lächelnd.

»Ach ja, stimmt.« Enttäuscht hängte Viola die Bluse wieder zurück. »Ich finde, man könnte in allen Ländern dieselbe Währung haben. Warum bloß heutzutage alles so kompliziert sein muss.«

»Heutzutage? Verschiedene Währungen hat es doch wohl immer schon gegeben«, sagte Inez, sah aber nicht hundertprozentig sicher aus.

In der Kurzwarenabteilung versorgten sie sich mit neuen Kreuzstichpackungen. Ein paar Kekse und Tüten mit Süßigkeiten kauften sie auch noch, ehe sie weitergingen, um sich in anderen Geschäften umzuschauen. Sie beendeten ihre Einkaufsrunde in einer Konditorei bei Kaffee und Kuchen.

»Die Reise ist doch gar nicht so schlecht, oder?«, meinte Viola vorsichtig und sah zu Inez hinüber. Sie wollte nicht so direkt sagen, dass Inez ja zuerst ziemlich ablehnend gewesen war, als sie die Reise gewonnen hatte, aber sie wollte sie nur ganz sachte daran erinnern, damit ihre Stimmung nicht wieder kippte.

»Es ist bisher ganz phantastisch gewesen«, antwortete Inez und lächelte übers ganze Gesicht. »Aber diese Sache mit Svea ist bedauerlich und seltsam. Na ja, ehrlich gesagt sogar ziemlich unangenehm.«

»Auch wenn Svea launisch ist, könnten wir doch trotzdem versuchen, heute Abend mit ihr zu reden und uns so zu verhalten wie sonst auch«, meinte Olga.

»Aber es ist komisch, ganz so, als hätte man keine gemeinsamen Gesprächsthemen. Von Bridge habe ich keine Ahnung. Ich finde, sie brauchte bei unserem Nähkränzchen nicht dauernd davon zu erzählen, wenn wir ohnehin nichts verstehen. Das tut sie bestimmt nur, um sich wichtig zu machen«, sagte Inez.

»Das liegt vermutlich daran, dass sie mehr Interesse an Bridge hat als am Nähen. Sticken mag sie ja nicht, sie nimmt sich höchstens ein paar Knöpfe mit, die sie annäht. Dafür muss man doch nicht extra zu einem Nähkränzchen gehen, Knöpfe näht man doch sowieso an«, fand Olga. »Wir sind eben verschieden. Aber gestern Abend hat sie richtig unglücklich gewirkt. Vielleicht sollten wir uns mehr um sie kümmern.«

Als sie das Café verließen, schwenkte Viola fröhlich ihre Plastiktüte. »Das sind wirklich sehr dekorative Beutel, die wir im Geschäft bekommen haben«, erklärte sie stolz.

Wie immer gingen sie eingehakt und verschwanden mit ihren bunten Tüten schon bald im deutschen Straßengewimmel.

11. Kapitel

Arvid saß auf einer Bank am Hafen von Brantevik. Trotz des kalten Wetters war er seiner Gewohnheit treu geblieben und hatte nach dem Vormittagskaffee einen Spaziergang zum Hafen gemacht. Er vermisste Viola. Es war so einsam und leer zu Hause. Mittlerweile war es schon so weit gekommen, dass er sich abends keinen Kaffee mehr kochte, sondern früh ins Bett ging, damit der nächste Tag schneller käme.

Ein Schwarm Möwen folgte kreischend einem Fischerboot, das durch die Hafeneinfahrt steuerte. Der Sonne gelang es nicht so recht, durch die Wolkendecke zu dringen, und es lag ein trübes Licht über dem Ort.

Arvids Blick wanderte zum Horizont. Das Meer war unendlich und bedeutete so viel. Es trennte die Länder voneinander, und viele Männer hatten durch harte Arbeit auf der launenhaften See ihr Auskommen gehabt. *Auf dieser Bank haben Viola und ich gesessen, als wir jung waren*, dachte er und spürte einen Kloß im Hals. Hier hatten sie vertrauliche Gespräche über Freud und Leid geführt.

»Hat die Begonie überlebt?« Sigvard lehnte sein Fahrrad gegen einen Baum und setzte sich zu Arvid. »Jetzt beginnt man sich nach den Weibern zu sehnen«, fuhr er fort.

»Jetzt? Ich sehne mich schon die ganze Zeit«, sagte

Arvid wahrheitsgetreu. »Man grübelt ja so viel herum, wenn man allein ist. Wie es wäre, wenn Viola vor mir sterben würde und so.« Er zog die Jacke dichter um sich, aber die Kälte kam von innen.

»Ich habe gehört, dass jemand Ola auf der Fähre nach Deutschland gesehen haben will.«

»Deutschland?« Arvid klang bestürzt. »Was hat er denn in Deutschland zu suchen?«

»Keine Ahnung. Vielleicht will er ja Svea hinterherspionieren.«

»Ach, was *du* wieder erzählst.«

»Er soll ihr gegenüber manchmal ein bisschen überheblich sein, heißt es.«

»Ich dachte, es wäre umgekehrt, aber man kann sich ja täuschen«, sagte Arvid zögernd, und eine nachdenkliche Falte zeigte sich auf seiner Stirn.

»Man muss nicht alles glauben, was man so hört. Aber es wäre schon ein bisschen komisch, wenn er nach Deutschland gefahren wäre.«

An diesem Morgen gab es vieles zu besprechen. Erst als die Wolken endlich die Sonne durchließen, erhoben sich die beiden Männer und gingen nach Hause.

Zurück im Hotel, sahen sich die Freundinnen die Auslagen in den Glasvitrinen an. Einige Schweriner Läden hatten hier ihre Waren ausgestellt. Dann setzten sie sich in die Lobby, um Leute anzuschauen. Plötzlich kam der Busfahrer herein.

»Ich habe Sie heute Vormittag vermisst«, rief er ihnen fröhlich zu. »Sie hätten doch die Stimmung im Bus mit einem Witz heben können, Viola.«

»Ach«, antwortete sie und schabte verlegen mit dem Fuß auf dem Marmorboden herum.

»Glauben Sie mir, ich habe im Lauf der Jahre schon viele Witze gehört, aber noch nie so viele lustige ... Ich habe die anderen am Museum abgesetzt«, fuhr Stig fort. »Ich muss nur eben meine Brieftasche aus dem Zimmer holen. Sie können mit mir zurück in die Stadt fahren, wenn Sie möchten, und dort ein bisschen herumlaufen. Hier zu sitzen ist auf die Dauer doch auch nicht so spannend, oder?«

Die drei wechselten Blicke, dann stand Olga auf.

»Ich komme gern mit. Und ihr?«, fragte sie forsch.

Viola und Inez sahen sich unschlüssig an. Wenn man schon mal im Ausland unterwegs war, sollte man es ausnutzen, fanden sie, und obwohl die Schuhe zu drücken begannen, beschlossen sie mitzukommen, wenn sich schon die Gelegenheit bot.

»Ja, ja, ich bringe nur kurz die Tüte aufs Zimmer und hole meine Handtasche«, verkündete Inez mit einem tapferen Lächeln.

Eine Viertelstunde später fuhr der Bus in Richtung Stadt. Olga saß auf dem Sitz der Reiseleiterin ganz vorn, während die anderen beiden direkt dahinter Platz genommen hatten.

»Um fünf fährt der Bus zurück. Ich parke an derselben Stelle wie letztes Mal, am Lidl, da finden Sie auf jeden Fall hin«, sagte Stig, als er sie absetzte.

Sie spazierten schweigend nebeneinander her und sahen sich mit etwas abwesendem Blick die Stände an, wo allerlei Weihnachtsdekoration aufgebaut war.

»Wir sollten vielleicht etwas essen?«, schlug Viola vor. »Die nächste Mahlzet ist erst heute Abend um sieben.«

»Ich würde so furchtbar gern diese frischgebackenen Waffeln mit Sahne und Marmelade probieren«, sagte Inez mit einem seligen Lächeln auf den Lippen. »Dann halte ich bis heute Abend durch.«

»Am Marktplatz«, sagte Olga. »Dort, wo du den Engel gewonnen hast, Viola. Da gab es ein Lokal, das nett aussah. Da kann man drinnen sitzen, obwohl man draußen sitzt.«

»Drinnen, obwohl man draußen sitzt?« Viola sah fragend aus.

»Das sind eine Art kleine überdachte Pavillons.«

»Stimmt, die habe ich auch gesehen«, sagte Inez und machte sich mit raschen Schritten auf den Weg.

»Diese Bänke sind wirklich gemütlicher als die Fässer neulich, und Kissen liegen auch noch drauf«, stellte Olga zufrieden fest, als sie angekommen waren.

Sie saßen schweigend da und genossen die ersten Bissen. Vor dem Pavillon befand sich eine Einfahrt, die zu einem Parkplatz führte. Dort gingen Weihnachtsmänner herum und verteilten Süßigkeiten an Kinder. Viola ließ den Blick schweifen.

»Guckt mal!«, rief sie plötzlich, und die Leute drehten sich verwundert um und starrten sie an. »Guckt mal! Hab ich's nicht gesagt!«

»Nicht so laut. Was ist denn los?«, sagte Inez und wischte irritiert etwas Sahne weg, die neben ihrem Mund gelandet war.

»Es *ist* Olas Auto, das habe ich doch die ganze Zeit gesagt«, meinte Viola siegesgewiss.

Inez und Olga reckten die Hälse, und Viola deutete mit dem Finger.

»Seht ihr nicht? Schaut euch mal die Heckscheibe mit dem Logo vom ›Bridgeverband Skåne‹ an.«

»Ojemine!«, sagte Olga. »Allmählich wird es kompliziert.« Sie schob sich das letzte Waffelstück in den Mund.

Viola hörte auf zu kauen und starrte das Logo auf Olas Auto an. »Was sollen wir machen?«, fragte sie unruhig.

»Glaubt ihr, dass Svea davon weiß?« Olga wirkte ausnahmsweise ratlos. »Stell dir vor, er läuft Erik und Svea in die Arme ...«

»Aber die haben doch Schluss gemacht«, sagte Viola kläglich.

»Schluss gemacht!«, meinte Inez abfällig. »So kann man das doch nicht sagen. Sie waren ja gar nicht richtig liiert.«

»Aber sie waren zusammen, wobei jetzt ja wohl eher Gia übernommen hat.«

»Übernommen«, sagte Inez empört. »Das ist ein Schürzenjäger, da waren wir uns doch einig! Er nimmt sich einfach die Nächste im Stapel. Svea kann einem leidtun!« Ihre Augen waren noch dunkler als sonst.

»Jetzt müssen wir uns beruhigen«, ermahnte Olga ihre Freundinnen. »Wollen wir Svea davon erzählen?«

Ihre Stimmen waren laut geworden. So war es oft auch bei den Nähkränzchen. Wenn ihre Ansichten auseinandergingen, erhoben sie die Stimmen und fielen sich gegenseitig ins Wort.

Ehe sie den Pavillon verließen, beschlossen sie, Svea

gegenüber nichts von ihrer Beobachtung zu erwähnen. Sie hatten sich geeinigt, dass es nicht ihre Aufgabe war, sie auf dem Laufenden zu halten, aber die ganze Sache war schon mehr als merkwürdig. »Sie hat doch dieses Telefon«, hatte Inez gesagt. »Warum ruft er sie denn nicht an, wenn er etwas von ihr will?«

Sie wollten sich lieber im Hintergrund halten, damit Ola sie nicht etwa zu Gesicht bekäme. Womöglich wollte Svea gar keinen Kontakt zu ihm haben, und da wäre es schwierig gewesen so zu tun, als sei nichts, wenn man auf ihn träfe und er sie ausfragte. Warum nur hatte Svea ihrem Mann nicht erzählt, in welchem Hotel sie wohnte? Sie waren sich auch darin einig, dass sie Svea nach dem Abendessen in eines ihrer Zimmer zu einem kleinen Schwatz einladen wollten. Ein bisschen Likör würden sie anbieten und sich erkundigen, wie es wohl Ola zu Hause in Brantevik ginge.

Rechtzeitig machten sie sich auf den Weg zum Bus.

»Wie immer als Erste da«, sagte Stig fröhlich, als sie einstiegen. Kerstin unterhielt sich freundlich und interessiert mit ihnen und wollte wissen, wie ihr Tag gewesen sei und ob sie eine Tasse Kaffee haben wollten.

»Bitte mit Musik«, sagte Viola so schnell, dass sie errötete.

»Wird gemacht«, sagte Stig und holte Thermoskanne und die Whiskyflasche. »Sie sind ja wirklich ein topfittes Trüppchen.«

»Zu Hause gibt es nur Kaffee. Die Musik kommt aus dem Radio«, scherzte Inez. Die anderen Passagiere trafen allmählich ein. Eva erzählte enthusiastisch vom Museumsbesuch, und der kleine hohläugige Mann und seine freundliche kleine Frau nickten zustimmend. Das sind liebe Menschen, dachte Viola. Zurückhaltend und dankbar. Eva war auch fröhlich und nett, aber Viola duckte sich ein bisschen in ihrem Sitz, als sie vorbeikam, weil Eva ihre Mitreisenden freundlich auf die Schulter zu klopfen pflegte, und das konnte in ihrem Fall ziemlich schmerzhaft werden. Svea kam allein und wie immer als Letzte. Sie hatte gerötete Augen und war wackelig auf den Beinen.

»Wie lange stehen wir noch hier und warten?«, fragte sie, sobald sie den Bus betreten hatte.

»Wir wollten mit dem Schließen der Tür warten, bis Ihre Tasche im Bus ist«, sagte Kerstin, zum ersten Mal in einem etwas genervten Ton, und sah resigniert zu Stig hinüber.

Der Fahrer startete den Bus rasant, noch ehe Svea sich hingesetzt hatte. Viola blickte besorgt zu Inez hinüber.

»Sie sieht aus, als hätte sie geweint«, meinte sie. »Und findest du nicht auch, dass sie betrunken wirkt?«

»Ach, sie ist bestimmt nur aufgebracht. Glaubst du, dass sie Ola getroffen hat?«, überlegte Inez.

Während der Fahrt zurück zum Hotel erzählte Kerstin ein bisschen von der Geschichte Schwerins, und alle hörten andächtig zu.

»Anhalten!«, rief Svea plötzlich. »Mir ist schlecht. Sie fahren so heftig, dass mir übel geworden ist.« Sie war schon aufgestanden, und Stig bremste so plötzlich, dass Svea beinahe hingefallen wäre. Sie stürmte aus dem Bus und stellte sich an den Straßenrand. Viola lehnte sich an die Fensterscheibe und sah, dass Svea sich übergab.

»Sollen wir zu ihr gehen?«, fragte sie Inez.

»Sie kommt bestimmt alleine klar. Sie sollte sich schämen. Hast du gesehen, wie sie getorkelt ist? Du hattest ganz recht, Viola, sie hat getrunken.«

»Wenn es nur nichts anderes ist ... eine ernsthafte Krankheit oder so.«

»Ach, diese Krankheit ist selbstverursacht«, sagte Inez, aber sie sah trotzdem beunruhigt aus.

Als Svea zurück in den Bus kam, ging sie mit gebeugtem Kopf und setzte sich auf die letzte Bank. Die Mitreisenden tuschelten, und Eva sah streng zu Svea hinüber, die den Kopf in die Hände gelegt hatte.

Am Hotel leerte sich der Bus schnell, nur Svea rührte sich nicht. Sie schlief. Olga ging mit einem Seufzer zu ihr.

»Komm, wir begleiten dich auf dein Zimmer«, sagte sie in entschlossenem Ton und versetzte ihr einen kleinen Stoß in die Seite.

Svea antwortete nicht, sondern erhob sich vorsichtig und hakte sich bei Olga ein, die sie durch den leeren Bus nach draußen führte, wo Inez und Viola warteten. Svea sagte kein Wort. Sie hatte Olga und Inez am Arm gefasst, und Viola sah erschrocken zu, wie sie ihre wacklige Wanderung in Richtung Hotel begannen. Als sie an der Rezeption angekommen waren, stolperte Svea, und Inez hatte Mühe, sie zu halten.

»Ich kann übernehmen, wenn du willst«, meinte Viola, und Inez ließ Svea dankbar los. Die Dame in der Rezeption lächelte sie freundlich an.

»Letztes Mal habe ich einen Engel angeschleppt«, meinte Viola und seufzte.

»Sch«, mahnte Olga und schob Svea in den Fahrstuhl.

»Wir nehmen dich mit auf mein Zimmer«, erklärte Viola freundlich, aber bestimmt, obwohl in ihren Augen eine gewisse Unsicherheit zu sehen war. Die anderen protestierten nicht, als Viola ihre Zimmertür öffnete und Svea hineingeleitete. Sie setzte sie in den Sessel.

»Willst du ein bisschen Wasser trinken, Svea?«, fragte sie, wartete die Antwort jedoch gar nicht ab, sondern ging ins Bad, füllte den Zahnputzbecher und reichte ihn Svea, die mit unsicheren Bewegungen den Becher zum Mund führte.

»Danke«, sagte sie erschöpft und stellte den Becher auf den Tisch, während sie ihre drei Freundinnen ansah, die ratlos auf dem Bett aufgereiht saßen.

»Darf ich mich etwas hinlegen? Mir ist schwindlig.«

Die Freundinnen erhoben sich sofort und machten Svea Platz.

»Bitte bleibt doch noch.« Viola sah ängstlich zu Inez und Olga.

»Es tut mir leid, dass ich euch solche Umstände mache«, sagte Svea aufrichtig.

Sie sieht wirklich jämmerlich aus, dachte Viola. Die Wimperntusche war verschmiert, und zum ersten Mal sah sie Svea ohne Lippenstift.

Im Zimmer war nichts zu hören außer Violas knurrendem Magen. Svea drehte sich im Bett um und zuckte erschrocken zusammen, als sie den großen Engel bemerkte. Der Blick aus seinen blauen Augen war starr. Im Himmel bin ich jedenfalls nicht, dachte sie traurig. Die

Situation war ihr mehr als peinlich. Ihre drei Freundinnen standen da und sahen sie hilflos an, wie sie als ein Häufchen Elend im Bett lag und nicht einmal in der Lage war, klar zu denken. Sie spürte, wie ihr wieder übel wurde.

Viola ging zum Fenster und sah hinaus. Ein neuer Reisebus war angekommen, und müde Passagiere zogen ihr Gepäck in Richtung Hoteleingang.

»Seltsam«, sagte Viola leise, »zu Hause in Brantevik scheint derselbe Mond wie hier. Ist das nicht komisch?« Als sie keine Antwort erhielt, fuhr sie fort: »Ich kann das Glitzern des Mondes im Hafenbecken richtig vor mir sehen. Denkt ihr auch an eure Männer zu Hause?«

»Ich frage mich, ob zu Hause Schnee gefallen ist.« Inez stellte sich neben Viola.

»Ich wüsste gern, wie es meiner Begonie geht«, meinte Viola seufzend.

Die Gardine bewegte sich sacht im Strom der Lüftung, und draußen blinkte eine kaputte Straßenlaterne wie ein defekter Leuchtturm.

»Hast du schon die Wichtel auf dem Wandbehang fertiggestickt?«, fragte Viola, ohne den Blick vom Fenster zu nehmen.

»Der wird wohl erst nächstes Jahr fertig.« Inez räusperte sich. »Wie kommt Ola eigentlich klar, jetzt, wo du weg bist?« Viola versetzte ihr einen kleinen Stoß in die Seite, und Inez schwankte ein wenig.

»Ach, das klappt schon«, meinte Svea mit schwacher Stimme.

»Also ist er nicht zu den Kindern nach Stockholm gefahren?«

Plötzlich begann Svea zu weinen. »Entschuldigung. Hat eine von euch ein Taschentuch?«

Alle drei tauchten sofort in ihre Handtaschen ab. Olga war am schnellsten und reichte Svea ein gebügeltes und gestärktes Taschentuch.

»Ist irgendwas passiert?«, fragte Inez neugierig.

Svea antwortete nicht, sondern putzte sich lautstark die Nase.

»Aber er weiß doch hoffentlich, wo du bist, falls irgendwas passieren sollte?« Viola sah unruhig zu Svea hinüber, während sie sprach.

»Er weiß, dass ich in Schwerin bin, aber nicht, in welchem Hotel. Im Übrigen wohnen wir ja gar nicht in Schwerin, sondern außerhalb. Er tröstet sich bestimmt mit …« Der Rest des Satzes ging in Schluchzen unter.

Inez, Viola und Olga schnappten nach Luft.

»Er tröstet sich?«, fragte Olga erstaunt.

Viola hatte plötzlich einen trockenen Mund und kratzte sich die Hände.

»Ihr wisst nicht alles«, meinte Svea seufzend und richtete sich vorsichtig auf. »Ich habe sogar Beweise. Er hat Blumen an diese Sivan geschickt, und auf der Karte stand: ›Was für ein Fest! Danke für heute Nacht!‹«

Eine erwartungsvolle Stille erfüllte den Raum, und die drei Freundinnen atmeten tief durch.

»Woher weißt du das denn?« Jetzt spürte Inez, wie ihr der Schweiß ausbrach.

»Ich habe es auf der Bestellbestätigung gesehen.«

»Auf der Bestellbestätigung?« Olga begriff gar nichts.

»Er hatte die Blumen übers Internet bestellt. Bei

Euroflorist«, erklärte Svea und putzte sich erneut die Nase.

Olga verstand noch immer nichts.

»Könnt ihr mich auf mein Zimmer bringen, falls Erik kommen sollte?«

»Erik! Was meinst du?«, fragte Inez verwundert.

»Der ist so unangenehm. Erst war ich ganz angetan von ihm, aber er ist genau wie alle anderen Typen.«

»Aber du hast ihn doch selbst hereingelassen, Svea«, sagte Olga tadelnd.

»Ich habe mich eben einsam gefühlt.«

»Einsam! Deshalb muss man doch noch lange nicht irgendwelche Kerle in sein Zimmer lassen … und du kennst ihn kaum.« Inez fixierte Svea mit ihren dunklen Augen.

»Ihr drei hattet doch euch«, fuhr Svea fort.

»Jetzt bist du aber ungerecht. Meinst du, wir hätten dich im Stich gelassen?« Inez spuckte die Worte nur so hervor. »Seit wir in Malmö in den anderen Bus gestiegen sind, hast du uns keines Blickes gewürdigt.«

»Ich habe mich immer außen vor gefühlt. Ihr habt so viel gemeinsam. So ist es eigentlich überall. Wir Zugezogenen werden nicht in die Gemeinschaft hineingelassen.« Sveas Stimme hatte ihre normale Stärke verloren.

»Du warst nicht beim Nähkränzchen dabei, als Viola die Lose verkauft hat, und trotzdem haben wir dich mitfahren lassen.« Olgas Wangen glühten.

Viola machte einen vorsichtigen Schritt vom Fenster weg.

»Wir sollten vielleicht mit unseren Diskussionen warten, bis Svea …« Viola sperrte die Augen auf. Beinahe hätte sie gesagt: »bis Svea ausgenüchtert ist.« Die anderen sahen sie an, als warteten sie auf eine Fortsetzung.

»Bis wir wieder besser beieinander sind, wollte ich sagen. Jetzt sind wir doch alle hundemüde«, versuchte Viola die Kurve zu kriegen.

»Ich bin nicht müde«, fauchte Inez und stemmte die Hände in die Seiten. »Meinst du etwa, wir wären nicht nett zu dir gewesen, Svea?«

Viola schlich vorsichtig ins Bad und sperrte die Tür hinter sich zu. Sie setzte sich auf den Toilettendeckel und kratzte sich wieder an den Händen. Als sie Inez' immer lautere Stimme hörte, kniff sie die Augen zusammen.

»Mag sein, dass ich das missverstanden habe«, sagte Svea. »Aber ich habe es als schwierig empfunden, Teil eurer Gemeinschaft zu werden. Ihr kennt einander doch schon so lange.«

»Aha, und deshalb musstest du mit diesem schleimigen Goldkettchenkerl ins Bett springen!«

Olga versuchte Inez zu beruhigen, aber die hatte sich zu oft auf die Zunge gebissen, wenn Svea ihr gegenüber arrogant und unfreundlich aufgetreten war. Jetzt war sie nicht zu bremsen.

Plötzlich schien Svea wieder nüchtern zu sein. Sie riss sich zusammen und sprach wieder in diesem überlegenen Tonfall.

»Ich springe ins Bett, mit wem ich will«, sagte sie arrogant.

»Und Ola?« Olga bekam eine besorgte Falte auf der Stirn.

»Ola!«, schnaubte Svea.

Vorsichtig spähte Viola aus dem Bad. Sie hatte die Tür nur einen winzigen Spalt geöffnet und betrachtete erschrocken ihre Freundinnen.

»Ola!«, wiederholte Svea. »Der nimmt es doch selbst nicht so genau damit, in wessen Bett er springt. Glaubt bloß nicht, dass alle Frauen in Brantevik so ordentlich sind wie ihr. Zumindest nicht Sivan.«

»Sivan?«, sagte Inez so heftig, dass ihr eine Haarsträhne in die Stirn fiel.

»Ich werde die Scheidung einreichen, sobald wir zu Hause sind.« Jetzt hatte Svea wieder diesen jämmerlichen Tonfall. Sie sah schrecklich aus mit der Wimperntusche, die im halben Gesicht verschmiert war.

»Und was macht er dann hier?«, fragte Viola.

»Wieso hier? Wer?« Svea sah erschrocken in Richtung Bad.

Inez und Olga bedachten Viola mit Blicken, die sie dazu brachten, die Tür sofort wieder von innen zuzuziehen.

»Der Mann, den wir heute in der Stadt getroffen haben«, sagte Viola durch die Badezimmertür. »Er wollte sich auch scheiden lassen, und trotzdem war er hier.« Sie lachte bemüht.

»Wer denn?« Svea sah angespannt aus.

»Ich glaube, er kam aus Tirol … oder aus Helsingborg. Ich weiß nicht mehr so genau, aber er wollte sich scheiden lassen, das hat er auf alle Fälle gesagt.«

Violas Stimme war durch die Tür nicht gut zu verstehen, und die Botschaft war außerdem so konfus, dass Svea vollkommen verwirrt aussah. Sie fuhr sich mit den

Händen durchs verstrubbelte Haar und seufzte. Inez versuchte die Situation zu retten, indem sie auf die Uhr sah.

»Um sieben Uhr gibt es Abendessen«, sagte sie. »Duschen und Umziehen schaffen wir nicht mehr. Es muss reichen, wenn wir uns ein bisschen Wasser unter die Arme spritzen.«

Plötzlich schien wieder alles wie immer zu sein. Svea erwähnte nichts mehr davon, dass die anderen sie aufs Zimmer begleiten sollten, sondern sah nur auf die Uhr und ging in Richtung Tür. Kein Wort des Dankes dafür, dass sie sich um sie gekümmert hatten. Aber Inez nahm sie in Schutz. Svea hatte es zur Zeit nicht gerade leicht.

Kaum hatte Svea die Tür hinter sich geschlossen, sahen Inez und Olga zu Viola hinüber, die sich aus dem Bad getraut hatte.

»Wir wollten ihr nichts von Ola sagen, da waren wir uns doch einig«, sagte Inez.

»Ich habe einfach nicht nachgedacht«, meinte Viola unglücklich. »Das war so ein Durcheinander mit Svea und dem Alkohol.«

»Was du für einen Quatsch erzählt hast«, meinte Olga und kicherte. Auf Violas Lippen erschien ein vorsichtiges Lächeln. »Aus Tirol oder aus Helsingborg. Wo hast du das denn her?«

»Das ist mir einfach so eingefallen.«

Dann brachen sie in ein erlösendes Gelächter aus.

»Verunsichert hast du sie aber, Viola«, meinte Inez anerkennend.

Ein warmes Gefühl breitete sich in Violas magerem Körper aus.

»Aber ob das mit Sivan stimmt?«, fragte Olga. »Dann hätte er doch niemals das Auto vor ihrem Haus stehen lassen. In einem so kleinen Ort …«

»Wenn man so heiß darauf ist, vergisst man sich vielleicht«, sagte Viola, woraufhin die beiden Freundinnen sie verblüfft ansahen.

»Wir werden das klären, wenn wir zu Hause sind«, sagte Inez mit einem Seufzer.

»Wir? Das müssen die doch unter sich klären.«

Die drei fühlten sich etwas durcheinander, beschlossen aber, auf dem Weg zum Speisesaal Svea in ihrem Zimmer abzuholen. Ihre Äußerungen waren zwar unfair gewesen, zugleich aber waren sie sich einig, dass Svea ganz offenbar Sorgen hatte, und außerdem hatte sie ihnen gegenüber eine Verletzlichkeit gezeigt, die sie bei ihr bisher noch nie bemerkt hatten.

Als sie an Sveas Tür klopften, dauerte es eine Weile, bis geöffnet wurde. Svea wirkte gefasst, hatte die Augen neu geschminkt und den Lippenstift aufgefrischt.

»Jetzt wird das Essen aber schmecken«, sagte sie lächelnd.

Die Stimmung im Speisesaal war gut. Es waren auch noch andere Reisegruppen da, und Kerstin zeigte ihnen einen langen Tisch im hinteren Teil des Raums. Die übrigen Mitglieder der Reisegruppe nickten ihnen freundlich zu, als sie Platz nahmen. Erik und Gia waren nicht zu sehen.

»Heute Abend ist eine weitere schwedische Reisegruppe angekommen«, erzählte Stig. »Der Schwedische Viehbauernverband ist auf Studienfahrt und wird hier im Hotel übernachten. Wer weiß, vielleicht ist ja sogar ein Bekannter von Ihnen dabei.«

Neugierig sahen alle zum Tisch der Bauern hinüber.

Es wurde ein Drei-Gänge-Menü serviert, und alle ließen es sich schmecken.

»Die Tage hier waren sehr nett bisher«, sagte Viola zu dem hohläugigen kleinen Mann.

»Wirklich«, entgegnete er mit Nachdruck. »Wirklich. Alles ist so schön. Hätte gar nicht besser sein können.« Er hob sein Weinglas und prostete Viola zu.

»Prost!« Auch Viola hob ihr Glas.

Svea hatte sich zwischen Olga und Inez gesetzt. Sie sprach so normal mit ihnen, wie es ihr möglich war, und lachte viel. Dabei war ihr das, was vorher geschehen war, äußerst peinlich.

Nach dem Essen beschloss die Reisegruppe, noch ein bisschen in der Bar zu sitzen. Die Bauern waren ebenfalls da und hatten schon einen in der Krone.

»Einen Irish Coffee«, sagte Svea weltgewandt, als die Kellnerin kam, um die Bestellung aufzunehmen.

»Was ist denn das?«, fragte Viola.

»Dasselbe wie Kaffee mit Musik«, informierte Svea augenzwinkernd.

Schnell bestellten sich auch Inez, Viola und Olga einen Irish Coffee.

»Puh«, meinte Viola, als es ans Bezahlen ging. »Die sind zwar größer und werden nicht in Plastikbechern serviert, aber dafür sind sie auch fürchterlich teuer.«

Sie unterhielten sich fröhlich, doch am Tisch nebenan saßen vier Herren vom Viehbauernverband, die so laut redeten, dass die Freundinnen nicht umhin konnten, ihr Gespräch mitzuhören.

»Dahlin sieht aus, als hätte ihn ein Zug gerammt«, meinte ein rotgesichtiger Mann.

»Was meinst du denn damit?«, fragte ein kleinerer mit Bart.

»Seine Fresse hängt.«

»Dahlin kann einem leidtun.«

»Die Fresse hängt aber verdammt weit runter, bis über den Hemdkragen.«

»Es ist die linke Seite«, verdeutlichte der Mann mit dem Bart.

»Jedenfalls hängt sie. Die Seite ist ja scheißegal. Und er sieht trotzdem aus, als hätte ihn ein Zug gerammt. Aber leidtun kann er einem schon. Übrigens ist seine Nikotinsucht verschwunden. Das ist doch komisch, oder? Dabei ist er sein Leben lang Kettenraucher gewesen. Aber dann kam der Schlaganfall, und als er aus der Bewusstlosigkeit aufwachte, war sein Gedächtnis so geschrumpft, dass er vergessen hatte, dass er Raucher war.«

»Nicht zu fassen, verdammt«, sagte ein dicker Mann, der bisher geschwiegen hatte.

»Ist sicher schon drei Jahre her mit dem Schlaganfall, und seitdem hat er keinen einzigen Zug genommen. Nicht mal Lust auf eine Zigarette hat er gehabt. Ist schon verdammt merkwürdig. Die Raucher finden das ja so komisch, dass sie ihm gar nicht glauben. Aber wieso sollte er bei so was lügen?«

»Was für ein Vokabular«, sagte Svea und sah verstohlen zum Nachbartisch hinüber.

»Ja, der mit dem roten Gesicht sollte sich was schämen, so zu reden. Nächstes Mal ist vielleicht er an der Reihe«, meinte Olga.

»Und dann kann er dankbar sein, wenn nur seine Fresse hängt«, sagte Viola. »Schlaganfälle können weitaus schlimmere Folgen haben.« Die Freundinnen lachten über Violas unerwartete Formulierung.

Einer der Männer nahm einen Schluck Bier, rülpste vernehmlich und klopfte sich zur Erheiterung der anderen Männer auf seinen ausladenden Bauch.

Die Freundinnen sahen missbilligend zu ihnen hinüber. Sogar Viola wagte es, ihnen einen scharfen Blick zuzuwerfen.

Einer der Männer hob sein Glas und lächelte ihnen zu.

»Beautiful ladies, cheers!«

»Sie können auch Schwedisch reden, denn wir kommen aus Schweden … aus Brantevik«, erklärte Inez mürrisch.

Die Männer schienen peinlich berührt zu sein und sprachen fortan etwas leiser. Einer zog sein Sakko aus. Der Schweiß hatte kleine Halbmonde auf seinem Hemd hinterlassen. Sie reichten nicht ganz bis zu den weißen Rändern, die der Schweiß wohl bei einer früheren Gelegenheit hinterlassen hatte.

Nach zwei weiteren Bieren werden die Halbmonde sich bestimmt noch weiter ausdehnen, dachte Olga schaudernd.

Svea öffnete ihre Tasche und warf einen Blick auf ihr Handy.

»Erwartest du einen Anruf?«, fragte Inez.

»Ich habe vergessen, das Ladekabel auf die Reise mitzunehmen, und schaue eher aus alter Gewohnheit«, sagte Svea und steckte ihr Handy in die Tasche zurück.

»Aber dann kann Ola dich ja gar nicht erreichen«, sagte Viola bestürzt.

»Das soll er auch nicht. Ich muss über mein Leben nachdenken.« Svea erhob sich.

»Wo willst du hin?«, fragte Olga beunruhigt.

»Auf die Toilette, wenn die Damen gestatten«, meinte Svea lächelnd und verließ den Speisesaal.

»Diese Musik war wirklich teuer«, meinte Viola und zeigte auf ihr Glas. »Für den Preis hätten wir ja sonst ein ganzes Sinfonieorchester bekommen.«

»Ich weiß nicht, was ich von Svea und Ola halten soll. Diese Geschichte mit Sivan … Und Ola, der sich hier in Deutschland aufhält. Ich bringe es nicht zusammen«, meinte Olga.

»Glaubst du denn, die Sache mit Sivan stimmt?«, fragte Inez neugierig. »Sie soll ja ziemlich hemmungslos sein.«

»Ich kann mir nicht vorstellen«, sagte Olga, »dass Ola sich mit ihr abgibt.«

Sie schien noch etwas sagen zu wollen, aber in dem Moment kam Svea zurück und setzte sich wieder an ihren Tisch.

An diesem Abend stand Inez lange in ihrem hellblauen Flanellnachthemd am Fenster ihres Hotelzimmers und starrte hinaus in die Dunkelheit. Ein bisschen einsam fühlte sie sich schon, aber morgen war schon der letzte

Abend, danach wäre wieder alles wie immer. Die Weihnachtsvorbereitungen mit Putzen und Kochen standen auf dem Programm. Sogar Göstas Schnarchen auf dem Fernsehsofa vermisste sie. Aber sie war froh, dass sie die Reise mitgemacht hatte. Sie fühlte sich irgendwie stärker und mutiger. Zu Hause gab es Gösta und Eva und natürlich Olga und Viola. Ansonsten traf sie sich selten mit anderen Menschen. Svea sah sie nur beim Nähkränzchen.

Auf der Reise war alles anders. Sie unterhielt sich ungezwungen mit den anderen Reiseteilnehmern, spazierte mit ihren Freundinnen in Schwerin herum, ohne die geringste Unsicherheit zu empfinden, und sie hatte eine neue Sicht auf Svea bekommen. Zwar wirkte Svea bisweilen arrogant und tat so, als sei sie etwas Besseres, aber Inez hatte bei ihr eine Verletzlichkeit entdeckt, die sie vorher noch nie bemerkt hatte.

Sie und die anderen wunderten sich über das, was Svea ihnen von Olas Untreue angedeutet hatte. Und dann war da noch die Sache mit seinem Auto. Inez dachte immer noch, dass sie sich auch getäuscht haben könnten und dass sie ein anderes Auto gesehen hatten. Viola beharrte zwar darauf, Ola in der Stadt erkannt zu haben, doch Inez bezweifelte es, denn in einem solchen Gewimmel konnte man sich leicht irren.

Sie zog den Vorhang zu, ging ins Badezimmer und holte ein Frottierhandtuch, das sie sich um die Füße wickelte, ehe sie ins Bett kroch. Was für eine Verschwendung, dachte sie. Jeden Tag neue Handtücher. Zu Hause wechselte sie die Handtücher nur einmal pro Woche, das war mehr als genug. Aber natürlich war es ein angenehmer Luxus, ebenso wie der, jeden Tag das Bett gemacht zu bekommen.

»Gute Nacht, Gösta«, murmelte sie, ehe sie die Decke über ihre Schultern zog.

Gösta stand vor dem offenen Kühlschrank und sah hinein, doch er hatte keinen Hunger. Essen war einfach nicht dasselbe, wenn Inez nicht zu Hause war. Er hatte alle Fleischbällchen aufgegessen, die sie ihm vor ihrer Abfahrt zubereitet hatte, und er war stolz darauf, nicht der Versuchung erlegen zu sein, zum Essen zu Eva zu fahren. Nein, er hatte beschlossen, Inez zu zeigen, dass er allein zurechtkam.

Mutlos ging er ins Wohnzimmer und setzte sich aufs Sofa. Als er eine Weile dagesessen und vor sich hin gestarrt hatte, legte er sich hin und deckte sich mit der karierten Wolldecke zu. Er meinte, den Duft von Inez darin zu spüren, und zog sie noch ein bisschen höher. Dann faltete er die Hände über dem Bauch und drehte Däumchen, wie er es zu tun pflegte, wenn er sich rastlos fühlte. Noch zwei Nächte, dachte er, dann ist sie wieder zu Hause.

Ein donnerndes Schnarchen durchschnitt die Stille, bis Gösta sich irgendwann seufzend umdrehte, wodurch das Sofa einen kleinen Satz machte.

12. *Kapitel*

Die Bauern sahen aus, als seien sie auf dem Weg zum Schlachthof. Von der ausgelassenen Stimmung des Vorabends war nichts zu merken, und sie stopften schweigend das Essen in sich hinein. Ihre Augen waren leer und ihre Gesichter stark gerötet.

»Darf ich heute Abend mitkommen?«, fragte Svea ihre Freundinnen.

»Natürlich bist du am letzten Abend dabei«, sagte Inez und nickte Svea freundlich zu.

Svea beugte sich vor und tätschelte Inez die Hand.

»Der letzte Abend in Schwerin«, korrigierte Olga. »Das klingt ja so, als wäre es der letzte Abend unseres Lebens.«

»Ach, was ihr wieder redet...«, sagte Viola. »Heute Abend soll es musikalische Unterhaltung geben. Hauptsache, es ist nicht so ein Getöse.«

»Es werden bestimmt Weihnachtslieder gespielt. Das wird sicher nett«, sagte Inez. »Ich glaube, ich gehe nach dem Frühstück aufs Zimmer und packe.« Sie wischte ein paar Krümel von der Tischdecke und ging zum Büfett, um sich noch etwas zu holen.

»Wieso willst du heute schon packen?«, fragte Svea verständnislos, als Inez an den Tisch zurückgekehrt war.

»Wir fahren ja morgen nach Hause«, erklärte Inez.

»Aber das Packen geht doch blitzschnell«, meinte Svea erstaunt.

»Ich werde mir jedenfalls diese teure Bluse kaufen, ehe wir nach Hause fahren«, sagte Viola. »Ich hab noch was von diesem Eurogeld übrig.«

»Ich komme gerne mit. Wir haben ja den Vormittag zur freien Verfügung.« Olga erhob sich.

»Ach«, sagte Inez, die gerade ihr zweites Plundergebäck gegessen und ihre dritte Tasse Kaffee getrunken hatte. »Eigentlich kann ich auch heute Abend packen. Kommst du mit, Svea?«

»Ich kaufe ein Geschenk für die Enkel und Marzipan für Sigvard«, verkündete Olga fröhlich.

Svea sah sich mit verächtlichem Blick um, als sie das Einkaufszentrum betraten. Hier gab es nichts, was sie gereizt hätte, während Viola eifrig am Drehständer nach der Bluse suchte.

»Die steht dir wirklich!«, sagte Inez, als Viola wenig später aus der Umkleidekabine kam.

»Schaut mal, sie hat sogar ein kleines Band, das man im Rücken knotet.« Olga machte vorsichtig eine Schleife.

Svea stand ein Stück entfernt und beobachtete ihre Freundinnen. Was sind sie unkultiviert und leicht zufriedenzustellen, dachte sie. Die Bluse ist ja aus dieser billigen Kunstseide, die keine Luft durchlässt. Doch plötzlich überkam sie Wehmut. Schon ewig hatte sie kein wirkliches Glück mehr empfunden, und sie fragte sich, was ihr wohl Freude bereiten könne. Früher hatte Ola sie glücklich gemacht, aber das war lange her. Vielleicht hatte sie auch nicht gerade viel zu ihrem gemeinsamen Glück beigetragen. Sie vermisste Stockholm und ihre Freundinnen aus dem Upperclassviertel Östermalm, mit denen sie immer shoppen und essen gegangen war. Und dennoch beneidete sie die drei Frauen aus Brantevik, die so zufrieden wirkten über die einfachen, billigen Dinge, die sie in ihre Einkaufskörbe gelegt hatten.

»Hast du dir denn gar nichts ausgesucht, Svea?«, fragte Viola. »Schau mal, Haarshampoo! Nur einen Euro vierzig, und das für fast einen Liter!«

Svea seufzte, nahm eine Flasche Martini Bianco vom Regal und legte sie in ihren Korb.

»Dürfte ich die Damen vor dem Mittagessen zu einem Schluck Martini einladen?«

»Für heute ist doch gar kein Mittagessen bestellt. Wir werden erst heute Abend richtig schön essen«, meinte Inez.

»Dann lade ich euch zu einem leichten Mittag in mein Zimmer ein«, sagte Svea und begann Brot, Wurst und Käse in ihren Korb zu packen.

»Das ist aber nett von dir«, sagte Inez aufrichtig.

Als sie das Einkaufszentrum verließen, gingen Viola, Olga und Inez wie immer nebeneinander. Irgendwann mussten sie einem entgegenkommenden Kinderwagen Platz machen, und Svea nutzte die Gelegenheit, sich zwischen sie zu schlängeln. Richtig gut fühlte es sich an, neben den Freundinnen zu gehen, das musste sie zugeben.

Als sie sich dem Hotel näherten, kam ihnen Erik entgegen. Er hatte sein übliches gekünsteltes Lächeln aufgesetzt.

»Wie wär's mit einem Drink, Svea, ehe wir heute Abend zum Restaurant fahren?«

»Ich bin schon vergeben«, sagte Svea kurz angebunden. »Meine Freundinnen und ich haben andere Pläne für den Tag, und zum Abendessen kommen wir gemeinsam«, fuhr sie entschlossen fort.

Erik sah beleidigt aus und ging schnell weiter.

»Da hast du gut reagiert, Svea«, sagte Inez. »Er braucht wirklich einen kleinen Dämpfer.« Dass Svea ihr beim Frühstück die Hand getätschelt hatte, war ebenso überraschend wie erfreulich gewesen. Dieser Tag hatte wirklich gut begonnen.

»Kommt doch in einer Stunde zu mir, bis dahin habe ich unseren kleinen Mittagsimbiss vorbereitet«, meinte Svea gut gelaunt und verschwand in ihr Zimmer.

Die drei Freundinnen blieben eine Weile schweigend im Flur stehen, als hätten sie nicht ganz begriffen, dass sie von Svea Wejmer zum Mittagsmartini eingeladen worden waren.

»Sollten wir ihr irgendwas mitbringen?«, fragte Viola vorsichtig.

»Ach, Quatsch«, meinte Olga und lachte.

»Nimm doch die Shampooflasche mit, die du dir gekauft hast«, schlug Inez vor. »Das sollte ein Witz sein«, fügte sie schnell hinzu. So war es, wenn sie nervös und angespannt war, da sprudelte alles Mögliche aus ihrem Mund.

Obwohl Inez sich entschuldigt hatte, war Viola traurig. Rasch nahm sie die Schlüsselkarte aus der Handtasche und verzog sich in ihr Zimmer.

»Wie die dich hingelegt haben!«, sagte sie laut zu dem Engel.

Beim Bettenmachen hatte das Reinigungspersonal den Engel zur Seite geschoben. Jetzt lag er quer im Bett, und das schöne weiße Gewand war bis zur Taille hochgerutscht. Viola zog das Kleid vorsichtig wieder hinunter, schlug die Tagesdecke zurück und schob den Engel darunter. »Kühl ist es auch«, murmelte sie zu dem Engel, ehe sie ihre Einkäufe auspackte.

Die ist wunderschön, dachte sie, während sie ihre Bluse aufhängte. »Nimm doch die Shampooflasche mit«, schnaubte sie. Nein, Inez Glans, die ist für mich. Das Etikett mit dem ausländischen Text war so hübsch, dass sie die Shampooflasche behalten würde, selbst wenn sie eines Tages leer sein sollte.

Meine Bemerkung über das Shampoo wäre wirklich nicht nötig gewesen, dachte Inez, während sie sich die Zähne putzte. Und das ausgerechnet gegenüber Viola, die doch immer so nett und lieb war. Inez hatte gesehen, dass Viola traurig geworden war. Wütend starrte sie ihr Spiegelbild an. Da hast du wieder was angerichtet! Sie betrachtete sich, bis ihre Gesichtszüge weicher wurden und die Augen ihren warmen Glanz zurückbekommen hatten.

In dem Moment, als Olga die Tür lautstark hinter sich zuzog, öffneten sich die Türen von Violas und Inez' Zimmern. Das war kein Zufall, denn beide hatten dagestanden und gelauscht, um den Augenblick abzupassen, wenn Olga hinausging. Schließlich wollten sie lieber miteinander zu Svea gehen.

Wenig später klopften sie bei ihr an. Svea öffnete ihnen gleich die Tür. Sie trug ein enges schwarzes Kleid und dazu ein wunderschönes Perlenhalsband und beigefarbene Pumps. Der Duft ihres Parfüms war so stark, dass Olga die Tränen kamen.

»Herzlich willkommen zu einem schlichten Mittagsimbiss«, sagte Svea fröhlich.

Sie hatte auf dem runden Tischchen Brot, Käse und Wurst arrangiert. Außerdem stand da ein Glas, in dem ein paar weißliche Würfel in trüber Flüssigkeit schwammen.

»Bitte schön, bedient euch!«

»Ach, Svea, sind das hübsche Pappteller, Servietten und richtige Gläser!«, sagte Olga erstaunt.

»Na ja, was heißt schon richtige Gläser«, erwiderte Svea. »Sie sind aus Kunststoff, aber immerhin besser als Zahnputzbecher.«

Viola sah verlegen zu Boden. Dann schenkte Svea ihren Gästen Martini ein.

»Morgen geht's wieder nach Hause. Darauf stoßen wir an«, sagte Viola und erhob ihr Glas.

»Ihr könnt euch freuen, dass jemand zu Hause auf euch wartet.« Svea schob sich eine Wurstscheibe in den Mund. Nicht so gepflegt und zurückhaltend, wie sie sonst immer aß, nein, sie stopfte sich die Wurstscheibe einfach in den Mund.

»Er kommt sicher vor dir nach Hause, Svea«, sagte Viola aufmunternd und erhob wieder das Glas.

»Wieso vor mir?« Svea hörte auf zu kauen.

Inez ließ versehentlich ein Stück Käse auf die Knie fallen und warf Viola einen wütenden Blick zu.

»Na ja, er fährt doch manchmal zu euren Kindern nach Stockholm ... bestimmt auch jetzt, wo du nicht da bist. Aber er ist wahrscheinlich wieder zurück, wenn du kommst.«

Ob die Freundinnen irgendwas gehört hatten? Vielleicht hatte Sigvard oder einer von den anderen Männern angerufen und etwas erzählt. Plötzlich war Svea unwohl zumute. Ob Ola die Gelegenheit zum Fremdgehen nutzte, jetzt, wo sie verreist war? Diese Bestellbestätigung ging ihr ständig durch den Kopf. Und da Viola gesagt hatte: »Er kommt sicher vor dir nach Hause«, schien sie etwas zu wissen, was Svea selbst nicht wusste.

»Was ist denn in diesem Glas?«, fragte Inez und deutete auf die würfelförmigen Stücke in der grünlichen Flüssigkeit.

»Das ist Schafskäse. Ich habe keine Gabeln gekauft, aber ich hole eben ein paar Zahnstocher.« Svea verschwand im Badezimmer, und Inez nutzte die Gelegenheit, um Viola einen weiteren scharfen Blick zuzuwerfen, ehe die Gastgeberin zurück war.

»Das ist ja ein richtiges Fest«, sagte Viola, um die Stimmung zu heben, und tätschelte Svea das Knie.

Sie hatte Svea verletzt und verunsichert, das war ihr klar. Es war der letzte Tag in Schwerin, und sie mussten Svea wieder auf fröhlichere Gedanken bringen.

»Ich kenne einen Witz über eine Rentnerreise«, fing Viola an.

»Was denn für eine Rentnerreise?«, fragte Olga. Dann steckte sie sich ein Stück Schafskäse in den Mund und schauderte.

»Also, eine Gruppe von Rentnern macht eine Busreise. Eines Tages fahren sie zu den Niagarafällen. Da sagt der Reiseleiter: ›Vielleicht könnten die Damen wenigstens für ein paar Minuten den Rand halten, damit wir das Donnern der Wasserfälle hören.‹«

»Mensch, Viola!«, sagte Olga bestürzt. »Was du für Witze erzählst!«

Erst lachten sie vorsichtig, doch dann brach sich das Gelächter Bahn.

»Verrückte Hühner seid ihr alle drei«, meinte Svea lachend und hob ihr Glas, und für einen kurzen Moment verschwand die Wehmut aus ihren Augen.

»So, heute ist der letzte gemeinsame Abend«, sagte Stig, als sie in den Bus stiegen. »Wir laden Sie zu so viel Kaffee und Musik ein, wie Sie mögen, denn morgen können Sie ausschlafen. Wir treffen uns erst um elf am Bus. Und nicht vergessen, wir fahren pünktlich los, auch wenn bis dahin nicht alle da sind.«

»Oje«, sagte Viola erschrocken.

Alle sahen sich erstaunt an, denn bisher hatte man ihnen gesagt, dass die Abfahrt bereits um acht Uhr morgens sein würde.

»Es tut uns leid«, sagte Kerstin. »Aber da ist noch eine Kleinigkeit am Bus, die gerichtet werden muss. Nichts Ernsthaftes, aber es ist besser, es hier zu erledigen, als wenn wir irgendwo mitten auf der Strecke halten müssten. Die Werkstatt öffnet erst um neun, daher also die Verspätung. Aber vielleicht ist es ja auch ganz schön, mal auszuschlafen, oder?«

»Heute Abend werden wir Spaß haben«, sagte Eva

und klopfte Inez so fest auf den Rücken, dass ihre Mütze verrutschte.

»Wenn du mich bis dahin nicht erschlagen hast«, murmelte Inez, und Eva grinste sie breit an, da sie sie akustisch offenbar nicht verstanden hatte.

»Ja, heute Abend werden wir Spaß haben, und zwar so richtig«, sagte der kleine hohläugige Mann. »Die Reise war so schön, hätte gar nicht besser sein können.«

Freundlich und lieb ist er ja, dachte Inez, aber sie hätte keinen so ewig dankbaren Kerl zu Hause haben wollen. Gösta war zwar auch zufrieden und dankbar, aber er lief nicht den ganzen Tag herum und sagte, dass alles so schön sei und gar nicht besser sein könnte.

Beinahe alle entschieden sich heute für Kaffee mit Musik, und die Passagiere mischten sich, bis niemand mehr neben seiner ursprünglichen Reisebegleitung saß. Viola landete neben Gunnel, einer älteren Dame, mit der sie sich schon ein paarmal unterhalten hatte. Sie war mit ihrem Mann Bernt und einem weiteren Ehepaar unterwegs. Inez saß neben dem älteren Paar, das auch in Simrishamn zugestiegen war und mit dem sie während der Reise mehrfach gesprochen hatte. Svea setzte sich neben ein Paar aus Uppsala, das bisher wenig Kontakt mit anderen aufgenommen hatte. Sie lachte und schien sich gut zu amüsieren, was Viola freute.

Als Letzte stieg eine kleine grauhaarige Dame ein. Wer ist das denn?, dachte Viola. Die habe ich ja noch gar nicht gesehen. Die Dame begrüßte ein paar andere Reiseteilnehmer, und Viola wurde klar, dass sie schon die ganze Zeit dabei gewesen sein musste. Auch beim genaueren Hinschauen kam sie Viola unbekannt vor. Manche Menschen sind von Geburt an unsichtbar und bleiben es ihr Leben lang, dachte Viola. Sie selbst war in ihrer Jugend so ein Mensch gewesen. In der Schule war sie eine von vielen gewesen, keine, die sich hervortat oder um deren Freundschaft man sich riss. Sie hatte das Gefühl, eigentlich erst durch die Heirat mit Arvid jemand geworden zu sein. Vielleicht lag ihr die Freundschaft mit Inez und Olga deshalb so am Herzen. Als sie Svea zu ihrem Nähkränzchen eingeladen hatten, dachte sie daran, wie wichtig es war, Freunde zu haben, aber es war nicht so gut gelaufen, wie sie gehofft hatte. Svea war nicht gerade einfach im Umgang, aber auf der Reise hatte sie immerhin auch eine andere Seite von sich gezeigt. Alle tragen etwas Positives in sich, es gilt nur, diese Seite hervorzulocken, dachte Viola gerade noch, bevor Gunnel ihre Gedanken unterbrach.

»Es wird sicher nett heute Abend«, sagte sie. »Dabei ist der letzte Abend immer ein bisschen traurig, wo man doch gerade erst angefangen hat, einander kennenzulernen.«

Viola und Gunnel fuhren fort, lebhaft die Vor- und Nachteile des Reisens zu diskutieren, als Stigs Stimme über den Lautsprecher zu hören war.

»Ich setze Sie vor dem Restaurant ab, dann müssen Sie nicht so weit laufen«, sagte er. »Anschließend fahre ich weiter und parke den Bus ein Stückchen weiter weg.«

Es war genau so, wie Eskil und Kerstin gesagt hatten: Auf einer Busreise musste man kaum selbst denken. Alles klärte sich von allein, dachte Viola zufrieden.

Diese Reise war wirklich nichts gewesen, weshalb man sich hätte Sorgen machen müssen.

Wie ein Zug von Lemmingen marschierten die Reiseteilnehmer in das Restaurant. Es befand sich in einem niedrigen Fachwerkhaus mit rotem Backstein. Als die Tür hinter ihnen zufiel, schlug der schöne Kranz aus Tannenzweigen gegen die Tür, dass die rote Schleife, die ihn zusammenhielt, nur so flatterte. Von der nahe gelegenen Fußgängerzone waren Weihnachtsmusik und Stimmen von Menschen zu hören, die sich an den Ständen drängten. Das Riesenrad drehte sich wie ein Hamsterrad, immer im Kreis, und die bunte Beleuchtung an der Stahlkonstruktion und an den Kabinen glitzerte vor dem dunklen Nachthimmel wie ein geräuschloses Feuerwerk.

Das Hauptgericht war wunderbar, und die Stimmung in der Reisegruppe stieg noch weiter, als das Dessert serviert wurde, Apfelstrudel mit Vanilleeis und Sahne.

»Das schmeckt nach Weihnachten«, sagte Olga zufrieden.

»In der Füllung sind Rosinen und Zimt«, informierte sie Kerstin.

Nach dem Essen betrat eine Band die kleine Bühne. Olgas Cherubwangen leuchteten vom Wein, und sie applaudierte begeistert. Warum klatscht sie denn jetzt schon?, dachte Inez. Sie haben ja noch gar nicht angefangen zu spielen.

Kerstin ging von Tisch zu Tisch und erkundigte sich, ob jemand etwas Hochprozentiges zum Kaffee haben wollte. Sie empfahl einen Whiskylikör namens *Custer*

Cream mit einem ganz leichten Kaffeearoma, und fast alle bestellten so ein Getränk.

Viola zuckte zusammen, als die Band zu spielen begann. Das ist ja schrecklich laut, dachte sie. Die Musiker hatten Trommeln, eine Trompete und eine Gitarre dabei sowie weitere Blasinstrumente, an deren Bezeichnungen sich Viola nicht erinnern konnte. Das Ensemble bestand nur aus Männern, die eine Art Volkstracht trugen. Unglaublich, wie die Hosen über ihren Bäuchen strammen, dachte sie. Das muss an all dem Bier liegen, das die Deutschen so gerne trinken.

Nach einer Weile hatte Viola sich an die Lautstärke gewöhnt, auch wenn man sich nicht mehr miteinander unterhalten konnte. Dann begann die Band ›Stille Nacht‹ zu spielen. Viola zog ihr Taschentuch hervor und trocknete sich die Augen. Plötzlich dachte sie an ihre Lieben zu Hause und daran, wie Eskil bei einem Schulabschlussgottesdienst allein in der Kirche Trompete gespielt hatte. Es hatte zwar nicht besonders schön geklungen, und wenn er nicht hinterher erzählt hätte, dass es ›Geh aus, mein Herz‹ gewesen war, dann wäre sie nie darauf gekommen, aber stolz war sie gewesen, und auch damals waren ihre Augen feucht geworden.

Es war ein wunderschöner Abend, da waren sich auf dem Rückweg zum Hotel alle einig. Der kleine hohläugige Mann schlief, an seine Frau gelehnt, aber er lächelte.

Als sie am Hotel ausstiegen, schneite es heftig, und der Wind hatte aufgefrischt.

»Was für ein Unwetter«, sagte Eva, als sie durch den Schnee in Richtung Hotel stapften.

»Da hast du aber noch keine Schneestürme in Österlen erlebt«, sagte Inez. »Die Wege können in einer halben Stunde vollkommen dicht sein.«

Später saß Inez noch eine Weile auf dem Sessel in ihrem Zimmer. Was für ein Abend, dachte sie und wünschte sich, dass auch Gösta ihn hätte erleben können: das Licht, den Wein, die Musik. Sie gähnte und zog den Vorhang zu. Das Schneegestöber draußen war ein bisschen beunruhigend. Hoffentlich kommen wir gut nach Hause, dachte sie.

Viola lag schon im Bett und hatte einen Arm um den Engel gelegt. Sie hatte nicht daran gedacht, den Vorhang zuzuziehen, und so ließ ein schmaler Lichtstreif von der Außenbeleuchtung ihre Goldohrringe aufblitzen, die sie vergessen hatte abzunehmen.

Olga war noch nicht ganz bettfertig. Sie packte noch ihren Koffer. Für morgen würde sie keinen telefonischen Weckdienst bestellen. Es bestand keinerlei Gefahr, die Abfahrt des Busses zu verschlafen.

Svea wälzte sich unruhig im Bett hin und her. Sie konnte nicht vergessen, was Viola gesagt hatte, aber aus irgendeinem Grund wagte sie nicht zu fragen, was sie gemeint hatte. Vielleicht wollte sie einfach nicht bestätigt wissen, dass Ola sich mit einer anderen Frau vergnügte, während sie verreist war.

13. Kapitel

Sigvard stapfte durch den Schnee. Bei dem starken Wind ging er schnell und ein bisschen vornübergebeugt.

»Schnee«, brummte er. »Das hat ja gerade noch gefehlt.«

Er zuckte zusammen, als der Wind mehrere Briefkästendeckel erfasste und zum Klappern brachte.

Die meisten Leute hatten ihre Boote ins Winterlager gebracht, nur einige lagen noch am Kai. Kein Mensch war zu sehen, und niemand beachtete Sigvard, wie er mit starrem Blick in die Dunkelheit sah. Man hätte ihn mit einem dieser Verwirrten verwechseln können, die manchmal aus dem Altenheim ausrissen und nicht zurückfanden. Aber Sigvard wusste sehr wohl, wohin er wollte, und er wollte so schnell wie möglich hin, trotz der frühen Uhrzeit.

Bei Gösta brannte nur wenig Licht, und Sigvard zögerte, ehe er vorsichtig anklopfte. Nach einer Weile wurde ein Schlüssel im Schloss umgedreht, dann öffnete sich die Tür einen Spalt breit, während jemand die Außenbeleuchtung anschaltete.

»Du bist es!« Gösta klang erstaunt, aber dann stieg seine Atemfrequenz, und er starrte Sigvard an, der grauweiß im Gesicht war und in der schwachen Beleuchtung ebenso erschrocken wirkte wie er selbst.

»Ist ihnen was zugestoßen, Sigvard?«, flüsterte Gösta,

während er die Tür öffnete und den Freund eintreten ließ. Sie standen da wie zwei Holzfiguren und sahen einander an.

»Unseren Frauen zumindest nicht«, antwortete Sigvard.

»Ist was mit Viola?«

»Nein. Mit mir.« Sigvard sah unglücklich drein.

»Mit dir? Geht es dir nicht gut?«

»Ich habe mich mal wieder verplappert.«

Gösta schaltete die Außenbeleuchtung wieder aus, und die beiden Männer verschwanden im Haus. Bald wurde die Lampe in der Küche angeknipst, und ihr Licht drang hinaus in den dunklen Garten.

»Er hat schon um halb sieben heute früh angerufen«, sagte Sigvard.

»Wer?«

»Ola.«

»Ola? Ist der nicht in Deutschland?«

»Richtig, und er wollte wissen, in welchem Hotel sie wohnen und mit welchem Busunternehmen sie reisen. Ich hatte es im Kopf, und die Namen sind einfach so rausgepurzelt.«

»Und das ist der Grund, weshalb du so aufgeregt bist? Ich hab gedacht, es hätte ein Erdbeben in Deutschland gegeben oder der Bus wäre von einem Alpengipfel gestürzt!«

»Gibt es Alpen in Deutschland?« Sigvard hob die Augenbrauen und runzelte die Stirn.

»Jedenfalls hast du mich beinahe zu Tode erschreckt. Du unterliegst doch keiner Schweigepflicht. Wenn er fragt, dann muss er ja auch eine Antwort kriegen. Aber um halb sieben morgens …«

»Es fühlt sich so verkehrt an«, sagte Sigvard resigniert. »Hätte Svea Kontakt mit ihm haben wollen, dann hätte sie ihm ja wohl verraten, wo das Hotel ist. Ola hat gesagt, sie habe versprochen, ihm einen Zettel mit der Adresse auf den Küchentisch zu legen, aber als er vom Bridge nach Hause gekommen ist, war der Tisch leer. Sie hat sonst immer ihr Telefon an, aber offenbar ist sie die ganze Zeit nicht rangegangen.«

»Dann will sie vermutlich ihre Ruhe haben«, meinte Gösta.

»Das habe ich doch gesagt: Ich hätte nichts verraten sollen. Reden ist Silber, Schweigen ist Gold, denke ich oft, Gösta. Und trotzdem verplappere ich mich ständig.« Sigvards Miene entspannte sich ein wenig. Ihm schien es zu helfen, mit dem Freund zu sprechen.

»Na ja, jetzt ist es, wie es ist. Weißt du, wie lange Eier kochen müssen? Inez kocht sonst immer die Frühstückseier.«

»Ich weiß nicht genau. Ehrlich gesagt habe ich noch nie Eier gekocht. Aber ein Spiegelei habe ich schon mal gebraten«, erzählte Sigvard stolz. »Eier müssen sicher an die fünfundzwanzig Minuten kochen.«

»Heute früh habe ich ein Ei fünfunddreißig Minuten gekocht, und das Eigelb war beinahe grün – als wäre es schimmelig«, sagte Gösta seufzend. »Gut, dass sie bald nach Hause kommen.«

»Stimmt.«

»Aber mit der Ruhe ist es dann wieder vorbei. Dann müssen wahrscheinlich die Teppiche raus, und die Fenster werden geputzt. Wenn du auch ein bisschen Ruhe brauchst, dann komm mich besuchen. Ich habe den Pilsvorrat im Heizungsraum aufgefüllt. Da ist es warm, und Inez traut sich nicht dort hin, sie denkt immer, die Heizung könnte explodieren.«

»Du findest also nicht, dass ich einen Fehler gemacht habe, indem ich Ola diese Sachen gesagt habe?«

»Das müssen die beiden unter sich klären. Jeder hat genug mit seinem eigenen Kram zu tun. Du hast ja nur seine Frage beantwortet. Ich habe noch einen Schluck Kaffee in der Kanne. Möchtest du?«

»Das Telefonklingeln heute früh hat mich zwar ordentlich geweckt, aber eine Tasse Kaffee schadet nie.«

Gösta ging zur Kaffeemaschine hinüber und füllte zunächst seine eigene blaugeblümte Tasse.

»Die Sache mit dem Abwaschen halte ich für ziemlich überbewertet«, sagte Gösta und zeigte auf seine Tasse. »Seit Inez gefahren ist, habe ich diese Tasse benutzt, und davon bin ich auch nicht gestorben.«

Die weiße Küchenuhr aus Plastik mit den Blumenranken tickte anheimelnd. Sigvards Blick wanderte durch die Küche, ohne an einem Gegenstand hängenzubleiben, während er seinen Kaffee trank. Bei seinen häufigen Besuchen an Göstas und Inez' Küchentisch hatte er ohnehin schon alles gesehen. Das Alte und Gewohnte fühlte sich gut an. Weder er noch Gösta hielten viel von neumodischem Kram.

»Dann trabe ich jetzt nach Hause und räume auf, ehe Olga kommt«, meinte Sigvard seufzend. »Und das Bett muss ich auch noch machen.«

»Das schaffst du locker.« Gösta schlürfte den letzten Schluck Kaffee.

»Dieser verflixte Schnee – und dann noch Wind«, brummte Sigvard, als er später die Haustür öffnete.

Gösta antwortete nicht. Der Winter als Gesprächsthema war in den kleinen Fischerorten an der Küste von Österlen mittlerweile ziemlich abgedroschen. Der Wind und Österlen – das war eins, und es blieb einem nichts anderes übrig, als das zu akzeptieren. Doch bisweilen fiel es einem schwer, wenn der Schnee in dicken Flocken vom Himmel fiel und den ganzen Ort in einem wirbelnden Inferno bedeckte. Laut der Wettervorhersage stand der Küste ein Unwetter bevor.

Die Freundinnen hatten beschlossen, nach dem Frühstück fertig zu packen und sich vor den Zimmern zu treffen und gemeinsam zum Bus zu gehen. Viola freute sich über ihren Engel. Zwar war er etwas unhandlich, und es war ihr ein klein wenig peinlich, ihn mit sich herumzuschleppen, aber sie würde ihn auf jeden Fall mit nach Hause nehmen, zusammen mit den Kleinigkeiten, die sie eingekauft hatte – daran war nicht zu rütteln. Die hübsche Plastiktüte, in die die Verkäuferin die Bluse gelegt hatte, enthielt noch ein paar andere Dinge, und sie packte die Sachen lange hin und her, bis alles in den Koffer passte. Als sie in den Flur trat, standen die anderen schon da und warteten. Svea musterte Viola und den Engel mit fragendem Blick, sagte aber nichts.

Sonst hatten sie häufig die Treppen genommen, doch jetzt entschieden sie, mit dem Lift zu fahren, weil sie alle Gepäck dabeihatten. Der Aufzug hielt im Erdgeschoss, und Viola öffnete die Tür. Doch plötzlich erspähte sie

Ola an der Rezeption, woraufhin sie die Tür blitzschnell wieder zuzog und den Knopf für den ersten Stock drückte.

»Was machst du denn? Hast du was vergessen?«, fragte Olga.

»Wir nehmen den anderen Weg«, erwiderte Viola kurzangebunden.

»Welchen anderen Weg?«, wollte Inez wissen.

»Stig hat doch gestern gesagt, dass er den Bus an der Giebelseite parkt und dass wir dort hinausgehen sollen.«

»Davon habe ich aber nichts gehört«, meinte Olga. »Wir müssen ja auch noch unsere Schlüsselkarten an der Rezeption abgeben.«

»Kommt jetzt«, drängte Viola, und sie trugen unschlüssig ihre Koffer durch den Gang.

Als sie die Feuertreppe am anderen Ende erreicht hatten, legte Viola vorsichtig den Engel auf den Boden und öffnete ihren Freundinnen die Tür.

»Ich verstehe gar nichts«, sagte Svea. »Sollen wir etwa unser Gepäck die ganzen Treppen hinunterschleppen?« Sie drehte sich um und wollte zurückgehen.

»Nein, nein!«, sagte Viola laut. »Komm her... Stig hat gesagt...«

Widerwillig schleppten die Freundinnen ihr Gepäck die schmale Treppe hinunter. Im Erdgeschoss sah Viola sich besorgt um, ehe sie die anderen durch die Tür nach draußen ließ. Die Schneeschicht war im Lauf der Nacht höher geworden, und es war noch nicht geräumt.

»Igitt, so viel Schnee«, meinte Olga und stieg über eine Schneewehe.

»Hier ist aber kein Bus, Viola«, sagte Inez irritiert und schob ihre Mütze zurecht, die mal wieder verrutscht war.

Viola zwinkerte ihr zu, woraufhin Inez noch verständnisloser dreinblickte. Als sie an die Hausecke kamen, sahen sie den Bus an seinem gewohnten Platz stehen, und Viola drängelte sich vor, um Stig das Gepäck anzuvertrauen.

»Ich kann eure Schlüsselkarten nehmen, während ihr euer Gepäck verstaut«, fuhr sie fort und riss die Plastikkarten an sich. Während die Freundinnen sich um das Gepäck kümmerten, ging Viola zu Kerstin.

»Wir haben vergessen, unsere Schlüsselkarten abzugeben«, sagte sie.

»Kein Problem, ich muss ohnehin noch mal hinein und ein paar Unterlagen holen«, sagte Kerstin freundlich und nahm die Karten an sich.

Die Freundinnen waren auf dem Weg in den Bus, als Viola wieder zu ihnen stieß.

»Was ist denn mit dir los?«, fragte Olga. »Du benimmst dich so merkwürdig.«

»Mit mir ist gar nichts los. Und jetzt sind wir auf dem Heimweg«, sagte Viola mit einem gekünstelten Lächeln.

»Der Bus sollte an der Giebelseite stehen«, zischte Svea Stig zu, sobald sie eingestiegen war.

»Wer hat denn das gesagt?«

»Sie haben das doch gestern selbst gesagt.«

»Zu wem denn?«

»Ach!« Svea warf den Kopf in den Nacken und ging durch den Bus nach hinten.

»Willst du bei mir sitzen, Svea?«, fragte Inez, und Svea nahm neben ihr Platz.

Olga und Viola setzten sich auf die Plätze, die sie schon auf dem Hinweg gehabt hatten. Den Engel legte Viola auf den freien Sitz hinter sich.

»Ola stand an der Rezeption, als wir runterkamen«, flüsterte Viola.

»Ola?«

»Sch, nicht dass Svea uns hört. Er stand an der Rezeption und hat sich mit der Dame dort unterhalten.«

»Aber sollten wir nicht Svea davon erzählen?«

»Bist du verrückt! Wir wollen doch am letzten Tag keinen Streit. Er weiß doch, dass sie heute Abend nach Hause kommt.«

»Die Schlüsselkarten, Viola.« Svea erhob sich.

»Das habe ich schon erledigt«, antwortete Viola, aber Svea war misstrauisch, weil Viola doch die ganze Zeit am Bus gestanden hatte.

In diesem Moment sprang Kerstin in den Bus.

»Wunderbar! Alle haben ihre Schlüsselkarten abgegeben, und jetzt hoffe ich nur, dass Sie nichts in Ihren Zimmern vergessen haben.«

Inez verspürte eine gewisse Unsicherheit. Sie war mindestens dreimal durchs Zimmer gegangen, hatte in Schubladen geguckt, die sie gar nicht geöffnet hatte, ja, sie hatte sogar unter das Bett gesehen. Nein, sie hatte nichts vergessen, da war sie sich sicher. Sie hängte ihren Mantel auf und legte die Mütze auf die Hutablage.

»Ja, meine Lieben, dann sind wir auf dem Heimweg«, sagte Kerstin freundlich. »Ich hoffe, Sie hatten ein paar schöne Tage.«

»Hätte gar nicht besser sein können«, sagte der kleine hohläugige Mann. »Wir sind so zufrieden.« Er warf seiner Frau einen Blick zu, um von ihr Bestätigung zu bekommen. Sie nickte zustimmend.

»Wobei das Wetter ja nicht das beste ist«, fuhr Kerstin seufzend fort.

Stig startete den Bus. Viola sah unruhig in Richtung Hoteleingang. Gerade als Stig rückwärts in eine Parkbucht fuhr, um zu wenden, kam Ola aus dem Hotel. Viola zog Olga am Arm, und die beiden sahen erst zu Ola und dann zu Svea, um herauszufinden, ob sie ihren Mann entdeckt hatte. Doch sie saß da und tippte auf ihrem Handy herum, während Inez in ihrer Tasche wühlte.

Plötzlich sah Ola zum Bus herauf. Viola versuchte sich noch rechtzeitig zu ducken, aber vergeblich. Ola lief in Richtung Bus, doch Stig sah ihn nicht, sondern fuhr vom Parkplatz. Viola konnte gerade noch erkennen, dass Ola rasch ein Blatt Papier aus der Tasche zog und sich Notizen machte. Dann sprang er in sein Auto und machte einen Kavaliersstart. Er fuhr am Bus vorbei und versuchte, ihn an den Straßenrand zu drängen.

»Idiot!«, schrie Stig und hupte. »›Bridgeverband Skåne‹.« Er schnaubte verärgert. »Seit wann haben die Zeit für Urlaub?«

Svea blickte gleichgültig hoch, ohne auf Stigs Ausruf zu reagieren. Inez dagegen hatte nun auch Olas Auto entdeckt und blickte entsetzt zu ihren Freundinnen hinüber. Viola gab ihr mit einer Geste zu verstehen, dass sie den Mund halten solle. Der Bus hielt abrupt an einer roten Ampel, die Ola bereits passiert hatte. Als es grün wurde, bog der Bus nach rechts ab.

»Wir werden zu Beginn der Strecke etwas kleinere Wege nehmen. Die Autobahn ist wegen eines Unfalls gesperrt«, erklärte Stig.

Kerstin griff zum Mikrofon. »Da es an der Strecke nicht so viele Sehenswürdigkeiten gibt, werde ich ein Quiz verteilen, mit dem Sie sich die Zeit auf eine nette Art und Weise vertreiben können. Der erste Preis ist ein schöner Bildband mit vielen Fotos aus Deutschland. Der Text ist natürlich auf Schwedisch«, fügte sie rasch hinzu. »Und denken Sie dran: Nicht beim Nachbarn abgucken!«

Mehrere Reiseteilnehmer lachten, und Eva klatschte fest in ihre großen Hände. Einige begannen nach Stiften zu suchen.

»In so was bin ich gar nicht gut«, sagte Viola. »Stell dir vor, ich finde gar keine richtigen Antworten?«

»Ach, die findest du bestimmt, so viele Kreuzworträtsel, wie du schon gelöst hast«, meinte Olga aufmunternd.

»Aber das ist nicht dasselbe.« Viola saß eine ganze Weile schweigend da, nachdem Kerstin die Blätter verteilt hatte. Sie seufzte. »Wann wurde das Wahlrecht für Frauen eingeführt?«, las sie laut vor. »Das hat es doch schon immer gegeben. Ich habe jedenfalls mein Leben lang gewählt«, sagte sie und schrieb »schon immer« als Antwort.

»Sch«, machte Olga. Viola erhaschte einen Blick auf das Blatt ihrer Sitznachbarin und stellte fest, dass Olga etwas anderes geschrieben hatte als sie.

Viola las im Stillen weiter: »Wie viele verschiedene Baustile sind im Schweriner Märchenschloss vereinigt?«

»Sieben«, beantwortete sie die Frage laut und kicherte. Gut zugehört hatte sie schon immer. Das hatte ihre Lehrerin damals gesagt, als sie in die Schule ging. Wenn sie einmal etwas gehört hatte, dann blieb es ewig in ihrem Kopf. »In welchen Monat fällt die Wintersonnenwende?«, las sie weiter und kicherte erneut. Das war einfach.

»Das Quiz ist ja richtig nett, Olga«, meinte sie und sah zu Svea und Inez hinüber.

Inez saß hochkonzentriert da. Viola sah, dass sie noch gar keine Antwort eingetragen hatte, und Viola empfand ein klein wenig Stolz darauf, schon auf drei Fragen geantwortet zu haben.

»Hast du gar kein Blatt bekommen, Svea?«, fragte Olga und lehnte sich über den Mittelgang.

Svea antwortete nicht, sondern schloss die Augen.

Alle anderen Reiseteilnehmer waren in den Fragebogen vertieft. Erik saß eng neben Gia, und die beiden schäkerten herum.

»Schummelei!«, rief Erik, als Gia ihren Kalender hervorzog, um die Frage nach der Wintersonnenwende zu beantworten.

Viola schob ihre Zunge zwischen die Lippen, während sie schrieb, und bewegte sie hin und her. Sie las zwar nicht, was Olga geschrieben hatte, schaute aber hin und wieder hinüber, um zu sehen, wie viele Fragen die Freundin schon beantwortet hatte.

Die Autobahnfahrt wirkte einschläfernd. Dichte Schneeflocken fielen vom Himmel, und Viola beobachtete die vorbeifahrenden Autos. Sie fürchtete, dass Ola ihnen folgen würde. Eigentlich wusste sie gar nicht, warum sie so besorgt war. Sie hatte nichts Näheres mit den beiden zu tun, und sie fand das Ganze auch etwas albern. Es waren doch erwachsene Menschen! Wenn es Missstimmungen zwischen ihnen gab, dann hätten sie die vor Sveas Abreise klären müssen. Man soll immer im Guten auseinandergehen, das hatte Viola gelernt.

Kerstin und Stig flüsterten einander etwas zu, woraufhin Kerstin nach dem Mikrofon griff.

»Wir haben heute kein Glück. Ein Warnlicht leuchtet, und Stig muss dem Fehler nachgehen. Wir sind noch nicht so weit gefahren, aber wir machen trotzdem eine kleine Pause, um uns die Beine zu vertreten. Wer will, kann eine Tasse Kaffee bestellen. Beim Aussteigen können Sie Ihre ausgefüllten Fragebögen hier vorne in den Korb legen. Die Preisverleihung findet statt, wenn ich die Blätter korrigiert habe.«

Als der Bus am Rastplatz hielt, stiegen alle aus – bis auf Svea, die allein im Bus blieb. Die Schneewehen waren hoch, und Eva versuchte, einen Schneeball zu formen, doch ohne Erfolg.

»Mit Musik?«, erkundigte sich Kerstin fröhlich.

»Nein, danke«, sagte das Paar, das mit den Freundinnen in Simrishamn eingestiegen war. »Jetzt muss mal wieder der Alltag einkehren, sonst landen wir noch in der Ausnüchterungsanstalt, wenn wir nach Hause kommen.« Mehrere Reiseteilnehmer nickten zustimmend, und auch Viola, Olga und Inez beschlossen, die Musik auszulassen und sich lieber Kuchen zum Kaffee zu gönnen. Sie entschieden sich für Mandeltörtchen. Kerstin holte einen kleinen Campingtisch, auf dem sie ihre Tassen abstellen konnten, und platzierte ihn ein Stück entfernt unter dem Schutz eines Daches.

»Stellt euch vor, wenn wir unsere Törtchen einzeln verpacken würden«, meinte Inez kichernd, während sie sich mit der Plastikverpackung abmühte.

»Habt ihr alle Fragen beantwortet?«, fragte Olga.

»Ja«, sagte Viola stolz, »aber ich weiß natürlich nicht, ob die Antworten richtig sind.«

»Ich fand einige Fragen ziemlich schwierig«, meinte Inez seufzend. »Zum Beispiel, was für eine Automarke Simon Templar in der Fernsehserie ›The Saint‹ fährt. Das war doch ein Volvo Amazon, oder?«

»Ein Volvo Amazon!« Olga lachte, und Inez sah beleidigt aus. »Das war ein P 1800!«

»Stellt euch vor, wir könnten so leckere Mandeltörtchen backen«, sagte Viola, um abzulenken.

Ein Volvo P 1800. Olga hatte recht. Auf einmal sah Inez Simon Templar in einem Auto sitzend vor sich. Beim Gedanken an einen Volvo Amazon musste auch sie grinsen. Da hatte sie wirklich danebengegriffen.

Viola nahm ihre Tasse und ging umher, um sich mit den anderen zu unterhalten. Die Dame, die am Anfang unsichtbar gewesen war, stand ein Stück entfernt, und Viola ging zu ihr. Während des Abendessens am Vorabend hatten sie ein wenig geplaudert, und Viola fand sie ausnehmend freundlich. Sie war alles andere als farblos und nichtssagend, und Viola verstand nicht, wie sie sie zunächst hatte übersehen können.

Plötzlich war Lärm zu hören. Viola drehte sich um und sah Inez mit erhobener Handtasche auf den Bus zustürmen.

»Lassen Sie die Tasche los!«, schrie Inez.

Zu Violas Entsetzen schlug sie auf einen unbekannten Mann ein, der in der Türöffnung des Busses stand. Inez' Handtasche traf ihn am Kopf, woraufhin der Mann aufstöhnte und sich duckte. Als Inez ihm ein Bein stellte, ging er vollends zu Boden.

Nun gab es allgemeinen Tumult. Eva drückte den Mann auf den Boden, während sie ihm die Tasche entwand, die er noch in der Hand hielt. Selbst als sie ihm die Tasche weggezerrt hatte, presste sie ihn weiter nach unten, bis er Probleme mit der Atmung zu bekommen schien.

»Rufen Sie die Polizei«, sagte sie zu Stig, der sofort nach seinem Handy griff. »Ich halte ihn fest, bis die Polizei da ist.« Eva schien sich über die Situation zu amüsieren.

Viola und Olga stürmten zu Inez.

»Dem Kerl geschieht das nur recht.« Inez schob ihre Mütze zurecht.

»Mensch, Inez, das hättest du nicht tun dürfen! Er hätte dich verletzen können! Du bist ja verrückt«, meinte Olga.

»Hätte ich das nicht tun dürfen? Was hätte ich denn sonst tun sollen?«, schnaubte Inez.

Das Ereignis hatte auf dem Rastplatz für Aufregung gesorgt. Nicht nur ihre eigene Reisegruppe, sondern auch andere Neugierige kamen und beobachteten, wie Eva den Mann mit eisernem Griff auf dem Boden hielt.

Kerstin sagte zu den Gaffern irgendwas auf Deutsch, woraufhin sich die Menge allmählich zerstreute.

»Wem gehört die Tasche?« Inez hielt sie stolz in die Luft.

Olle, der Mann, der im Bus Witze zu erzählen pflegte, kam zu Inez, während seine Frau im Hintergrund blieb, als traue sie sich nicht, ihre Tasche selbst zu holen.

»Das war mutig! Wie sollen wir dir danken?« Ein wenig linkisch umarmte Olle Inez, und sie musste mal wieder ihre Mütze zurechtschieben. »Und danke an das Kraftpaket Eva – auch wenn es Inez war, die ihm zuerst eine gelangt hat.«

Gelächter und Beifall erklangen, während ein Polizeiwagen auf den Rastplatz einbog. Der kleine hohläugige Mann ging auf Inez zu. »Das hast du gut gemacht, Inez. Richtig gut.«

Inez wartete auf die Fortsetzung: »Es hätte gar nicht besser sein können« – aber der Mann lächelte nur und ging zurück zu seiner Frau.

»Du zitterst ja, Inez«, sagte Viola anteilnehmend und umarmte sie. »Du musst auf dich aufpassen. Schließlich soll das Nähkränzchen nächstes Mal bei dir stattfinden«, sagte sie scherzhaft, sah dabei aber ernst aus.

»Und auf deine Mandeltörtchen möchten wir keinesfalls verzichten«, meinte Olga.

Die drei Freundinnen sorgten sich wirklich umeinander. Das war schon immer so gewesen, aber es kam ihnen so vor, als seien die Freundschaftsbande im Lauf der Jahre stärker geworden. Jetzt steht sie wieder so da, dachte Viola und wurde von Zärtlichkeit erfüllt.

Wenn Inez nervös war, drehte sie ihre Füße nach außen, bis sie dastand wie Charlie Chaplin. Die drei kannten ihre Eigenheiten, die guten wie die schlechten. Auch wenn sie manchmal ein bisschen genervt voneinander waren, so war es doch ein Zeichen von Vertrauen, dass sie wagten, einander ihre Gefühle zu offenbaren, auch die negativen. Viola legte den Arm um Inez.

»Möchtest du mein Tuch umbinden? Es liegt im Bus«, sagte Viola.

Inez lehnte dankend ab und meinte, ihr werde schon bald wieder warm werden. Sie fühlte sich richtig umsorgt, beinahe wie damals, als sie klein gewesen war und ihre Mutter immer in der Tür gestanden hatte und unbedingt wollte, dass sie sich eine zweite Strickjacke überzog, wenn sie in die Schule radelte.

»Möchte jemand Musik, und zwar *ohne* Kaffee, um Inez und Eva zuzuprosten? Ich glaube, das können Sie jetzt alle gut gebrauchen«, sagte Stig. »Unfassbar, wie Sie den Mann zur Strecke gebracht haben, Inez. Waren Sie früher mal Fußballspielerin?«

Inez freute sich über die Aufmerksamkeit und nahm das Lob auf wie Löschpapier die Tinte. Fast alle gönnten sich ein Glas Hochprozentigen, und dann prosteten sie ihr fröhlich zu. Im dichten Verkehr auf der Autobahn neben dem Rastplatz war das Logo vom ›Bridgeverband Skåne‹ zu sehen. Das Auto raste vorbei und verschwand im dichter werdenden Schneetreiben.

Stig klatschte in die Hände. »So, jetzt können wir beruhigt weiterfahren.«

Im Bus unterhielten sich alle über den versuchten Diebstahl. Svea fand, dass Inez mutig gewesen war. »Der

Mann sah ganz schön jämmerlich aus, als Eva ihn gepackt hatte«, sagte sie lächelnd, und Inez meinte, bei Svea eine gewisse Bewunderung herauszuhören.

»Stimmt, diese Fäuste könnten allerhand auf der Welt knacken. Allerdings war es die Handtasche, die ihn niedergestreckt hat«, sagte Inez, die schließlich als Erste eingegriffen hatte.

Ein bisschen verrückt sind sie ja schon, meine Freundinnen, dachte Svea. Sie können einen wirklich verblüffen. Beinahe war sie ein bisschen neidisch auf die Aufmerksamkeit, die Inez bekommen hatte, aber sie war ja wirklich verdient. Und Viola, die manchmal so komische Sachen sagte! Oft verstand Svea gar nicht, was Viola eigentlich meinte, aber charmant war sie, das musste man ihr lassen.

»So«, sagte Kerstin. »Jetzt habe ich Ihre Antworten durchgesehen. Es gibt nur eine Person, die alle zwölf Fragen richtig beantwortet hat. Darf ich Karna nach vorne bitten?«

Karna war die Dame, die Viola so lange unsichtbar vorgekommen war. Hab ich's nicht gesagt, dachte sie. Karna trägt viele verborgene Talente in sich. Viola, die den Platz mit Olga getauscht hatte und jetzt am Mittelgang saß, lehnte sich zur Seite, als Karna vorbeiging, und tätschelte ihr anerkennend den Arm. Stolz, aber auch verlegen nahm Karna das Buch in Empfang und bekam starken Applaus.

»Alle anderen sind auf dem zweiten Platz gelandet«, erklärte Kerstin. »Ich gebe Ihnen Ihre Bögen zurück und lese die richtigen Antworten vor, dann können Sie sie mit Ihren eigenen vergleichen.«

Viola sah erwartungsvoll aus. Kerstin las die richtigen Antworten vor, und alle kontrollierten eifrig ihre Fragebögen. Nur sechs Richtige. Viola war enttäuscht.

»Wie viele Richtige hast du, Olga?«

»Sechs«, antwortete sie. »Es waren auch schwierige Fragen, finde ich.«

»Ach, wir haben ohnehin so viel nach Hause zu schleppen, und das Buch sah ziemlich gewichtig aus«, versuchte Viola sie zu trösten.

»Wie viele Richtige hast du, Inez?«, fragte Viola und lehnte sich über den Mittelgang.

»Ach, bei mir ist es nicht so gut gelaufen. Nur sieben Richtige«, antwortete Inez und knüllte enttäuscht den Zettel zusammen.

»Olga und ich hatten nur sechs Richtige«, meinte Viola versöhnlich. »Hätten wir die Musik vor dem Quiz bekommen, wäre es sicher besser gegangen.«

»Dann war ich wenigstens nicht die Schlechteste«, sagte Inez und glättete das zerknüllte Blatt wieder.

»Woher willst du wissen, dass wir die Schlechtesten waren?«, sagte Viola verstimmt. »Es gibt bestimmt Leute, die noch weniger richtige Antworten haben als wir.«

»Da hast du recht.«

»Nur die Frage mit dem Wahlrecht war komisch. Ich habe doch schon immer gewählt«, meinte Viola seufzend.

Stig legte eine CD mit Weihnachtsmusik ein, und bald schlossen mehrere Passagiere die Augen. Viola sah in den Schnee hinaus, der immer dichter fiel.

Svea dachte an Ola. Sie vermisste ihn. Sie hatte ja im

Grunde keinen Beweis dafür, dass er sie betrogen hatte. Das mit den Blumen war zwar merkwürdig, musste aber nichts bedeuten. Sie hätte so ehrlich sein und ihn mit ihrem Verdacht konfrontieren sollen. Sonst waren sie immer aufrichtig miteinander, und vielleicht gab es ja eine Erklärung. Plötzlich schämte sie sich. Angenommen, den Kindern und ihren Familien war etwas passiert, und er konnte sie nicht erreichen? Bestimmt war Ola besorgt, aber heute Abend wäre sie wieder zu Hause, und sie würden alles klären. Die Weihnachtslieder, die aus den Lautsprechern erklangen, machten sie sentimental. Irgendwie hatten ihre Freundinnen sie zum Umdenken gebracht. Sie hatten sich an jenem schrecklichen Abend, als sie zu viel getrunken hatte, um sie gekümmert. Sie waren so lieb in ihrer ganzen Schlichtheit. Und sie hatten eine Wärme und Ehrlichkeit an sich, die sie sehr schätzte. Svea schloss die Augen und sehnte sich nach Hause. Sie bereute, kein Ladekabel für ihr Handy mitgenommen zu haben, aber sie wollte das nicht am Telefon klären, nein, sie wollte Ola in die Augen sehen, wenn sie mit ihm sprach.

Vorn im Bus führten Gia und Erik eine hitzige Diskussion.

»Natürlich wusste ich die Antwort auf die sechste Frage«, sagte Erik wütend. »Ich habe sie nur in die falsche Reihe geschrieben.«

»Von wegen falsche Reihe! Du hast gesagt, du wärst unsicher. Egal wie, jedenfalls hatte ich die meisten Richtigen«, konterte Gia mit lauter Stimme und stopfte den Fragebogen in ihre Tasche.

»Reine Glückssache«, meinte Erik.

»Glückssache! Und das musst ausgerechnet du sagen! Du hast doch die ganze Zeit bei mir abgeguckt!«, zischte Gia.

»Abgeguckt! Es gibt ja wohl keinen normalen Menschen, der dein Gekritzel lesen könnte. Höchstens ein Arzt, aber kein normaler Mensch.«

»Sind Ärzte denn nicht normal?«, fragte Gia. »Mein Sohn ist Arzt«, fuhr sie fort und fixierte Erik erbost.

»Der Scheidungshebel befindet sich zwischen den Sitzen«, sagte Kerstin amüsiert. Von einigen Reiseteilnehmern war Gekicher zu hören. »Richtig, davon habe ich Ihnen noch gar nicht erzählt. Wenn man den Hebel bedient, verschiebt sich der äußere Sitz in Richtung Mittelgang, und man muss nicht so nahe beieinander sitzen.« Sie betrachtete Erik und Gia, während sie sprach.

Erik bediente den Hebel, und sein Sitz rutschte ein Stück in den Mittelgang.

»Na, so was, ein Scheidungshebel«, sagte Inez amüsiert und zog ebenfalls an dem Hebel. Der Sitz glitt rasant in Richtung Mittelgang, und sie musste wieder mal ihre Mütze zurechtrücken.

»Die Reise war richtig nett, oder, Inez?«, sagte Viola, die jetzt beinahe neben ihr saß.

»Einiges werden wir vermissen. Schau dir mal Sten und Ulrika da vorne an. Jetzt diskutieren sie schon wieder darüber, wie die Kosten verteilt werden sollen«, flüsterte Inez. »Arvid und du, ihr teilt doch euer Geld nicht so auf, oder?«

»Nein, natürlich nicht. Das, was wir haben, das haben wir gemeinsam.«

Inez zog wieder an dem Hebel, und der Sitz rutschte in seine Ausgangsposition.

Viola fuhr sich mit der Hand durch die Haare. Was sie eben zu Inez gesagt hatte, entsprach nicht ganz der Wahrheit, und sie schämte sich ein bisschen. Unter dem Bett hatte sie ja ihr Glas, in dem sie Einkronemünzen sammelte. Manchmal, wenn sie zu viel Wechselgeld im Portemonnaie hatte, legte sie die Münzen ins Glas. Als sie zuletzt nachgezählt hatte, waren es zweihundertachtundvierzig Kronen gewesen. Von dieser Reservekasse, wie sie sie nannte, wusste Arvid nichts. Er fand immer, dass sie zu viele Topfpflanzen kaufte, und deshalb sparte sie Geld, damit sie manchmal eine neue Pflanze erstehen konnte, ohne dass ihr Mann es merkte. Dabei nahm er die Pflanzen ohnehin nicht wahr. Sie hätte große Palmen und Birkenfeigen kaufen und dekorativ im Haus verteilen können, ohne dass er es registriert hätte. Aber das tat sie nicht, nur ab und zu erstand sie eine Geranie oder Begonie fürs Küchenfenster.

Als sie an die Begonie auf dem Fensterbrett dachte, überkam sie ein ungutes Gefühl. Dabei war es doch ihre Schuld. Es war wirklich unnötig gewesen, direkt vor der Abreise eine neue Topfpflanze zu kaufen. Aber Arvid sollte es schön um sich herum haben, wenn sie weg war. Auch wenn er keinen gesteigerten Wert auf Blumen legte, war Viola der Überzeugung, dass er *spürte*, wie anheimelnd es zu Hause war. Wie es wohl mit dem Essen gegangen war? Kartoffeln hatte er wahrscheinlich noch nie geschält.

Plötzlich wurde das Heimweh so stark, dass Viola einen Kloß im Hals verspürte. Sie sehnte sich nach

Hause zu ihrem geblümten Handtuch und den bunten Laken. Sie kniff die Lider zusammen, um alles vor sich zu sehen – die kleine Tischlampe mit dem Schirm aus blauem Porzellan, den selbstgewebten Flickenteppich, die hübschen gestreiften Küchengardinen.

14. Kapitel

Gösta zog sich die Bommelmütze über die Ohren und begutachtete sich im Spiegel. Einmal und nie wieder, dachte er. Die Frisörin hatte geschnitten und geschnitten. Es hatte so ausgesehen, als habe sie immer nur ein paar Haarsträhnen erwischt. Gösta war an die energische Schnittweise von Inez gewöhnt. Der Frisörbesuch hatte lange gedauert, während bei Inez die ganze Prozedur nach spätestens zehn Minuten vorbei war. Er war in Eile gewesen, weil er noch einiges zu erledigen hatte, wenn er schon mal in Simrishamn war. Heute war die Zeit besonders knapp, weil er vor dem Abend noch den Begrüßungssandkuchen backen wollte. Als die Frisörin mit dem Schneiden fertig war, hatte sie irgendwas in die Handflächen getan und in seinem Haar verschmiert. Anschließend hatte sie seine Haarsträhnen zurechtgezupft, bis sie vom Kopf abstanden wie ein Hahnenkamm. Dreihundertfünfundvierzig Kronen hatte der ganze Spaß gekostet, und Gösta hatte versucht zu tun, als sei nichts, als sie ihm den Preis nannte. Wenn Inez mich sieht, wird sie zu Tode erschrecken, dachte er und zog die Mütze noch ein bisschen tiefer ins Gesicht.

Nein, er hatte heute wirklich kein Glück gehabt. Nach einigem Suchen hatte er das Rezept für den Sandkuchen gefunden und sich in den Schränken nach den Zutaten umgesehen. Eier und Zucker waren da, aber

Mehl fand er nicht, so viel er auch suchte. Eigentlich kaufte Inez immer die Lebensmittel nach, die zur Neige gingen, und deshalb stand bestimmt irgendwo eine Packung Mehl und verhöhnte ihn, da war er sich ganz sicher. Am Ende gab er auf. Er musste wohl oder übel eine Packung Mehl kaufen.

Schlimmer war es, dass er die Kuchenform nicht finden konnte. Eine neue kaufen, wenn er doch wusste, dass es eine im Haus gab? Dann würde Inez sich ganz schön aufregen, das wusste er, und das ganze Kaffeetrinken wäre im Eimer. Er hatte fieberhaft in allen Schränken und Schubladen gefahndet. Sogar in dem kleinen Verschlag unter der Treppe, wo Inez die Weihnachtsdekoration aufbewahrte.

Am Ende hatte er bei Sigvard angerufen und gefragt, ob er zufällig wisse, wo Olga ihre Kuchenformen aufbewahrte. Sigvard hatte erstaunt geklungen, aber er hatte Gösta viel Glück gewünscht, als dieser ihm verraten hatte, dass er der ganzen Runde zum Abendkaffee selbstgebackenen Sandkuchen servieren wollte. Sie hatten dieses Thema natürlich längst diskutiert, auch mit Arvid, und es war beschlossene Sache, dass Sigvard und Arvid nach Simrishamn fahren und ihre Frauen abholen würden.

»Warte mal kurz, dann schaue ich nach, ob ich Olgas Backformen finde«, hatte Sigvard gesagt. Gösta hatte Scheppern und das Knallen von Schranktüren gehört. Dann war Sigvard wieder am Telefon gewesen und wollte wissen, warum Gösta eigentlich gefragt hatte. »Es hilft dir doch nicht weiter, wenn du weißt, wo Olga ihre Backformen hat, oder?« Gösta meinte, dass die meisten Frauen ähnliche Gewohnheiten hätten. Sie hatten eine Weile weitergeplaudert, bis Sigvard plötzlich gesagt hatte: »Warte mal eben.« Nach einer Weile war er wieder ans Telefon gekommen. »Im unteren der beiden Backöfen«, hatte er gesagt. »Da stehen Olgas Backformen. Ist mir gerade eingefallen.« Ja, Gott sei Dank, da verwahrte auch Inez ihre Sandkuchenform. »Ruf die Feuerwehr an und warne sie schon mal, ehe du zu backen anfängst«, hatte Sigvard lachend das Gespräch beendet.

Gösta betrachtete sich ein weiteres Mal im Spiegel und vergewisserte sich, dass seine Brieftasche noch da war. Zweimal nach Simrishamn an ein und demselben Tag. Ob alle Zutaten im Haus waren, hatte er dummerweise erst überprüft, als er vom Frisör zurückgekommen war. Zum Glück würde Inez nie davon erfahren.

Auf dem Weg nach Simrishamn wurde das Schneetreiben immer dichter, und Gösta machte sich allmählich Sorgen wegen der Heimreise der Frauen.

Er stellte sein Auto im Parkhaus des Supermarkts Brunnshallen ab. Manchmal fuhr er Inez dorthin, wenn sie nicht den Bus nehmen wollte. Dann trug er zwar ihren Einkaufskorb, aber für die Einkäufe selbst interessierte er sich nicht weiter. Im Supermarkt nahm er seine Bommelmütze ab, wie es sich gehörte, doch dann fiel ihm seine komische Frisur ein, und er setzte sie schnell wieder auf.

Es wunderte ihn, dass er so schnell das Regal mit dem Mehl fand. Das sind ja unglaublich viele Sorten, stellte er fest. Brauchte er wirklich Weizenmehl? Er hob ein Paket hoch und studierte es eingehend. Weizenvollkornmehl, las er. Das war gesund, davon hatte er gehört. Er war ein bisschen ratlos, legte das Weizenvollkornmehl aber in den Korb. Als er an den Kühlregalen mit den Milchprodukten stand, stieß er auf Fabian, einen Bekannten aus Brantevik.

»Aha, du willst also Vollwertkuchen backen?«, kommentierte der lächelnd und sah in Göstas Einkaufskorb.

»Nein, ich will Sandkuchen backen«, antwortete Gösta stolz.

»Die haben wirklich komische Ideen heutzutage«, sagte Fabian. »Früher hat man doch ganz normales Weizenmehl für Sandkuchen genommen.«

»Es ist ein altes Rezept, nach dem Inez immer bäckt.«

»Und du bist sicher, dass Weizenvollkornmehl reinsoll?«, fragte Fabian skeptisch.

Gösta war verunsichert. Er drehte eine Extrarunde durch die Gänge, um Fabian im Blick zu behalten. Als er sah, dass der an den Kassen stand, ging er zurück und tauschte das Weizenvollkornmehl gegen ganz normales Weizenmehl.

An der Kasse stellte Gösta fest, dass er viel weniger im Korb hatte als Inez bei ihren Einkäufen. Weizenmehl, zwei Liter Milch und ein paar Äpfel. Ein bisschen ungewohnt war es, als er seine Bankkarte durchs Gerät zog.

»Soll ich nur die Summe abbuchen?«, fragte die Kassiererin.

»Nur die Summe?«, wiederholte Gösta erstaunt. »Das wäre ja noch schöner, wenn Sie mir mehr abziehen würden, als ich eingekauft habe!«

Die Kassiererin sah ihn an, als habe man ihn probehalber aus einer Anstalt entlassen. Plötzlich ging ihm auf, was sie gemeint hatte, nämlich ob er noch zusätzlich Bargeld abheben wollte. Es war ihm peinlich, und er zog die Bommelmütze wieder tief ins Gesicht.

»Soll ich nur die Summe abbuchen?«, brummte Gösta, während er zum Auto ging. Wie gut, dass Inez bald wieder zu Hause war.

Das Schneetreiben wurde noch stärker. Der Wind vom Meer hatte aufgefrischt und formte die weiße Pracht auf der Straße zu langen Streifen. Und wenn ich mir ein Kettenfahrzeug von der Armee mieten muss – Inez kommt heute Abend nach Hause, dachte er. Nicht noch ein Tag in dieser Einsamkeit, das ist mal sicher.

Als er an Olas Haus vorbeifuhr, stellte er fest, dass das Auto noch immer nicht da war. Schneewehen bedeckten die ganze Einfahrt, und Gösta war klar, dass der Mann in den letzten vierundzwanzig Stunden nicht zu Hause gewesen sein konnte. Er dachte über das Gerücht nach, dass man Ola auf der Fähre nach Deutschland gesehen hatte. Unter der Bommelmütze kreisten viele Fragen in seinem Kopf.

»Alle haben hoffentlich den Sicherheitsgurt angelegt?«, sagte Kerstin. »Es ist richtig unangenehm auf der Straße.«

Svea schlief, aber Inez, Viola und Olga tauschten entsetzte Blicke aus.

»Stellt euch vor, wenn wir nicht nach Hause kommen!« Viola prüfte, ob der Gurt richtig angelegt saß.

Sie hatte das Gefühl, als würde jemand ihr Herz umklammern.

»Ich frage mich, wie die Lage zu Hause ist.« Inez war heiß, und sie öffnete den obersten Knopf ihrer Strickjacke.

»Wenn wir nicht nach Brantevik kommen, müssen wir wohl im Hotel Svea in Simrishamn übernachten«, scherzte Olga, obwohl ihr Blick ein wenig flackerte.

»Wenn wir bis nach Simrishamn kommen. Vielleicht bleiben wir ja in Dänemark stecken – oder in Malmö«, meinte Inez und knöpfte noch einen Knopf auf. »Wenn die Fähren nicht gehen, müssen wir in Deutschland bleiben«, fuhr sie fort. »Und ich habe gar nichts mehr von diesem Geld.«

»Du musst immer alles so dramatisieren, Inez. Natürlich kommen wir nach Hause«, tröstete Olga.

»Das glaube ich auch«, mischte sich Viola ein. Früher oder später, hatte sie noch sagen wollen, aber als sie Inez' unglücklichen Blick sah, fügte sie hinzu: »Heute Abend sitzen wir wieder zu Hause am Küchentisch. Glaub's mir, Inez.« Violas Körperhaltung und Gesichtsausdruck sprachen jedoch eine andere Sprache.

Stigs Telefon klingelte, und alle Passagiere verfolgten interessiert das Gespräch.

»Das klingt ja gar nicht gut«, meinte Stig da vorne. »Weißt du, wie es in Dänemark und Schweden aussieht? Wir müssen abwarten. Oje, so schlimm? Wir machen gleich Mittagspause und essen was, und dann kläre ich mit den Busfahrern Richtung Süden, wie die aktuelle Straßenlage ist. Kannst du dich bitte melden, wenn du mehr weißt?«

Anschließend unterhielt sich Stig leise mit Kerstin, und die Reisegruppe begriff, dass er ihr von dem Gespräch erzählte, aber niemand verstand den genauen Wortlaut. Ein Schneepflug fuhr vorbei und schleuderte eine Menge Schnee auf die Frontscheibe, woraufhin der Bus kurz ausscherte.

»Idiot!«, schrie Stig.

»Gibt es irgendein Problem?«, fragte Gia. »Dann würden wir nämlich gern informiert werden, und zwar sofort«, fuhr sie in schärferem Ton fort.

»Ich kann Sie darüber informieren, dass es schneit«, sagte Stig und fixierte Gia im Rückspiegel. »Aber ich dachte, das hätten Sie schon bemerkt. Es gibt derzeit keine Probleme, aber das kann sich ändern, und natürlich werden wir Sie über die Wetterlage und andere eventuelle Probleme auf dem Laufenden halten.«

»Andere Probleme?«, flüsterte Viola Olga zu. »Was können denn das für Probleme sein? Es gibt doch wohl keine weiteren Schäden am Bus? Glaubst du das?«

»Entspann dich. Es ist alles in Ordnung. Das ist ja gar nichts gegen die Winter in Österlen.«

»Du hast recht, aber der Weg bis nach Hause ist noch weit. Und dann ist da noch die Überfahrt mit der Fähre ... Auf dem Hinweg war es ja hell, aber jetzt ist es dunkel. Und das Wasser ist kalt.« Viola schauderte.

»Das Wasser ist kalt?« Olga sah Viola fragend an. »Das spielt doch wohl keine Rolle. Außer natürlich, wenn du vorhast, nach drüben zu schwimmen.«

»Aber wenn was passiert, habe ich gedacht... Ich habe die Anweisungen auf den Rettungswesten nicht verstanden. Und du?«

»Sigvard hat gesagt, dass jeden Tag achtundvierzig Überfahrten stattfinden, Jahr für Jahr. Hast du schon mal was von einem Unfall gehört?«

»Nein, das nicht, aber ich finde es trotzdem unheimlich.«

Olga sah ihre Freundin zärtlich an. Viola machte sich wegen allem und jedem Sorgen, und sie sah so zerbrechlich und verletzlich aus, wenn sie unruhig war. Wie oft hatte sie sie im Lauf der Jahre getröstet und beruhigt! Wie damals, als ein Händler ihr an der Haustür eine ganze Kiste Äpfel aufgeschwatzt hatte, obwohl doch die Obstbäume in ihrem eigenen Garten so viel trugen. Olga war zu Hilfe geeilt und hatte die Äpfel auf ihrem Gepäckträger mit nach Hause genommen, bevor Arvid sie entdecken konnte.

»Ach, Viola, wir haben schon viel Schönes zusammen erlebt im Lauf der Jahre«, sagte Olga und tätschelte Viola die Hand.

Ihre Freundin sah sie verständnislos an.

Gösta verfolgte aufmerksam die Wettervorhersage. Er rief Sigvard und Arvid an, und die drei Männer waren sich einig, dass sie abwarten würden. Der Bus sollte erst am Nachmittag in Simrishamn eintreffen, und der Wind flaute gegen Abend normalerweise ab. Wenn geräumt wurde, dürfte es keine Probleme geben. Gösta beschloss, den Sandkuchen schon jetzt zu backen, dann wäre das erledigt. Er war ohnehin so ruhelos.

Gösta nahm sich das Rezept vor, las es durch und stellte die Zutaten bereit. Im Rezept stand tatsächlich Weizenmehl, und er war froh, dass er das Weizenvollkornmehl zurückgebracht hatte. Er war auch stolz, das Handrührgerät und die Plastikschüssel gefunden zu haben, die Inez immer beim Backen verwendete.

»Drei Eier«, las er laut. Ob wohl Eiweiß und Eigelb in den Teig sollen? Er kratzte sich am Kopf, beschloss dann aber, die kompletten Eier zu verwenden. Gerade als er das erste Ei gegen die Schüssel geschlagen hatte, um es zu öffnen, klingelte das Telefon, und er zuckte so heftig zusammen, dass das halbe Ei auf dem Küchentisch landete.

Verdammt!, dachte er. Mit der Hand schob er das zerlaufene Ei in die Schüssel und stürmte zum Telefon. Wenn nur Inez und den anderen nichts passiert war!

»Glans«, meldete er sich. »Ach, du bist es, Eva. Doch, mir geht es gut. Ich backe gerade einen Sandkuchen. Nein, sie ist noch nicht zu Hause, aber ich kann doch auch alleine backen. So ungeschickt bin ich nicht, dass ich nicht mal eben einen Sandkuchen zusammenrühren könnte«, brummte er. »Was sagst du? Die Fähren sind eingestellt? Das kann doch nicht sein. Aha. Nein, sie hat nicht angerufen. Ja, ja, wir werden uns so ein Telefon zulegen, das man immer mit sich rumträgt. Das ist ja unglaublich, was ihr rumnervt wegen so einem Gerät. Ja, ja, ich melde mich, wenn ich was höre.«

Das wird sich schon alles klären, tröstete er sich und las weiter im Rezept. »Zwei Tassen Zucker.« Und Eva hatte geglaubt, er könne keinen Sandkuchen backen. »Zwei Tassen Mehl mit dem Backpulver mischen.« Das mischt sich doch von selbst, wenn man alles in die Schüssel tut, dachte er und kippte erst das Mehl hinein und dann das Backpulver. Ein Esslöffel Wasser. Das lohnt sich doch kaum? Er spritzte nach Gutdünken ein bisschen Wasser in die Schüssel und rührte eine ganze Weile.

Dann stand er da und bewunderte sein Werk, ehe er die Backform holte und den Teig einfüllte. Wie warm sollte der Ofen sein? Gösta las im Rezept nach. Zweihundert Grad. Er überflog den Text, um sich zu vergewissern, dass er auch nichts vergessen hatte. »Die Form einfetten und mit Paniermehl ausstreuen«, las er. Wie ausstreuen? Ach, der Teig war jetzt fertig, und das mit der Form war sicher überflüssig. Er stellte den Kuchen in den oberen Backofen und begann die verschiedenen Drehknöpfe zu studieren. Es wird doch keine Rolle spielen, ob ich den Kuchen in den oberen oder in den unteren Ofen stelle, dachte er und drehte den einen Knopf auf zweihundert Grad. Dann atmete er tief durch. Das war schon mal geschafft. Null problemo. Einfach warten. Vierzig Minuten sollte der Kuchen im Ofen bleiben.

Er sah auf die Uhr und setzte sich im Wohnzimmer auf die Couch. Die Gedanken kreisten wie ein Karussell hinter seiner Stirn. Er schloss die Augen, und die Lider bewegten sich ein paar Mal, ehe Göstas Kopf schwer gegen die Armlehne sank.

15. Kapitel

»In etwa einer halben Stunde sind wir in Neustadt«, verkündete Kerstin. »Dort werden wir essen, ehe wir versuchen, uns bis Puttgarden durchzuschlagen. Eigentlich wollten wir in einem Rutsch bis zur Fähre durchfahren, und dann hätten alle an Bord etwas essen oder Kaffee trinken können. Doch offenbar ist das Wetter ziemlich übel, deshalb legen wir eine Mittagspause ein und warten die weitere Entwicklung ab.«

»Wir versuchen, uns bis Puttgarden durchzuschlagen?«, wiederholte Viola entsetzt.

Svea war aufgewacht und sah aus dem Fenster. »Es schneit«, sagte sie, an Inez gewandt.

Danke für die Information, dachte Inez verärgert und sah hinaus ins Schneetreiben. Hätte sie sich nur so ein Handy gekauft, worauf ihre Tochter Eva so gedrängt hatte, dann könnte sie zu Hause anrufen und fragen, wie das Wetter war. Bestimmt würden sie verspätet ankommen, und die wartenden Männer stünden frierend in Simrishamn herum. Wenn wir gar nicht weiterkommen, dürfen wir uns sicher Telefone ausleihen, versuchte Inez sich zu beruhigen. Es schien so, als hätten die meisten Reiseteilnehmer eigene Handys, denn viele telefonierten, einige wurden angerufen, und plötzlich herrschte Hochbetrieb im Bus. Eine Menge merkwürdiger Klingeltöne war zu hören. In diesem Moment hätte Inez viel für so ein Gerät gegeben, gleichgültig, wie albern es klingen mochte.

»Wenn Sie auch zu Hause Musik zum Kaffee haben wollen, dann empfehle ich Tullamore Dew«, sagte Stig, um die Stimmung zu heben, die immer gedrückter wurde. »Irischer Whiskey, richtig preiswert, wenn Sie ihn auf der Fähre kaufen.«

»Ich habe kein deutsches Geld mehr«, meinte Inez. »Aber auf der Hinreise hieß es, wir könnten auf der Fähre mit dänischen Kronen bezahlen.«

»Ich will so einen Tuller«, sagte Viola schnell.

»Hieß der nicht anders?« Olga sah fragend aus.

»Ich habe so viel dänisches Geld übrig, das reicht auf alle Fälle für so eine Flasche«, meinte Viola und kicherte.

Inez fand, dass Svea irgendwie verändert war, seit sie Schwerin verlassen hatten. Sie schien über irgendetwas beunruhigt zu sein, war mehrmals eingenickt und gleich wieder aufgeschreckt. Fast tat sie Inez ein bisschen leid. Grübelte sie darüber nach, was sie über Ola gehört hatte, oder fühlte sie sich noch immer von ihrer Gemeinschaft ausgeschlossen?

»Ein bisschen Essen wird jetzt guttun, Svea, meinst du nicht auch?« Inez tätschelte Svea leicht das Knie.

»Ich bin nicht hungrig, aber irgendetwas müssen wir ja zu uns nehmen. Wir werden erst nachmittags in Simrishamn ankommen. Ich frage mich, ob Ola mich abholt. Wir haben vergessen, vor der Abreise darüber zu sprechen. Darf ich sonst bei euch mitfahren?«

Viola betätigte den Scheidungshebel, um näher bei

Svea und Inez zu sein und womöglich hören zu können, worüber sie sprachen. Auch wenn sie sich ein bisschen albern vorkam, so allein mitten im Gang.

»Muss die Beine mal ausstrecken«, entschuldigte sie sich.

Inez nickte verständnisvoll und drehte sich wieder zu Svea. »Natürlich kannst du bei uns mitfahren, wenn Ola dich nicht abholt«, antwortete sie.

»So wie der fährt, ist er bestimmt vor uns zu Hause«, sagte Viola tröstend.

»Wie? Vor uns zu Hause?«, sagte Svea und fixierte Viola. Was meinte sie nur? Viola hatte schon in Schwerin etwas Ähnliches gesagt.

Viola zog heftig am Hebel, woraufhin der Sitz mit einem Knall zurückfuhr.

»Jetzt habe ich es schon wieder zu Svea gesagt«, wisperte sie.

»Was denn?«, fragte Olga.

»Dass Ola bestimmt vor uns zu Hause ist.«

»Aber Viola, du musst doch nachdenken, bevor du etwas sagst«, ermahnte Olga sie. »Übrigens ist die Bluse, die du dir gekauft hast, richtig hübsch. Die wird Arvid gefallen.«

»Wobei er den Preis weniger mögen wird«, meinte Viola und lachte ein wenig.

Obwohl es mitten am Tag war, hatte sich die Dunkelheit über sie gelegt, und im Licht der Scheinwerfer erinnerte der dicht fallende Schnee an eine Wand von Daunenbällchen. Plötzlich bremste der Bus und blieb dann in einer merkwürdig geneigten Position stehen. Die Passagiere wurden nach vorn geworfen, und es klickte an den Sicherheitsgurten, als sie das Gewicht der Reiseteilnehmer auffingen. Die Beleuchtung ging an.

»Was ist los?«, fragte der kleine hohläugige Mann. Er stand auf und sah sich verwirrt um. Seine sonst so freundlichen Augen waren aufgesperrt, und im Halbdunkel erinnerte er Viola an ein Gespenst. Zumindest sagte er diesmal nicht ›Alles ist so schön, hätte gar nicht besser sein können‹.

»Wir stehen schief«, sagte Gia mit schriller Stimme.

»Nein, das tun wir nicht«, sagte Stig müde. »Wir stehen im Graben.«

Plötzlich begannen alle laut miteinander zu sprechen. Einige standen auf, um sich mit den übrigen Reiseteilnehmern zu verständigen, andere lehnten sich gegen das Fenster, um hinauszusehen.

»Setzen Sie sich«, sagte Kerstin entschlossen. »Es besteht keinerlei Gefahr.«

»Vermutlich ist nur das Vorderrad über die Kante gerutscht«, meinte Stig beruhigend.

»Soll ich beim Heben helfen?«, fragte Eva und erntete erstaunte Blicke.

»Danke, aber ich muss wohl beim ADAC anrufen«, sagte Stig.

»Eva kann den Bus sicher alleine heben«, sagte Olga und lachte. »Viola, dein Engel! Er ist auf den Boden gefallen.«

Viola stürmte entsetzt nach hinten und hob den Engel auf den Sitz. Sie versuchte ihn hinzusetzen, doch die Beine hatten kein Kniegelenk, weshalb sie ihn hinstellte und ihm den Sicherheitsgurt anlegte.

»Du hast Glitzer auf der Strickjacke«, sagte Olga, als Viola zu ihrem Platz zurückkehrte. »Du siehst aus wie eines dieser Glanzbildchen, die wir in unserer Kindheit hatten.« Sie half ihr, die Strickjacke abzuklopfen.

»Danke, Olga.« Viola setzte sich. Plötzlich sah sie ihre alte Schachtel mit Glanzbildern vor sich, eine Dame in rosafarbener Krinoline, bedeckt mit Glitzerstaub. Viola landete wieder in der Gegenwart, als Erik seine Stimme erhob.

»Kann ich kurz rausgehen und rauchen?«, fragte er.

»Rausgehen! Sind Sie verrückt?«, protestierte Stig. »Im Schneetreiben auf der Autobahn! Niemand verlässt den Bus.« Stigs Handy klingelte. Er nahm das Gespräch an und sah erstaunt aus.

»Im Moment geht es nicht«, sagte er nach einer Weile. Er sah zu Svea hinüber. »Wir legen bald eine Mittagspause ein und essen etwas. Sie wird dann zurückrufen. Wie? Ich kann jetzt nicht weitersprechen.« Stig schaltete das Telefon aus und wandte sich an Kerstin.

»Denken die, ich bin eine verdammte Vermittlung oder Telefonzentrale, oder was?«, meinte er seufzend. Dann ging er zu Svea. »Das war Ihr Mann, der Sie sprechen wollte.«

»Ola?«, sagte Svea verblüfft.

»Sie können zurückrufen, wenn wir am Restaurant angekommen sind. Da gibt es bestimmt Münztelefone. Ihr Handy ist nicht aufgeladen, oder? Übrigens wollte er wissen, wie das Restaurant heißt, in dem wir essen. Was auch immer er davon hat«, endete Stig.

»Jetzt wird es richtig kompliziert«, flüsterte Olga Viola zu.

»Meinst du, er hat von zu Hause aus angerufen?«

»Unsinn, wir haben ihn doch heute Mittag in Schwerin gesehen. Er kann noch nicht zu Hause sein«, sagte Olga.

»Oje, oje«, murmelte Viola. »Was sollen wir bloß tun?«

»Ruhe bewahren und uns nicht unnötig aufregen.«

Es wurde allmählich kühl im Bus, und die Fensterscheiben beschlugen, als seien sie von einem Schleier bedeckt. Die Passagiere zogen sich ihre Jacken und Mäntel über, und Inez setzte die Mütze auf. Erik stand noch immer im Gang, als warte er auf eine Gelegenheit, endlich hinauszugehen und zu rauchen.

»Setzen Sie sich bitte, damit ich in den Spiegel sehen kann«, sagte Stig genervt zu Erik.

»In den Spiegel sehen«, wiederholte Erik. »Sie sind mir aber ein eitler Fatzke.«

Gösta erwachte mit einem Ruck, als er merkte, dass es angebrannt roch. Er stürmte in die Küche und öffnete die Ofentür. Der Kuchen sah noch genauso aus wie vorhin, als er ihn hineingestellt hatte, aber es rauchte aus dem unteren Backofen. Verdammt, dachte er und öffnete die zweite Ofentür. Im unteren Backofen befanden sich Inez' Backformen, aber auch ein Päckchen Muffinsformen aus Papier, die angebrannt aussahen. Gösta steckte schnell die Hand in den Ofen, bekam sie zu fassen und warf sie ins Spülbecken. Danach griff er erneut hinein und erwischte eine Tarteform.

»Verflixte Sch...!«, schrie er und rieb seine Hand an der Hose. Wo hatte Inez nur die Topflappen hingelegt?

Er seufzte tief. Falscher Ofen, stellte er fest und suchte nach dem passenden Drehknopf. Na ja, zum Glück war kein größerer Schaden entstanden. Neue Papierformen zu kaufen war ja kein Problem. Wenigstens war der Sandkuchen nicht angebrannt.

Gösta stellte das Transistorradio auf dem Küchenfenster an. »Schneetreiben und Sturm an der Ostküste halten mit unverminderter Stärke an. Die Schulkinder wurden heute früher nach Hause geschickt, und viele Busse mussten den Betrieb einstellen«, verkündete die Sprecherin. Gösta schaltete das Gerät wieder aus und sackte in sich zusammen. Kann Inez sich nicht ein Telefon suchen und anrufen?, dachte er.

Dann spülte er die Backschüssel ab. Es sollte schön aussehen, wenn Inez kam, und der Sandkuchen sollte auf dem Tisch stehen. Und nach Hause würde sie schon irgendwie kommen …

Das Blaulicht der Polizeiwagen leuchtete im Schneegestöber. Die Stimmung im Bus war gedämpft. Kerstin hatte zwar Kaffee ausgeschenkt, aber ohne Musik. »Es gibt keine Musik mehr«, hatte sie gesagt. »Jetzt müssen wir selber singen.«

Stig beendete ein Telefongespräch.

»Der Abschleppwagen ist unterwegs«, sagte er aufmunternd. »Bald sind wir am Restaurant, wo Sie sich aufwärmen können. Da werde ich auch genauere Informationen über das Wetter und den aktuellen Fährverkehr nach Dänemark bekommen.«

Als der ADAC endlich auftauchte, klatschten die Passagiere Beifall. Viele erhoben sich, wischten die beschlagenen Fensterscheiben ab und versuchten hinauszusehen.

Viola und Olga blieben sitzen und blätterten in Broschüren, die sie unterwegs an verschiedenen Orten eingesteckt hatten.

»Ich frage mich, was Ola wollte«, sagte Svea zu Inez. »Wenn nur den Kindern nichts passiert ist. Ich weiß trotzdem nicht, ob ich ihn anrufen soll, wenn wir im Restaurant sind.«

»Das weißt du nicht? Natürlich rufst du ihn an. Stig hat gesagt, dass du zurückrufen sollst.«

»Stig«, meinte Svea abfällig. »Das entscheide ich ganz allein. Ich hatte vorgehabt, heute Abend mit Ola zu sprechen, wenn ich wieder zu Hause bin. Ich will ihm in die Augen sehen und ihn mit der Bestellbestätigung konfrontieren, die ich ihm auf den Küchentisch gelegt habe.«

»Mach, was du willst.« Inez seufzte. Sie stellte sich vor, was passieren würde, wenn Ola und Svea auf der Fähre aufeinanderträfen. Dort gab es keine Rückzugsmöglichkeiten. Höchstens den Sprung ins Meer. Aber erwachsene Menschen sollten doch in der Lage sein, ihre Probleme zu klären. Inez bedachte Svea mit einem besorgten Blick und konzentrierte sich dann wieder auf die Illustrierte, die sie sich von Olga geliehen hatte.

»Und? Wie läuft's?«, erkundigte sich Eva bei Stig, der mittlerweile mit dem Mann vom ADAC gesprochen hatte.

»Das geht alles klar, auch ohne Ihre Hilfe. Aber vielen Dank für Ihre Umsicht.«

Erik erhob sich fröhlich, doch noch ehe er irgendwas gesagt hatte, meinte Stig barsch: »Rauchen geht erst, wenn wir am Restaurant sind.«

Augenblicklich setzte sich Erik wieder.

»Du solltest aufhören«, zischte Gia.

»Das solltest du auch.«

»Ich rauche doch gar nicht.«

»Aufhören rumzunerven, meine ich.«

Gia lehnte den Kopf an die Nackenstütze und rollte mit den Augen.

Stig startete den Bus und ließ den Motor warmlaufen. Das Fahrzeug schwankte, während das Abschleppauto sich abmühte, den Bus hochzuziehen. Nach einer Weile gab es einen kräftigen Ruck, und dann stand der Bus wieder auf der Straße. Alle atmeten auf, warfen einander erleichterte Blicke zu, und endlich ging es weiter. Die Sicht war katastrophal und die Geschwindigkeit dementsprechend. Die großen Scheibenwischer bewegten sich gleichmäßig wie ein Metronom.

Plötzlich durchschnitt ein Schrei die Stille im Bus. Svea zuckte auf ihrem Sitz zusammen und sah sich erschrocken um.

»Sten, aufwachen! Du träumst!«, sagte Ulrika und versetzte ihrem Mann einen Stoß. »Gerade wenn er einschläft, klingt er manchmal so seltsam«, erklärte sie verlegen.

»Vermutlich träumt er von ihren Finanzen und den ungeklärten Geldgeschichten«, flüsterte Inez Svea ins Ohr, die sie verständnislos ansah. »Oder er denkt an die Blumen, die er zu Ostern auf Beatas Grab legen wird.

Olga hat im Restaurant neben ihnen gesessen. Es war richtig peinlich ... Und stell dir vor, sie feiern demnächst Goldene Hochzeit. Ich glaube, er braucht eine Menge Whisky, darum hat er auf der Fähre auch so viel davon gekauft.«

Doch Svea schien an Inez' Aussagen in keiner Weise interessiert, was diese ein wenig verstimmte.

Die Passagiere sahen beunruhigt nach vorne, wo der Bus gegen die Schneemassen ankämpfte.

»Bald sind wir am Restaurant«, sagte Kerstin. »Jeder bestellt sich sein Essen und sein Getränk selbst. Nach dem Essen erfahren Sie mehr darüber, wie und ob wir überhaupt weiterfahren können. Stig wird sich über die aktuelle Lage informieren und Ihnen berichten. Wer kein eigenes Handy dabeihat, kann sich eines von uns leihen, um zu Hause Bescheid zu geben.«

Inez fixierte Svea.

»Wirst du zu Hause anrufen, Viola?«, fragte Olga.

»Wir brauchen doch nicht alle anzurufen. Es reicht, wenn eine von uns Bescheid sagt, dann können die Männer sich untereinander informieren.«

Alle waren erleichtert, als Stig auf den Parkplatz des Restaurants einbog. Die Reisegruppe verließ den Bus, und Eva klopfte Stig auf den Rücken.

»Das haben Sie gut gemacht!« Stig konnte nicht antworten, weil er schwankte und erst im letzten Moment das Lenkrad zu fassen bekam, um einen Sturz abzufangen.

Anheimelnde Wärme schlug ihnen entgegen, als sie sich den Schnee von den Schuhen gestreift hatten und eingetreten waren. Schnell bildeten sich zwei Schlangen vor den Toiletten.

»Hast du noch Euros?«, fragte Ulrika ihren Mann, der in der Herrenschlange stand.

»Wir müssen nachzählen und sehen, wie viel wir noch zusammenbekommen«, meinte Sten.

»Also, von mir kannst du dir jedenfalls nichts leihen. Ich kaufe mir auf der Fähre Faltencreme«, sagte Ulrika mürrisch.

Braucht man Creme, um Falten zu bekommen?, fragte sich Inez skeptisch. Ich bekomme die ganz von allein.

Karna kam erleichtert aus der Toilette.

»Herzlichen Glückwunsch, Karna! Das Buch, das du gewonnen hast, ist wirklich schön«, sagte Inez und lächelte.

»Ach«, sagte Karna. »Bei den meisten Fragen habe ich einfach geraten, aber es ist natürlich nett, wenn man gewinnt.«

Svea sah müde und mitgenommen aus. Ihr Haar war zerzaust, und sie hatte es sich hinter die Ohren geschoben, stellte Olga fest. Svea zeigte sich nicht gerade von ihrer vorteilhaftesten Seite und wirkte so elend, dass sie Olga schon wieder leidtat.

Es waren mehrere Tische reserviert, und die Reisegruppe nahm Platz. Viola setzte sich neben Ulrika, die einen Stuhl auf ihrer anderen Seite für Sten reserviert hatte. Ihnen gegenüber saß Svea, steif und ernst, als sei es die letzte Mahlzeit ihres Lebens.

»Ich habe auf dem Klo einen Kuli gefunden«, sagte Sten fröhlich, als er von der Toilette zurückkam, und legte den Stift auf den Tisch.

Viola schnappte nach Luft und warf sich über den Tisch, um nach dem Kugelschreiber zu greifen.

»Den habe ich doch gefunden«, sagte Sten empört.

»Dann steck ihn bitte in die Tasche, damit der Besitzer ihn nicht sieht und die Polizei ruft«, meinte Viola hysterisch und beobachtete Svea.

Sten legte den Stift in seine Tasche, und Viola atmete erleichtert aus. Nicht auszudenken, wenn Svea den Kuli mit der Aufschrift »Bridgeverband Skåne« gesehen hätte! War Ola womöglich noch im Lokal? Viola reckte den Hals, um einen Blick in die angrenzenden Räume zu werfen.

Sie war froh, dass sie ihn nirgends entdecken konnte. Das Essen schmeckte nach gar nichts. Der reinste Notproviant, dachte Viola. Sie aß nur, weil es vernünftig war.

Vor dem Fenster wirbelte der Schnee immer weiter vom Himmel. Die Fußspuren der Reisegruppe waren schon wieder verweht, und es klirrte, als der Wind in die elektrische Weihnachtsbeleuchtung der Tannen fuhr, die den Eingangsbereich säumten. Außer dem Bus standen nur zwei Autos auf dem Parkplatz.

16. Kapitel

Gösta hatte den Küchenstuhl vor den Backofen gestellt und verfolgte den Backvorgang, um nicht zu riskieren, dass der Kuchen verbrannte. Mit großen Augen blickte er durch die Glasscheibe der Ofentür. Etwas suspekt war ihm das Ganze ja schon. Die halbe Backzeit war schon um, doch der Kuchen sah noch genauso aus wie zu Beginn. Er hatte sich noch einmal vergewissert, dass er wirklich alle Zutaten hineingetan hatte, daran konnte es also nicht liegen. Ungeduldig rutschte er auf dem Stuhl hin und her. Als vierzig Minuten vergangen waren, öffnete er die Ofentür und betastete vorsichtig den Kuchen. Er war zwar nicht so hoch und so schön wie die von Inez, aber es fühlte sich immerhin so an, als sei der Teig fest.

Er nahm die Topflappen und hob den Kuchen aus dem Ofen, dann setzte er ihn auf das Schneidebrett. Zumindest duftete er lecker. Gösta packte die Form mithilfe der Topflappen und versuchte den Kuchen herauszuschütten. Verdammte Sch…, dachte er. Der Kuchen bewegte sich nicht. Er nahm das Küchenmesser, schob es zwischen Kuchen und Backformrand und führte es einmal im Kreis. Da der Kuchen sich nicht löste, knallte er die Form schließlich aufs Schneidebrett. Ein paar schwammig aussehende Stücke fielen heraus und bildeten einen kleinen Haufen. Er seufzte tief. In diesem Moment klingelte das Telefon.

»Glans«, meldete er sich wütend. »Mensch, Inez!«, stöhnte er dann. »Wo steckst du?« Gösta holte den Stuhl vom Herd und stellte ihn an den Küchentisch. »Wie geht es dir?« Sein Tonfall war warm und freundlich geworden. »Wütend? Ich? Vielleicht hat sich das so angehört, aber weißt du, ich habe einen Sandkuchen gebacken, den ich heute Abend anbieten will, wenn ihr nach Hause kommt, aber das Ding hat sich nicht aus der Form gelöst, und ich war ein bisschen ratlos. Wie? *Ihr kommt nicht nach Hause?* Was sagst du da?« Gösta sackte in sich zusammen. »Wann kommt ihr denn? Rufst du noch mal an und gibst Bescheid? Hallo, hallo …« Gösta starrte in den Telefonhörer, als könne er Inez darin sehen. »Das Gespräch wurde unterbrochen«, meinte er seufzend. »Wenn bloß nichts passiert ist. Hallo, hallo!«, rief er erneut in den Hörer, um sich zu vergewissern, dass Inez wirklich nicht mehr dran war.

»Das Gespräch wurde unterbrochen«, sagte Inez.

»Hauptsache, er hat erfahren, dass wir heute Abend nicht nach Hause kommen«, meinte Viola seufzend. »Glaubst du, er informiert Sigvard und Arvid?«

»Natürlich macht er das, aber ich konnte es ihm nicht mehr sagen, bevor das Gespräch unterbrochen wurde«, sagte Inez. »Danke fürs Leihen.« Sie gab Stig das Handy zurück.

Die Reisegruppe saß in einem Gemeinschaftsraum im Restaurant. Die Stimmung war ähnlich düster wie das Wetter draußen.

Svea hatte schon versucht, zu Hause anzurufen. Viola hatte sich auf die Zunge beißen müssen, um nicht zu sagen, dass sich ein Anruf nicht lohne, da Ola ohnehin nicht zu Hause sei. Svea hatte außerdem versucht, Ola auf seinem Handy zu erreichen, aber dort war ständig besetzt gewesen.

Kerstin und Stig hatten mit Unterstüztung der Restaurantangestellten ein paar Nummern und Adressen von Pensionen und Hotels im Ort bekommen, wo die Reisegruppe für eine Nacht untergebracht werden konnte. Das Busunternehmen hatte sich bereit erklärt, die Übernachtung zu zahlen und sich die Kosten dann von der Versicherung zurückzuholen. Kerstin und Stig entschieden, wer sich das Zimmer mit wem teilen sollte. Ehepaare sollten nach Möglichkeit zusammen untergebracht werden, aber im Übrigen galten die Anweisungen des Reiseveranstalters.

»Wir befinden uns in einer Ausnahmesituation«, sagte Kerstin. »Da muss man sich anpassen.«

Als Svea hörte, dass ihr und Inez ein Doppelzimmer im benachbarten Bed and Breakfast zugeteilt worden war, ging sie trotzdem in die Luft. Sie forderte ein Einzelzimmer. Aber Kerstin sagte mit scharfer Stimme, die Anzahl der Zimmer sei begrenzt und Svea solle dankbar sein, überhaupt ein Dach über dem Kopf zu haben und nicht im Bus schlafen zu müssen. Plötzlich schienen Sveas Kräfte verbraucht zu sein, und ohne Drohungen wie »Reklamation« oder »Geld zurück« auszustoßen, schlurfte sie mit einer mürrischen Inez im Schlepptau in Richtung Ausgang. Aber Olga rief sie zurück.

»Ihr wollt euch doch nicht etwa schon hinlegen? Es ist mitten am Tag, und es macht ja wohl keinen Spaß, die vier Wände eines Zimmers anzustarren«, rief sie fröhlich. »Wir können uns hier die Zeit vertreiben, bis es Zeit zum Schlafengehen ist. Und Kaffee können wir uns auch noch bestellen.«

Svea antwortete nicht, hängte aber ihren Mantel auf und bestellte eine Tasse Kaffee.

Viola sollte sich ein Zimmer mit Karna teilen. Sie war etwas verunsichert, weil sie noch nie mit einer Fremden in einem Zimmer geschlafen hatte. Natürlich freute sie sich, nicht im Restaurant bleiben zu müssen. Es war zwar kein offizielles Hotel, aber man hatte dennoch zwei Zimmer mit je sechs provisorischen Betten bereitgestellt.

Nach ein paar Stunden versammelte Kerstin alle Reiseteilnehmer und informierte sie über die aktuelle Lage, die noch immer unverändert war. Laut der Vorhersage sollte aber das schlimmste Unwetter in der Nacht weitergezogen sein, und sie planten, am nächsten Morgen nach dem Frühstück die Heimfahrt fortzusetzen.

Schon um acht Uhr abends ging man auseinander und begab sich zu den angewiesenen Übernachtungsorten. Zuvor hatte das Restaurant alle zu Tee und belegten Broten eingeladen. Nun kam Stig mit hinaus zum Bus, um den Reiseteilnehmern mit dem Gepäck zu helfen. Viola war die Frage zu peinlich, ob sie den Engel mit in die Pension nehmen dürfe, da es im Bus so kalt und dunkel war. Aber in einem unbeobachteten Moment winkte sie dem Engel zu, dessen Umrisse sie durch die Scheibe ausmachen konnte.

»Was für ein fürchterliches Geschleppe«, sagte Olga

und wirkte ein bisschen beleidigt, weil sie in einem der provisorischen Sechsbettzimmer gelandet war.

Alle Reiseteilnehmer sahen müde aus, und sogar der kleine hohläugige Mann hatte einen bitteren Zug um den Mund bekommen, doch ehe Olga mit ihren Zimmerkolleginnen ins Restaurant ging, lächelte sie Viola tapfer an.

»Was für ein Schlamassel! Aber immerhin sorgen Busreisen für Abenteuer.«

»Ich habe eine Wegbeschreibung bekommen«, sagte Karna freundlich zu Viola. »Unsere Pension liegt nur ein kleines Stück die Straße entlang.«

Bisher hatten Kerstin und Stig alles organisiert, und Viola fühlte sich plötzlich klein und hilflos.

»Kannst du Deutsch?«, erkundigte sie sich bei ihrer Zimmergenossin.

»Ach, ich habe doch Arme und Beine, mit denen ich herumwedeln kann«, scherzte Karna. »Wir sollen doch nur dort schlafen und keine Konversation führen.«

Ja, und schlafen wollte Viola. Sie war müde bis ins Mark. Zwar hatten sie heute ausschlafen können, aber es war ein strapaziöser Tag gewesen. Erst Ola, dann der Dieb und jetzt das unwirtliche Wetter.

Viola und Karna stützten sich gegenseitig. An mehreren Stellen mussten sie über hohe Schneewehen steigen. Die Koffer waren schwer und unhandlich.

Stig hatte versprochen, dass die Pension nur ein paar Häuser vom Restaurant entfernt sei. Und das stimmte.

Er hatte sich sogar erboten, sie zu begleiten und ihre

Koffer zu tragen, aber sie hatten versichert, allein klarzukommen.

Ein Glöckchen ertönte, als sie die Pension betraten. Es war gepflegt und gemütlich dort drinnen, und eine freundliche Frau kam ihnen entgegen.

»From the Swedish bus?«, erkundigte sie sich.

Karna und Viola nickten. Die Frau brachte sie in ein Zimmer und zeigte ihnen alles. Es war einfacher als im Hotel in Schwerin, aber dafür gemütlicher, und auf den Fensterbrettern standen sogar echte Blumen.

»No breakfast here. You must go to the restaurant. Eight«, sagte die Frau unsicher, und Viola war klar, dass Englisch auch nicht gerade ihre starke Seite war. Die Frau lächelte und verbeugte sich, dann schloss sie die Tür hinter sich.

»Welches Bett willst du haben?«, fragte Viola.

»Das ist mir egal. Ich könnte sogar im Stehen schlafen, wenn es sein müsste.«

»Dann nehme ich das linke«, meinte Viola und lachte. »In Schwerin habe ich auch im linken Bett geschlafen.«

Viola öffnete ihren Koffer, nahm ihre Kulturtasche heraus und ging zu einer braungestrichenen Tür, in der ein großer Schlüssel steckte. Es knirschte, als sie die Tür öffnete. Ein muffiger Geruch schlug ihr entgegen.

»Das ist ja ein Kleiderschrank!«

»Dann liegt die Toilette wohl im Flur«, antwortete Karna, ohne besonders erstaunt oder beunruhigt zu wirken.

Die Gedanken kreisten in Violas Kopf. Sie stand nachts immer ein- oder zweimal auf, um auf die Toilette zu gehen, und es wäre zu ärgerlich, wenn sie dabei Karna wecken würde. Sie öffnete das kleine Nachtschränkchen, als habe sie gehofft, darin einen altmodischen Porzellannachttopf zu finden. Seufzend blieb sie stehen und wusste nicht genau, in welcher Reihenfolge sie anpacken sollte, was jetzt zu tun war. Vorsichtig hob sie die Tagesdecke an, faltete sie zusammen und legte sie auf einen der beiden Stühle, die sich im Zimmer befanden. Die Bettwäsche hatte ein hübsches Blumenmuster in Rosa und Rot. Immerhin etwas, dachte Viola.

»Hast du gar keine nassen Füße bekommen?«, fragte Karna.

»Doch. Wir sollten unsere Strümpfe über die Heizung hängen, damit sie bis morgen trocknen.«

Karna packte ihre Kulturtasche aus, nahm ein Handtuch vom Bett und verschwand nach draußen in den Flur. Viola setzte sich auf den Stuhl, zog die Strümpfe aus und hängte sie über die Heizung. Richtig unglücklich fühlte sie sich. Das war kein schöner Abschluss ihres Kurzurlaubs. Karna hat einfach mehr Reiseerfahrung, dachte sie.

Plötzlich fühlte Viola sich richtig altmodisch und prüde. Aber so hatte sie sich schon immer gefühlt. Bereits als kleines Kind, als sie zum Baden an den Strand fuhren, war das Umziehen ein Problem für sie gewesen. Sie hatte immer versucht, möglichst unauffällig in den Badeanzug zu steigen und sich auszuziehen, ohne den Po oder die Brüste zu zeigen. Natürlich hatte sie damals keine Brüste gehabt, eine Tatsache, die sich im Übrigen bis heute kaum geändert hatte, aber sie waren dennoch eine intime Körperzone, die sie nicht entblößen wollte.

»Das Klo war völlig okay«, sagte Karna gut gelaunt, als sie zurück ins Zimmer kam. Sie hängte ihr Handtuch über die Tür des Kleiderschranks.

»Ist es gleich hier draußen?«, fragte Viola besorgt.

»Ein kleines Stück den Gang hinunter. An der Tür hängt ein Schild.« Karna begann sich vollkommen ungeniert auszuziehen, ein Kleidungsstück nach dem anderen.

Als Viola wieder ins Zimmer kam, lag Karna mit einem Buch im Bett. »Hast du mal ›Die Dorfhexe‹ von Linda Olsson gelesen?«, fragte sie.

»Nein«, sagte Viola und schämte sich. Sie war nicht gerade eine Leseratte. Das letzte Buch, das sie gelesen hatte, war ›Könige und Königinnen: Schicksale und Abenteuer in Schwedens Geschichte‹, das sie vor mindestens fünfzehn Jahren geschenkt bekommen hatte.

»Das Buch ist so einfühlsam geschrieben«, fuhr Karna fort. »Eigentlich passiert gar nicht viel, aber ich finde es trotzdem gut.«

»Es ist wunderbar, wenn man ein interessantes Buch entdeckt«, schwindelte Viola.

Dann begann sie sich vorsichtig auszuziehen. Sie beeilte sich, solange Karna in ihr Buch vertieft war, hörte aber auf, sobald ihre Zimmergenossin etwas sagte.

»Hoffentlich kommen wir morgen nach Hause«, sagte Viola erleichtert, als sie den Schlafanzug angezogen hatte und ins Bett gekrochen war.

»Auf mich wartet keiner, insofern ist es für mich egal«, sagte Karna wehmütig. »Und bei dir?«

»Ich habe einen Mann, Kinder und Enkelkinder zu Hause«, antwortete Viola vorsichtig, denn sie spürte, dass sie nicht vor Karna angeben wollte.

»Natürlich habe ich viele Freunde«, fuhr Karna fort, und die Wärme kehrte in ihre Augen zurück. »Wir reisen sonst immer gemeinsam, aber diesmal bin ich allein gefahren.«

»Du bist ganz schön mutig«, meinte Viola anerkennend. »Ganz allein nach Deutschland reisen. Einfach so.«

»Einfach so«, wiederholte Karna und lachte. »Du bist so süß, Viola! Letztes Jahr bin ich allein nach Australien gereist. Drei Wochen.« Sie legte ihr Buch aufs Nachtschränkchen.

»Drei Wochen!« Viola schnappte nach Luft. »Wollen wir das Licht ausmachen?«

»Ja, das ist wohl am besten. Breakfast at eight«, scherzte Karna, während sie ihre Leselampe ausschaltete. »Schlaf gut. Ich freue mich, dass ich ein Zimmer mit dir teile. Du bist so lieb.«

Viola war verlegen und wusste gar nicht, was sie sagen sollte. Nach langem Schweigen meinte sie schließlich: »Ich fühle mich geborgen mit dir, Karna. Gute Nacht.«

Arvid saß am Küchentisch. Normalerweise hätte er längst im Bett gelegen. Aber nach Göstas Anruf war ihm, als habe die Erde aufgehört, sich um ihre Achse zu drehen. Jetzt hat Viola wohl ihre Hände komplett durchgescheuert, dachte er, denn er wusste, wie sie sich verhielt, wenn sie sich Sorgen machte. Ob das Geld, das sie bei sich hatte, für eine weitere Nacht reichte? Und dann noch die Sache mit Ola! Allmählich wurde ihm alles zu viel. Aber er wollte auch nicht bei Eskil anrufen und sich ausheulen. Nein, er musste selbst mit der Situation klarkommen. Eigentlich war das alles Eskils Schuld. Diese verdammten Lose vom Sportverein, die Viola in seinem Auftrag verkauft hatte. Aber diese eine Nacht würde er noch überstehen. Gösta hatte irgendwas von einem Kettenfahrzeug von der Armee gefaselt und auch ein wenig verzweifelt geklungen. Sigvard dagegen schien es alles mit der Ruhe zu nehmen. »Die kommen, wenn sie kommen«, hatte er gesagt.

Morgen Abend sitzen wir wieder zu zweit hier, dachte Arvid lächelnd. Er hätte nicht gedacht, dass seine Sehnsucht so groß werden würde. Etwas Positives hatte das Ganze jedenfalls: Er hatte so viel Brennholz gehackt, dass es wochenlang reichen würde.

Er sah Viola vor sich, wie sie an jenem Abend, als sie die Reise gewonnen hatten, auf dem Küchensofa gesessen und sich die Handflächen gekratzt hatte. Er war stolz auf sie. Eigentlich hätte er nicht vermutet, dass sie sich trauen würde, nach Deutschland zu reisen, schon gar nicht jetzt, wo zu Hause Adventsdekoration und Weihnachtsputz bevorstanden. Die Frauen waren eben nicht wie früher, sondern sie fuhren in der Weltgeschichte herum. Wobei Viola genau genommen keine Reise mehr unternommen hatte, seit sie mit dem Gemeindeverein zum Schloss Sofiero gefahren war, wo sie den Park und den Rhododendrongarten besichtigt hatten, und das war beinahe zehn Jahre her.

Ach, eigentlich kann ich auch gleich schlafen gehen, dachte Arvid. Er kroch in sein ungemachtes Bett und zupfte ein bisschen planlos an den Betttüchern herum.

Viola lag hellwach. Sie kratzte sich die Handflächen und wälzte sich im Bett hin und her. Die Leuchtziffern des Weckers auf dem Nachtschränkchen zeigten, dass gleich Mitternacht war. Zum Glück war es fast dasselbe Modell wie zu Hause, sodass es Viola gelungen war, die Weckfunktion einzustellen. Karna und sie waren sich einig gewesen, dass es reichen würde, um sieben Uhr aufzustehen.

Jetzt musste sie auf die Toilette. Sie hatte lange ausgehalten, aber sie würde es nicht die ganze Nacht schaffen. Wenn sie die Bettlampe anschaltete, würde Karna vermutlich aufwachen, aber sie hatte keine Alternative. Ihre Zimmergenossin schien auf den Lichtkegel nicht zu reagieren. Viola zog ihr Kleid über den Schlafanzug. Dann setzte sie sich auf den Stuhl und begann die Schnürschuhe zu binden. Karna drehte sich um und setzte sich aufrecht ins Bett.

»Viola! Willst du mitten in der Nacht rausgehen?«

»Ich muss nur mal kurz raus und austreten.«

»Raus? Es schneit draußen, und es gibt doch eine Toilette auf dem Gang.«

»Die meine ich doch.«

»Aber warum ziehst du dich an?«

Auf diese Frage wusste Viola auch keine Antwort, also schlich sie vorsichtig in den Flur hinaus. Sie spürte eine enorme Erleichterung, als der Strahl endlich auf das Porzellan traf. Es fühlte sich seltsam an, mit Schnürschuhen und im grüngeblümten Kleid mit Schlafanzug drunter auf der Toilette zu sitzen. Sie spülte und öffnete die Tür, um zurück ins Zimmer zu gehen. Da hörte sie Schritte und kichernde Stimmen auf der Treppe. Viola wusste nicht, ob sie wieder in die Toilette gehen und die Tür abschließen oder sich schnell in ihr Zimmer verziehen sollte. Mittlerweile war das Paar die Treppe hochgekommen und vor einer Tür stehengeblieben. In der schwachen Notbeleuchtung erkannte sie Ola in Begleitung einer Frau. Viola erstarrte und sperrte die Augen auf. Dann streckte sie den Rücken durch und ging mit raschen Schritten zu ihrer Zimmertür. Ehe sie hineinschlüpfte, sah sie sich noch einmal um und bemerkte, dass er die Frau auf die Wange küsste, woraufhin beide im Zimmer verschwanden. Viola knallte ihre eigene Zimmertür zu und blieb dann heftig atmend mit dem Rücken zur Tür stehen.

»Was ist passiert? Hast du Gespenster gesehen? Was hat dich so aufgeregt?« Karna betrachtete sie besorgt.

»Ich habe einen Bekannten getroffen.«

»Einen Bekannten?«

»Ach, das waren nur ein paar Leute aus Brantevik«, sagte Viola und bemühte sich um eine feste Stimme.

»Das ist doch kein Grund, sich so aufzuregen?«

Heute Abend hatte Viola das Gefühl, auf die meisten Fragen eine Antwort schuldig bleiben zu müssen. Sie zog sich wieder aus und krabbelte ins Bett. Dort kniff sie die Lider fest zusammen, als wolle sie dem Schlaf auf die Sprünge helfen.

Kein Mann, keine Kinder, keine Enkel, dachte Viola. Wie es sich wohl anfühlte, wenn niemand einen berührte, einen festhielt – wenn man keinerlei menschliche Wärme bekam? Zwar umarmten sich Arvid und sie auch nicht mehr so oft. Aber trotzdem hatte sie manchmal das Gefühl, als könne sie seine Hände auf ihrem

Körper spüren. Und wenn sie ihm den Rücken mit Rheumasalbe einrieb, dann hielten ihre Handflächen manchmal inne, als wollten sie seine Wärme aufnehmen.

Viola stützte sich auf den Ellbogen und sah hinüber zu Karnas Bett, obwohl sie in der Dunkelheit nichts erkennen konnte. Sie spürte eine Träne die Wange hinunterkullern, und ihr war, als habe die Einsamkeit seit dem Gespräch mit Karna eine neue Dimension erhalten.

17. Kapitel

Nach einer unruhigen Nacht traf sich die Reisegruppe im Restaurant. Inez und Olga standen zusammen, als Viola und Karna eintraten.

»Du siehst müde aus, Viola. Hast du schlecht geschlafen?«, fragte Inez und musterte sie beunruhigt.

»Sie ist die halbe Nacht auf Achse gewesen«, witzelte Karna. »Dabei hat sie das Kleid über den Schlafanzug gezogen. In dem Aufzug hätte sie jeden zu Tode erschrecken können.«

»Ach, Viola.« Olga betrachtete ihre Freundin besorgt und dachte daran, dass Viola in Schwerin die Schlafanzughose unter der normalen Hose getragen hatte.

»Und habt ihr gut geschlafen?«, wollte Viola von Inez und Olga wissen.

»Ich habe mich gefühlt wie damals im Pfadfinderlager – mit der Luftmatratze auf dem Fußboden«, antwortete Olga. »Natürlich hätte es auch schlimmer kommen können. Aber es ist nicht leicht, wenn in einem Zimmer sechs Omas schlafen, die nachts ständig aufstehen und aufs Klo laufen müssen.«

Viola lächelte verständnisvoll und nickte Karna amüsiert zu.

»Und du, Inez? Hast du gut geschlafen mit Svea als Zimmergenossin?«

»Ich habe immerhin ein richtiges Bett bekommen«, meinte Inez und seufzte. »Was ist mit dir los, Viola? Du wirkst so angespannt.«

Viola schwieg und sah sich unruhig um. Als Karna das Grüppchen verließ, um sich mit Eva zu unterhalten, zog Viola die Freundinnen näher zu sich.

»Ola hat in derselben Pension übernachtet wie ich«, sagte sie atemlos.

»Hat er dich gesehen?«, fragte Olga, und ihre Cherubwangen bekamen rote Flecken.

»Nein, sie haben mich nicht gesehen.«

»Sie? Was meinst du damit?« Inez starrte Viola an.

»Er hatte eine Frau bei sich, und sie haben sich geküsst, ehe sie zusammen in einem Zimmer verschwunden sind.«

»War es Sivan?«, fragte Olga neugierig.

»Nein, ich habe die Frau vorher noch nie gesehen.«

Die drei Freundinnen standen dicht zusammen und flüsterten. Zwischendurch sahen sie zu Svea hinüber, die schon bald ihre Blicke bemerkte.

Was tuscheln die schon wieder miteinander?, dachte sie. Irgendetwas war im Busch, aber sie wusste nicht, was, und das ärgerte sie. Schließlich ging sie zu ihnen hinüber.

»Ist was?«, erkundigte sie sich.

»O nein, gar nicht«, sagte Viola eine Spur zu heftig, und die anderen nickten zustimmend.

»Ich habe den Eindruck, ihr steht herum und redet über mich.«

»Keineswegs, überhaupt nicht«, log Viola erneut. Die Situation war ihr mehr als peinlich. »Wir haben nur über die vergangene Nacht gesprochen«, fuhr sie rasch fort.

»Na, Luxusbetten waren das nicht gerade«, meinte Svea.

»Setz dich doch zu uns und frühstücke mit uns«, sagte Inez freundlich.

Kaum saßen sie am Frühstückstisch, kam Stig herein.

»Erfreuliche Neuigkeiten! Das Wetter ist besser geworden, und wir machen uns nach dem Frühstück auf den Weg. Wir rechnen damit, gegen halb zwei in Malmö zu sein.«

»Großartig!«, sagte Eva und schlug so fest mit der Faust auf die Tischplatte, dass das Gläschen mit den Zahnstochern umfiel.

»Dann sind wir ja gegen drei in Simrishamn«, flüsterte Olga ihren Freundinnen fröhlich zu.

»Wenn unsere Ladegeräte kompatibel sind, kann ich Ihnen meins kurz leihen«, bot Stig Svea an. »Vielleicht wollen Sie Ihren Angehörigen Bescheid geben.«

Svea hatte während der Nacht viel nachgedacht und eingesehen, dass sie ihr Handy wieder in Gang bringen und Ola anrufen musste. Stigs Gerät war mit ihrem kompatibel, und so bedankte sie sich für das freundliche Angebot und lud ihr Handy mithilfe seines Ladekabels auf.

»Wer will, kann sich wieder Kerstins oder mein Handy leihen«, fuhr Stig fort.

»Esst jetzt ordentlich«, sagte Inez zu ihren Freundinnen, »dann müssen wir nachher auf der Fähre nicht vor der Cafeteria anstehen.«

Sie wagten nicht mehr, über Ola zu diskutieren, aber

die Gedanken kreisten in ihren Köpfen. Inez stellte fest, dass das Frühstück nicht ganz so reichlich war wie im Hotel in Schwerin, aber es gab immerhin Blätterteiggebäck, was ihr gut gefiel.

Svea freute sich, dass der Akku ihres Handys jetzt wenigstens eine kleine Weile halten würde. Sobald sie im Bus saß, schaltete sie ihr Telefon an. Die Menge der Kurznachrichten und entgangenen Anrufe sprengte beinahe das Gerät.

»Hat Ola oft angerufen?«, fragte Inez neugierig.

»Die Kinder haben sich auch gemeldet, und dann gibt es da eine Telefonnummer, die ich gar nicht kenne.«

Svea drückte auf dem Handy herum und hörte die Nachricht auf der Mailbox ab.

»Sivan!«, keuchte sie dann, und Inez öffnete den obersten Knopf ihrer Strickjacke.

»Eben hat Inez angerufen«, sagte Gösta erleichtert zu Sigvard. »Sie kommen gegen drei in Simrishamn an. Ich habe auch Arvid Bescheid gegeben. Das ist wirklich beruhigend. Ein bisschen müde hat sie natürlich gewirkt, aber es geht ihnen gut. Das hat sie zumindest gesagt. Holt ihr mich gegen halb drei ab? Und wenn wir nach Brantevik zurückkommen, trinken wir noch eine Tasse Kaffee zusammen. Sandkuchen gibt es auch.«

Habe ich's nicht gesagt?, dachte Sigvard. Die anderen Männer waren vollkommen hilflos und besorgt gewesen, während er die Ruhe selbst geblieben war. Klar, Olga hatte schon etwas mehr Reiseerfahrung und konnte gut organisieren. Egal, jetzt waren sie auf dem

Heimweg, und auch er fand die Vorstellung wunderbar, dass bald alles so sein würde wie sonst.

»Um halb drei fährt das Taxi vor«, sagte Sigvard scherzhaft.

Sigvard setzte seine Mütze auf, schlug die Ohrenklappen nach unten und ging hinaus, um am Eingang Schnee zu schippen. Der Himmel war dunkel und bedeckt. Auch egal, dachte er. Die ersten beiden Nächte, als er allein gewesen war, hatte er am Fenster gestanden und sich nach Olga gesehnt. Die Sterne hatten so traurig ausgesehen, beinahe so, als vermissten auch sie seine Olga. Sigvard schob mit der Hand den lockeren Schnee vom Briefkasten.

Als Gösta aufgelegt hatte, stand er eine Weile ratlos in der Küche. Dann stürmte er ins Schlafzimmer und machte das Bett. Er wusch ein paar Tassen ab, die im Spülbecken standen. Schmutzige Teller waren nirgends zu sehen, da er seit vierundzwanzig Stunden nichts Gescheites mehr gegessen hatte. Ein paar belegte Brote hatte er in sich hineingestopft, mehr nicht.

Svea drückte auf ihrem Handy herum und hörte konzentriert zu. Die Freundinnen fanden, dass sie sehr zufrieden aussah.

»Es scheint so, als habe Sivan angerufen.« Inez lehnte sich über den Mittelgang und tauschte sich flüsternd mit Olga und Viola aus. Sie sahen zu Svea hinüber, die ihnen freundlich zunickte. Nach einer Weile war sie mit dem Handy im Schoß eingeschlafen.

»Dann scheint sich ja alles zu klären, wenn Sivan angerufen hat, meine ich. Aber diese Frau in der Pension … Na ja, wenn sie das nur miteinander geregelt bekommen«, fuhr Inez noch immer flüsternd fort, während sie sich dem Fähranleger in Puttgarden näherten.

»Ich gebe auf dem Schiff eine Runde Gammel Dansk aus«, sagte Svea, als sie wieder aufgewacht war. Die anderen sahen sie erstaunt an. »Haltet schon mal einen Tisch frei, sobald wir an Bord sind, dann kümmere ich mich um alles Weitere.« Sie strahlte übers ganze Gesicht.

Der Schnee war in Graupelschauer übergegangen, als sie die Fähre erreichten. Der Wind war abgeflaut, und Viola war diesmal gar nicht aufgeregt wegen der Überfahrt. Auf der Fähre bahnte sich Olga mit Inez und Viola, die an ihren Mantelärmeln hingen, einen Weg durch die vielen Menschen. Svea zeigte auf einen freien Tisch und verschwand in der Cafeteria. Die Frauen ließen sich auf die Stühle fallen, und Inez nahm ihre Mütze ab. Schweigend sahen sie sich um. Plötzlich bekam Inez einen so kräftigen Stoß in die Rippen, dass sie beinahe vom Stuhl gefallen wäre. Sie drehte sich um und sah, dass auch die Herren vom Viehbauernverband auf dem Heimweg waren. Sie trugen Kartons mit Bierdosen und scheppernde Tüten mit sich herum, und der Schweiß lief ihnen in die Stirn.

»Es gibt noch andere Leute außer euch auf dem Schiff«, sagte Inez und blitzte sie wütend an.

»Oh, oh, the beautiful ladies from Schwerin«, bemerkte der Kräftigste von ihnen keuchend. Die Männer ließen sich auf ein paar Stühle in der Nähe plumpsen und stellten die Kartons mit den Bierdosen ab, sodass sie eine Art Mauer um ihren Tisch bildeten.

»Die müssen zu Weihnachten wenigstens nicht in den staatlichen Spirituosenhandel«, meinte Viola kichernd. »Übrigens werde ich mir so einen Tuller kaufen, von dem Stig erzählt hat. Ich möchte Arvid Musik zum Kaffee anbieten.«

»Unglaublich, wie fröhlich Svea wirkt. Kann es an dieser Handynachricht liegen? Hast du richtig gehört, Inez? War es Sivan?«

»Sie hat jedenfalls ›Sivan‹ gesagt, als sie ihr Handy abgehört hat. Wobei das ja auch jemand anders gewesen sein kann, der etwas über sie erzählt hat.«

Die drei Freundinnen saßen rastlos und ungeduldig auf ihren Stühlen. Sie wollten wissen, was los war.

Im selben Moment kam Svea lächelnd und mit vier Fläschchen Gammel Dansk zu ihnen an den Tisch.

»Bitte schön, meine Damen. Ich habe keine Gläser mitgebracht. Diese Fläschchen enthalten nur zwei Zentiliter, und man leert sie normalerweise direkt.« Svea drehte den Schraubverschluss von ihrer Flasche. »Prost! Ende gut, alles gut.«

»Stimmt, das schmeckt wirklich gut«, meinte Inez und nickte.

»Na ja, das habe ich gar nicht gemeint, sondern das mit Ola.«

»Ola?« Inez stellte ihre Flasche auf den Tisch. »Hat er angerufen?«

»Ja, tausend Mal, und er hat eine Nachricht hinterlassen, dass alles ein Missverständnis sei.«

»Was denn?«, wollte Olga wissen.

»Die Bestellbestätigung von den Blumen, die er an diese Frau da geschickt hat, bei der er sich für die letzte

Nacht bedankt hat. Er hat die Bestellbestätigung gesehen, die ich ausgedruckt und ihm auf den Küchentisch gelegt habe. Ola hat Sivan gebeten, selbst bei mir anzurufen und das Missverständis aufzuklären – und das hat sie getan und mir auf die Mailbox gesprochen. Ola habe ich allerdings nicht erwischt. Bei ihm ist die ganze Zeit besetzt.«

»Was war das denn für ein Missverständnis?« Viola lehnte sich über den Tisch.

»Es ging um dieses schlimme Bridgefest. Ich hatte gerüchteweise gehört, dass Ola ziemlich betrunken war. Aber das waren offenbar die meisten. Nach dem Fest hat Sivan sich um Ola gekümmert, weil sie ihn nicht allein nach Hause gehen lassen wollte. Er hat auf ihrem Sofa übernachtet. Bertil vom ICA-Supermarkt hat übrigens auch bei ihr geschlafen, und zwar in ihrem Bett.«

»Um Himmels willen!«, sagte Viola entsetzt. »Bertil vom Supermarkt!« Dann fiel ihr die Frau ein, die Ola in der Pension geküsst hatte. Jetzt wurde es ja richtig kompliziert. Sie seufzte.

»Ich glaube, dass Ola mich heute Abend abholt«, fuhr Svea glücklich fort. »Er hat bestimmt die anderen gefragt, wann wir genau ankommen.«

Olga gab Viola einen leichten Stoß ans Schienbein, damit sie sich nicht wieder verplapperte. Sie wussten ja, dass die Wörter manchmal ein bisschen zu schnell aus Viola herauspurzelten. Olga fand es fast peinlich, Sveas Aussage nicht weiter zu kommentieren, aber nach Violas Erzählung von der letzten Nacht waren sie unsicher, wie das alles miteinander zusammenhing.

»Ich werde mir jetzt so eine Flasche Musik kaufen«, sagte Viola und stand auf.

»Am besten machen wir das auch«, sagte Inez zu Olga. »Sonst sind unsere Männer enttäuscht. Wir haben ihnen unterwegs kein Mitbringsel gekauft.« Svea blieb lächelnd am Tisch sitzen, während ihre Freundinnen ein bisschen unsicher zum Tax-Free-Shop gingen. Sie irrten eine Weile in den Gängen umher und stießen mit anderen Kunden zusammen. Dann entdeckten sie Stig.

»Gibt es hier irgendwo diese Musik?«, fragte Viola. »Wir haben die Flaschen nicht gefunden.«

»Große oder kleine?«, fragte Stig und führte sie zu dem richtigen Regal.

»Ich hätte gern eine große«, meinte Viola, als sie vor den Flaschen standen.

An der Kasse mussten sie ihre letzten Münzen zusammenkratzen, aber sie waren zufrieden.

»Man kann doch dafür nicht vom Zoll festgehalten werden, oder?« Viola machte eine Kopfbewegung in Richtung Plastiktüte.

»Vom Zoll!«, rief Inez. »Du hast doch nur eine Flasche gekauft. Was bist du immer so nervös!«

»Eine große Flasche«, präzisierte Viola.

»Herrgott, manchmal macht mich deine Nervosität richtig fertig.« Inez sah beinahe sauer aus. Aber das kam ja öfter vor, selbst wenn sie es gar nicht war. Es lag daran, dass ihre Mundwinkel nach unten gebogen waren, und dafür konnte sie ja nichts.

»Ich bin so antrahiert, wenn ich Menschen in Uniform sehe«, sagte Viola, während sie etwas atemlos durch die Menschenmenge ging.

»Antrahiert?« Olga sah Viola erstaunt an.

»Na ja, ich glaube, dass ich was falsch gemacht habe, sobald ich die sehe. Ich habe Angst, dass sie mich festnehmen.« Als keine der Freundinnen antwortete, fuhr Viola fort: »Polizei, Soldaten und Politessen – alle Uniformierten geben mir ein schlechtes Gefühl. Sogar die von der Heilsarmee. Aber eine Flasche, selbst so eine große, dürfte doch kein Problem sein. Oder?«

Sie sah unruhig zwischen ihren Freundinnen hin und her, die den Kopf schüttelten und zum Tisch zurückkehrten, wo Svea noch immer gelassen herumsaß. Sie sah auf die Uhr und stand auf.

»Es ist Zeit, zum Bus zu gehen.«

Inez wollte gerade ihre Mütze aufsetzen, als sie in der Menschenmenge Ola entdeckte. Er stand da und schmuste mit einer unbekannten Frau herum. Inez zog so fest an ihrer Mütze, dass sie über ein Auge rutschte. Ola ließ die Frau los, und als er und seine Begleitung in Richtung Bar gingen, sah Svea ihn und stürmte in seine Richtung.

»Ola! Was machst du denn hier, mein verrückter Kerl?«, meinte sie lachend. Sie fiel ihm um den Hals, aber er wand sich verlegen aus ihrer Umarmung.

»Wer ist das denn?«, fragte die Frau neben Ola.

Ola antwortete nicht, sondern versuchte im Gewimmel abzutauchen.

»Und wer sind Sie?«, fragte Svea.

»Die Reisebegleitung von Ola«, fauchte die Frau und versuchte Ola einzuholen.

»Reisebegleitung!«, schrie Svea, und die Leute starrten sie neugierig an. »Das ist mein Mann!«

Die Frau sah verständnislos drein und versuchte ebenfalls in der Menge unterzutauchen.

Inez, Viola und Olga kippten schnell den letzten Rest ihrer Fläschchen. Jetzt brauchten sie etwas Stärkendes, fanden sie.

»Ihr habt ja einen ordentlichen Zug drauf«, meinte einer der Bauern und sah die Freundinnen anerkennend an.

»Halt deinen Rand!«, rief Inez so aufgebracht, dass die Männer zusammenzuckten.

Eva trat zu ihnen. »Aha, noch ein letzter Abschiedsdrink?«, meinte sie schwungvoll. »Beeilt euch lieber, der Bus wartet nicht.« Die Freundinnen duckten sich fast, als sie an ihrem Tisch vorbeiging.

»Aber was ist mit Svea?« Viola sah sich erschrocken um.

»Die kommt schon zurecht.« Es war nicht zu übersehen, dass Inez es eilig hatte, nach unten zum Bus zu gehen.

»Oh, oh«, sagte Viola laut und rang die Hände. Da sie ihre Handschuhe anhatte, konnte sie sich nicht an den Handflächen kratzen.

Olga hielt Ausschau nach dem Treppenaufgang B und ging mit raschen Schritten auf die Tür zu. Die anderen folgten ihr, blickten sich aber mehrmals um, ob nicht Svea irgendwo zu sehen war. Gerade als sie in den Bus steigen wollten, entdeckten sie den Aufkleber mit dem Logo vom ›Bridgeverband Skåne‹: Olas Auto stand nur ein kleines Stück vor dem Bus.

»Alle da?«, fragte Kerstin.

»Svea fehlt.« Violas Stimme klang angespannt.

»Also wie immer«, meinte Stig seufzend.

In diesem Moment lief Svea am Bus vorbei zu Olas Auto und riss dort die Beifahrertür auf. Viola duckte sich und wagte nicht hinzusehen. Die fremde Frau sprang aus dem Wagen und schrie Svea etwas zu, was im Bus nicht zu verstehen war. In dem Moment öffnete sich die Bugklappe der Fähre, und die Autos begannen sich zu bewegen. Die Frau stieg schnell wieder in den Wagen, und Ola fuhr langsam weiter. Svea lief ein paar Schritte hinterher, blieb dann aber allein stehen, während die Autos um sie herum hupten.

Gösta bewunderte den gedeckten Tisch. Sie würden heute Nachmittag in der guten Stube sitzen, das hatte er beschlossen. In einer Schublade hatte er eine hübsch geblümte Tischdecke gefunden. Zwar war sie ziemlich zerknittert, aber wenn Teller und Tassen darauf standen, würde man das kaum noch sehen. Schlimmer war es mit seiner verdammten Frisur. So oft er sich auch die Haare mit Wasser kämmte, sie standen weiter senkrecht in die Höhe. Es kam ja wohl nicht infrage, mit Mütze dazusitzen. Er hatte auch für Svea und Ola gedeckt, da er nicht wusste, ob sie mit zu ihnen nach Hause kommen würden oder was gerade los war bei ihnen. Wirklich passende Servietten hatte er nicht entdeckt, aber er war auf Osterservietten gestoßen, die ihm gefielen, mit einen stattlichen Gockel und bunten Eiern in einem Korb. Vorsichtig faltete er die Servietten und schob sie in die Henkel der blaugeblümten Kaffeetassen.

Der Sandkuchen sah ein bisschen so aus, als sei eine Bombe darin detoniert, insbesondere nachdem Gösta die losen Stücke wieder hineingedrückt hatte, aber er hatte eine kleine Ecke probiert und fand ihn durchaus essbar. Der gute Wille zählt, dachte er.

Sie hatten verabredet, dass Sigvard und Arvid fahren würden, für den Fall, dass Ola nicht käme, um Svea abzuholen. Nun ja, mit nur einem Auto wäre es ohnehin zu eng gewesen, auch wenn Svea nicht mitfuhr.

Gösta war voller Erwartung. Schon mittags war er fertig und streunte rastlos in der Wohnung umher. Er sah auf die Uhr. Viertel nach eins. Dann waren sie schon in Dänemark. Er spürte, wie ein wohliger Schauer seinen Körper durchlief.

Kerstin war hinausgestürmt und hatte Svea geholt, die ihr widerwillig in den Bus gefolgt war. Sie wirkte völlig verzweifelt, und der kleine hohläugige Mann schüttelte mitleidig den Kopf. Inez legte Svea vorsichtig die Hand auf den Arm, als sie sich neben sie setzte, aber Svea riss den Arm weg, zog sich den Vorhang übers Gesicht, und Inez hörte sie schluchzen.

Als sie sich der Öresundbrücke näherten, klingelte Sveas Handy. Sie steckte die Hand in die Tasche und drückte das Gespräch einfach weg. Die Freundinnen wechselten Blicke, aber niemand sagte etwas. Viola war so mit ihren Gedanken beschäftigt, dass sie vergaß, sich Sorgen wegen der Brücke zu machen.

»Glaubst du, dass Ola sie abholt?« Viola lehnte den Kopf an Olgas Schulter, während sie sprach.

»Dann ist ja sein ganzes Auto voll von seinen Frauen. Vielleicht kommt Sivan auch noch.«

»Ach was.«

»Möchtest du dir eine Illustrierte ansehen? Wir sind gleich am Tunnel«, bot Olga freundlich an.

»Das ist mir inzwischen egal, wirklich«, sagte Viola mit fester Stimme.

»Hast du keine Angst mehr?«

»Auf dieser Reise ist so viel passiert, dass meine Angst irgendwie abgestumpft ist.« Viola sprach so gedehnt, als müsse sie sich selbst davon überzeugen, dass ihre Aussage stimmte.

»Dann kannst du ja mal mit Arvid nach Deutschland fahren, wenn die Musik zur Neige geht.«

»Puh, nein«, meinte Viola und lachte.

Gerade als sie auf die Brücke fuhren, klingelte Sveas Handy erneut.

»Dein Handy klingelt«, sagte Inez und hob behutsam den Vorhang an.

»Das habe ich gehört, aber ich bin nicht in der Verfassung, mit jemandem zu sprechen.«

»Aber es kann doch alles ein Missverständnis sein«, tröstete Inez.

»Missverständnis! Der ganze Ola ist ein einziges großes Missverständnis ... oder besser gesagt eine Missgeburt«, zischte Svea und zog den Vorhang wieder übers Gesicht.

»Ihr habt ja wohl beide ganz schön viel Chaos in euer Leben gebracht«, sagte Inez mürrisch und zog den Stoff erneut zur Seite.

»Wer, wir?«

»Hast du etwa kein Chaos verursacht, mit dem da vorne zum Beispiel?« Inez machte eine Kopfbewegung in Richtung Erik.

Viola und Olga hörten zu und nickten. Sie wollten Svea helfen, aber sie fanden es auch ganz richtig von Inez, Svea an ihr eigenes Verhalten zu erinnern.

»Sag bitte nichts zu Ola.« Jetzt klang Svea unglücklich.

»Weißt du was, Svea Wejmer? So interessant ist euer Verhalten wirklich nicht, dass ich irgendein Bedürfnis verspüren würde, in Brantevik darüber zu berichten. Du hast dich ja überhaupt erst für uns interessiert, als es für dich schwierig wurde«, meinte Inez, und Svea schrumpfte in ihrem Sitz.

Viola nickte zustimmend von ihrem Platz aus. »Wir haben versucht, dich vor Ola zu schützen. In Schwerin«, sagte sie.

»Schwerin?« Jetzt reckte Svea ihren Kopf hervor und sah ihre Freundinnen fragend an. »Ist er in Schwerin gewesen?«

»Die ganze Zeit«, sagte Viola mutig. »Ich habe ihn zuerst gesehen. Er war auch in Neustadt. Da haben wir zusammen geschlafen.«

»Du hast mit Ola geschlafen?«

»Ja, in dieser Pension.«

Svea wollte sich empört erheben, aber Inez schubste sie zurück auf ihren Sitz. Jetzt kam Olga zu Hilfe.

»Sie meint, dass sie in derselben Pension übernachtet haben. Selbstverständlich haben sie nicht miteinander geschlafen.«

»Aber er hatte ...«, setzte Viola an.

»Jetzt seid mal bitte ruhig, und zwar alle miteinander! Sonst kriege ich noch einen Nervenzusammenbruch«, zischte Inez. Sie zog die Mütze über die Ohren, da sie den Wohnturm Turning Torso sah und wusste, dass sie bald in Malmö wären.

Sveas Handy klingelte schon wieder, aber sie merkte es nicht einmal. Tief in Gedanken versunken saß sie da.

»Ich hätte beinahe verraten, dass ich Ola mit einer anderen Frau in der Pension gesehen habe«, sagte Viola leise zu Olga.

»Das war mir schon klar. Dir kann man ja gar keine Geheimnisse anvertrauen.«

Violas Unterlippe zitterte.

»Entschuldige, Viola. Das war dumm von mir, ich habe es nicht böse gemeint. Aber du verplapperst dich so schnell, und ich bin schon ganz durcheinander von der ganzen Aufregung.«

»Ich weiß, Olga. Tut mir leid.« Viola strich Olga über den Mantelärmel. »Irgendwie war es ein bisschen viel von allem.« Sie lachte verlegen.

»Jetzt vergessen wir das. Wir sind bald zu Hause, und dann gibt es Musik«, versuchte Olga die Situation zu retten.

Viola fühlte sich unglücklich. Olga hatte recht, aber jetzt war es, wie es war, und sie konnte es nicht mehr ändern. »Gesagt ist gesagt«, damit hatte sie früher den kleinen Eskil getröstet, wenn er etwas Dummes von sich gegeben hatte. Diese Eigenschaft hatte er von ihr. Wie damals, als er zu Tante Ella gesagt hatte, dass ihre Oberschenkel in den Schuhen steckten. Dabei hatte er sogar recht. Ihre Waden waren so dick wie ihre Oberschenkel, aber so etwas durfte man einfach nicht sagen. Viola musste kichern.

»Worüber lachst du?«, fragte Olga.

»Ich habe daran gedacht, dass Eskil das von mir geerbt hat.«

»Was denn?«

»Zu sprechen, bevor man nachdenkt.«

Der Schnee lag hoch am Straßenrand, als sie in Malmö ankamen. Die Weihnachtsdekoration war schon angebracht, und hübsche Leuchtgirlanden hingen über den Straßen.

»Hier ist es ja auch so schön weihnachtlich geschmückt«, sagte Olga. »Dann hätte es ja gereicht, wenn wir den Bus nach Malmö genommen hätten.«

»Du verrücktes Huhn!«, meinte Viola lachend. »Diese Reise möchte ich nicht missen. Höchstens gewisse ...« Sie sah zu Svea hinüber.

Inez knöpfte ihre Strickjacke zu und nahm den Mantel vom Haken, während der Bus ins Öresundterminal einbog. Kerstin informierte die Reisegruppe über die verschiedenen Anschlussbusse, und Olle, der sonst immer Witze erzählte, übernahm das Mikrofon und dankte Stig und Kerstin für die gelungene Reise. Alle klatschten Beifall und nickten zustimmend.

»Es hätte gar nicht besser sein können«, sagte der kleine hohläugige Mann, auch wenn er so blass und mager aussah, als sei er auf dem Weg zu seiner eigenen Beerdigung. Viola wurde ganz warm ums Herz, als sie ihn ansah. Er war so dankbar und zufrieden und machte keinerlei Aufhebens von sich. Er war die personifizierte Güte. Viola spürte, dass ihre Augen feucht wurden. Doch sie schämte sich nicht wie sonst, wenn die Gefühle übermächtig wurden. Stattdessen ging sie zu ihm hinüber.

»Danke für die nette Reisegesellschaft«, sagte sie und ergriff seine schmale Hand und dann die seiner Frau. »Es war so schön«, fuhr sie fort. »Hätte gar nicht besser sein können.« Sie stutzte, als sie sich selbst reden hörte. Sie hatte gar nicht über ihre Worte nachgedacht, sie waren einfach so gekommen. Womöglich dachte er, dass sie ihn nachahmte und verhöhnte? Aber er sagte nur mit seiner dünnen Stimme: »Es war wirklich klasse.«

Viola stutzte erneut – diesmal wegen seiner unerwarteten Formulierung.

Stig half ihnen mit dem Gepäck und zeigte dann zu den Bussen und Autos hinüber, die die Reiseteilnehmer an ihre Zielorte bringen würden.

»Hallo, mein Junge«, war eine fröhliche Stimme zu hören. Eine ältere Frau kam auf Erik zu und küsste ihn auf die Wange.

»Hallo, Mama«, antwortete er und sah sich ein bisschen verlegen um.

»Das war's wohl mit diesem Don Juan«, meinte Inez kichernd. »Ein richtiges Muttersöhnchen, ich sag's ja.«

Gia stand ein Stück entfernt und versuchte, ihr Gepäck in einem wartenden Bus zu verstauen. Sie tat so, als habe sie nichts gesehen, stieg rasch in den Bus und nahm Platz. Erik würdigte weder Svea noch Gia eines Blickes, sondern legte den Arm um seine Mutter und ging mit geradem Rücken und leichten Schritten zu einem wartenden Auto.

Svea schlich mit gesenktem Kopf zum Taxibus hinüber, während Olga und Inez die Gelegenheit nutzten, sich ein wenig die Beine zu vertreten. Inez unterhielt sich mit dem Paar, das auf dem Hinweg mit ihnen in Simrishamn eingestiegen war. Die beiden waren meist unter sich geblieben, aber sie hatten ab und zu mit den drei Freundinnen gesprochen.

Viola kämpfte damit, dem Engel den Sicherheitsgurt umzuschnallen. Es war ihr vollkommen egal, dass die anderen Passagiere ihr neugierige Blicke zuwarfen.

»Der Österlenexpress geht in drei Minuten«, witzelte der neue Busfahrer, und die Passagiere nahmen Platz. Svea setzte sich ganz hinten in den Bus. Ihr Handy klingelte. Sie zog es aus der Tasche und drückte das Gespräch weg. Sie sah ein bisschen enttäuscht aus, verlor aber kein Wort zu den Freundinnen.

Im Taxibus befanden sich jeweils drei Sitze nebeneinander. Inez, Viola und Olga saßen zusammen. Mit ihnen waren drei weitere Passagiere von einer anderen Reisegruppe eingestiegen. Ihren Gesprächen war zu entnehmen, dass sie in Ystad aussteigen würden. Der Fahrer sah auf eine Liste und zählte die Passagiere.

»Hier ist einer zu viel an Bord«, sagte er.

Sie sahen sich fragend im Bus um.

»Den da kenne ich noch nicht«, fuhr er fort und zeigte auf Violas Engel.

»Ich habe ihn in Schwerin gewonnen.« Viola lächelte verlegen.

»Gut, für diesmal ist das in Ordnung. Ansonsten haben wir gewisse Richtlinien, was Freipassagiere betrifft«, meinte der Fahrer und lachte.

Alle waren müde von der langen Reise und lächelten daher nur höflich. Der Bus rollte aus dem Terminal, und die Innenbeleuchtung wurde ausgeschaltet.

»Glaubst du, dass Eskil noch mehr Lose hat?«, fragte Inez scherzhaft. »Wir könnten doch zu diesem Oktoberfest fahren.«

»Gott behüte!« Viola seufzte und sah aus dem Fenster. Es hatte fast aufgehört zu schneien, aber von den Scheiben rutschten noch größere Schneefladen. Viola empfand eine innere Leere. Beinahe so wie damals, als Eskil zu Hause ausgezogen war und sie spürte, dass das Leben nie wieder so sein würde wie bisher. Mit Schrecken erinnerte sie sich, wie Arvid die letzte Umzugskiste mit Eskils Sachen hinausgetragen hatte und sein Jungenzimmer plötzlich gähnend leer gewesen war. Irgendwie war das Leben schon weitergegangen, aber trotzdem kam es ihr so vor, als sei damals etwas in ihr gestorben. Und fast so fühlte es sich auch jetzt an. In ihr war es so leer, dass sie meinte, den Widerhall der Herzschläge zu hören. Sie nahm ein Taschentuch heraus und tupfte sich die Augen ab.

»Weinst du, Viola?« Olga klang erschrocken.

»Ich musste nur daran denken, dass es der letzte Tag ist, den wir miteinander verbringen.«

»Du verrücktes Huhn, wir können uns doch jeden Tag sehen, wenn wir wollen.«

»Es ist aber nicht dasselbe. Natürlich habe ich Heimweh, das schon, es fühlt sich aber auch so wehmütig an, dass die Reise zu Ende geht«, sagte Viola unglücklich und kratzte sich an den Handflächen.

»Mir geht es nicht viel besser«, seufzte Inez.

»Denk an Eva, die nach Hause fährt und Hemdenkragen wenden muss«, sagte Olga. »Eigentlich haben wir es richtig gut.« Sie nahm Violas Hand und drückte sie. »Jetzt fährst du nach Hause und packst deinen Engel aus und den schönen Strohstern. Bald ist Wintersonnenwende, und danach wird es wieder heller. Im Frühjahr kommt die Nachlassaktion. Raus mit dem ganzen Mist und Krimskrams«, versuchte Olga, die Stimmung zu heben.

»Puh«, sagte Viola. »Sag nicht so was. Ich glaube, ich werde im Frühjahr hübsche gelbe Stiefmütterchen pflanzen und keine blauen mehr. Glaubt ihr nicht, das könnte hübsch aussehen in meinem großen Kupferbehälter?« Viola wischte sich schon wieder über die Augen und schniefte.

»Das wird sicher sehr hübsch, Viola. Du hast immer so schöne Blumen«, sagte Inez anerkennend. »Aber ich fürchte, du wirst fürs Küchenfenster eine neue Begonie kaufen müssen.«

Viola drückte Olgas Hand ein bisschen fester. Sie sah wieder aus dem Fenster und wickelte sich das Taschentuch um die Finger. Dann nahm sie ihre Strickjacke aus dem Netz am Vordersitz und breitete sie mit ihrer freien Hand auf Olgas Knien aus, ohne deren Hand loszulassen.

Kaum hatte der Bus Malmö verlassen, schliefen alle drei. Violas und Inez' Köpfe lehnten rechts und links an den Schultern von Olga, deren Kopf nach vorn gesackt war.

Draußen hatte sich der Raureif über Büsche und Bäume gelegt. Vor ihnen blinkte ein Streufahrzeug, und derselbe Mond, der über Schwerin schien, leuchtete auch über das schneebedeckte weiße Flachland von Skåne. Noch war es lange hin bis zu Forsythien, Mückenstichen und Vogelgezwitscher.

18. Kapitel

»Verdammt, was ist das kalt!«, fluchte Arvid und stapfte mit seinen dicken Winterstiefeln im Schnee herum.

»Wir hätten ja auch in den Autos bleiben können, wie ich vorgeschlagen habe«, brummte Sigvard.

Der Hafenplatz in Simrishamn lag verlassen da, und der Parkplatz war beinahe leer. Der Zollkreuzer lag am Kai, und nur ein schwaches Glucksen war zu hören, als das Schiff leicht in der Abendbrise schaukelte.

Ein Auto fuhr auf den Parkplatz und erregte die Aufmerksamkeit der beiden Männer.

»Ola! Ist der nicht in Deutschland?«

»Bei Svea und Ola weiß man nie, wo die gerade stecken. Mal sind sie in Stockholm und mal ganz woanders.« Gösta zog seine Bommelmütze über beide Ohren.

Arvid sah unruhig auf die Uhr.

»Hab ich's mir doch gedacht, dass sie an derselben Stelle abgesetzt werden, wo sie abgeholt wurden«, sagte Ola, als er zu ihnen trat.

Was weißt du schon?, dachte Sigvard. Du hast sie ja nicht mal zum Bus gebracht.

»Ist es dir gut gegangen, während Svea weg war?« Sigvard fragte das eher aus Verlegenheit, um überhaupt etwas zu sagen. Im Grunde hatte er keinerlei Interesse an Olas Erlebnissen.

»War schon ein bisschen stressig. Hoffe, die Frauen haben ihren Spaß gehabt.«

Ola sah nervös aus. Er hielt eine Rose in der Hand, und die anderen fragten sich, ob er vor freudiger Erwartung zitterte oder weil er keine warme Jacke anhatte.

»Hätten wir Blumen mitbringen sollen?« Arvids Blick flackerte zwischen der Rose, die Ola krampfhaft in der Hand hielt, und der Hamngatan hin und her, wo der Bus wohl gleich auftauchen würde.

»Ach, Unsinn«, flüsterte Gösta.

»Aufwachen! Wir sind da!« Olga stupste ihre Freundinnen an, die sich verschlafen aufrichteten. Als sie in die Hamngatan einbogen, sahen sie ihre Männer dicht nebeneinander stehen und warten, und ein warmes Gefühl breitete sich in Viola aus. Ein bisschen weiter weg war eine einsame Gestalt zu erahnen, die Viola nicht so gut erkennen konnte, weil es schon dämmerte.

»Ola!«, meinte sie atemlos, als sie näher kamen. Sie drehte sich um und sah, dass Svea noch schlief. »Svea, wir sind da!«

Svea antwortete nicht, begann aber, in ihrer Tasche herumzuwühlen.

»Ola ist gekommen, um dich abzuholen«, fuhr Viola aufmunternd fort.

»Na, dann ist Ola aber umsonst gekommen. Darf ich mit euch nach Hause fahren?«

»Sicher«, meinte Inez zögernd, »aber ...«

Viola holte ihren Engel, und sie betraten wieder vertrauten Boden.

»Willkommen daheim!«, sagten die drei Männer

unisono und umarmten ihre Ehefrauen ein wenig unbeholfen.

»Ola ist auch hier«, sagte Sigvard und zeigte auf Ola.

»Ich sehe schon, aber ich fahre auf dieselbe Art nach Hause, wie ich hergekommen bin«, sagte Svea.

»Willkommen zurück, meine Liebe.« Ola wollte Svea die Rose reichen, aber sie schlug sie beiseite.

»Du scheinst ja Großkunde für Blumen geworden zu sein. In welchem Auto darf ich mitfahren?«

»Svea, wir müssen reden«, flehte Ola und sah ziemlich hilflos aus. Den anderen Männern war die Situation sichtlich unangenehm.

»Gespräche kannst du über den Anwalt führen«, erwiderte Svea kalt. »Was war das eigentlich für ein Luder, das du mit auf die Fähre geschleppt hast? Dass du dich nicht schämst, Ola.«

»Doch, ich schäme mich«, sagte er aufrichtig. »Ich habe den Ausdruck der Bestellbestätigung auf dem Küchentisch gesehen, und mir war schon klar, dass du das missverstehen würdest.«

»Ich habe gerade von dem Luder auf der Fähre gesprochen.«

»Du hast dich nie gemeldet, wenn ich versucht habe, dich über das Handy zu erreichen, Svea. Und ich bin nach Deutschland gefahren, nur um das alles aufzuklären …«

»Das war ja lieb«, sagte Viola vorsichtig.

»Lieb!«, schnaubte Svea, und Viola duckte sich. »Was für eine Frechheit, mich zu betrügen, kaum dass ich das Grundstück verlassen habe!«

»Und du? Was ist mit diesem Goldkettchen-Erik,

den du in dein Zimmer geschleppt hast?« Inez fand es an der Zeit, auch mal die andere Seite zur Sprache zu bringen. »Wir haben genug gehört. Tut mir leid, Svea, aber du solltest fair bleiben.«

»Gehört!« Jetzt erhob auch Ola seine Stimme. »Sieh an. Und trotzdem hast du die Unverschämtheit, mich anzuklagen. Goldkettchen!«, schnaufte er.

»Das wäre doch nicht nötig gewesen, Inez.« Svea sah peinlich berührt aus.

Viola hielt sich die Ohren zu.

»Die Gerechtigkeit soll siegen«, sagte Inez vernünftig. »Ihr solltet das wie zwei erwachsene Menschen miteinander klären. Kommst du jetzt mit oder nicht, Svea?«

»Zumindest fahre ich nicht mit Ola. Aber ich kann auch ein Taxi nehmen, wenn es euch nicht passt, dass ich bei euch mitfahre.« Svea begann mit großen Schritten in Richtung Storgatan zu marschieren. Ola lief ihr nach und wedelte mit der Rose.

»Nächstes Mal findet das Nähkränzchen bei Inez statt, Svea«, rief Viola ihr nach, und die anderen sahen sie erstaunt an.

»Man sollte immer als Freunde auseinandergehen«, erklärte Viola mit Verzweiflung in der Stimme.

Arvid unterbrach die unangenehme Stille.

»Was in Gottes Namen hast du denn da mitgeschleppt?« Er zeigte auf den Engel und sah ratlos aus.

»Können wir ihn auf dem Beifahrersitz unterbringen?«, fragte Viola, ohne auf seine Frage einzugehen. Noch ehe ihr Mann sich dazu geäußert hatte, schnallte sie den stehenden Engel auf dem Beifahrersitz fest.

Die drei Freundinnen stiegen ein und setzten sich dicht nebeneinander auf die Rückbank.

Arvid zuckte die Schultern, warf Gösta und Sigvard einen verlegenen Blick zu und setzte sich dann hinters Steuer. Gösta und Sigvard blieben stehen, bis sie die Rücklichter in der dichter werdenden Dunkelheit verschwinden sahen.

»Was für ein Theater«, sagte Gösta, als sie in Sigvards Wagen saßen. »Ich versteh auch nicht, warum sie sich alle auf die Rückbank von Arvids Auto quetschen mussten.«

»Es gibt vieles, was man nicht versteht. Dieser verdammte Engel. Glaubst du, das ist so ein Schutzengel? Den hätte Svea wohl nötiger gehabt.«

Mehr Worte wechselten sie nicht auf der kurzen Strecke nach Brantevik, aber die Gedanken flatterten wie Schmetterlinge in ihren Köpfen.

Arvid und die Freundinnen warteten im Auto vor dem Haus von Gösta und Inez, bis auch Sigvard mit Gösta eingetroffen war. Ein ziemliches Getrampel war zu hören, als alle sechs ins Haus gingen und die Küchentür hinter sich schlossen.

»Warm und schön ist es hier. Du hast die Heizung aber nicht etwa die ganze Zeit so hochgedreht?«, fragte Inez und legte ihre Hand prüfend auf einen Heizkörper.

Ach ja, dachte Gösta und seufzte, jetzt ist sie wieder zu Hause.

»Ich habe in der guten Stube gedeckt.« Gösta ging voraus und führte die Gäste an den Tisch.

»Wie sehen eigentlich deine Haare aus?« Inez musterte ihn entsetzt.

Gösta fuhr sich verlegen mit der Hand durch seine Frisur. »Ich dachte, ich müsste mal zum Frisör, damit ich nicht ungepflegt wirke, aber es war ein teurer Spaß.«

»Das will ich gar nicht so genau wissen«, sagte Inez. »Jetzt setze ich den Kaffee auf.«

»Den habe ich schon heute Mittag gekocht, damit es nicht so stressig wird.«

»Mein Lieber, jetzt übertreibst du aber.« Mit einem Lächeln auf den Lippen verschwand Inez in die Küche.

»Wie hübsch du alles vorbereitet hast, Gösta.« Viola zeigte auf den Tisch.

»Den Kuchen habe ich selbst gebacken.«

Inez kam wieder ins Zimmer. Ihr war ganz warm ums Herz. Er hatte sich wirklich nicht lumpen lassen. War beim Friseur gewesen und hatte gebacken. Und er hatte diese verknitterte alte Tischdecke aufgelegt, die sie im Sommer übers Sofa hängte, um den Bezug vor dem Ausbleichen zu schützen.

Die Freundinnen erzählten und erzählten, und die Männer hörten andächtig zu.

»Und du hast im Bus wirklich ins Mikrofon gesprochen?«, sagte Sigvard. »Das war aber mutig, Viola!«

Arvid reckte sich stolz. Nicht zu fassen, seine Viola mit so einem Maschinchen in der Hand! Er sah zärtlich zu seiner Frau hinüber, die mit dem Fuß unter dem Tisch scharrte und schüchtern auf ihre Knie sah.

Die Ehemänner amüsierten sich, als ihre Frauen von den Herren des Viehbauernverbands erzählten. Aber sie schüttelten die Köpfe, als Olga von Svea und Erik berichtete und wie Svea sich vor dem Bus hatte übergeben müssen.

»Kann ich das Rezept von diesem Sandkuchen kriegen?«, fragte Arvid.

Gösta war sich nicht ganz sicher, ob Arvid das ernst meinte oder sich einen Spaß erlaubte. Natürlich hatten alle behauptet, dass er lecker sei, aber ihm war schon aufgefallen, dass die Frauen vielsagende Blicke gewechselt hatten.

»Und ihr?«, fragte Olga. »Wie ist es bei euch gelaufen?«

»Ach, es ging alles so seinen Gang. Irgendwelche Weiber haben wir zumindest nicht dagehabt.«

»Glück für euch«, sagte Inez. »Und jetzt gönnen wir uns noch ein bisschen Musik.«

»Ich hole meine aus dem Auto.« Olga stand auf.

»Nein, nein, ich habe meine hier in der Tasche.«

»Musik? Wir haben aber kein Radio im Zimmer«, meinte Gösta. »Es ist doch viel netter, sich zu unterhalten, jetzt wo ihr endlich zu Hause seid.«

Dann erklärte Inez die besondere Bedeutung, die das Wort Musik auf ihrer Reise bekommen hatte, und holte die Flasche.

»Musik! Die lassen sich ja was einfallen«, meinte Sigvard lachend und hob seine Tasse.

Trotz ihrer Müdigkeit saßen sie noch lange zusammen und plauderten. Sie hatten einander vermisst. Manchmal war die Leere während der Abwesenheit ihrer Frauen wie ein großes schwarzes Loch gewesen, da waren sich die Männer einig.

Heute Abend muss Inez mein Schnarchen ertragen,

denn ich habe nicht vor, allein in dem großen Doppelbett zu liegen, dachte Gösta und sah seine Frau liebevoll an. Es schien, als habe sie seine Gedanken gelesen, denn sie strich vorsichtig mit der Hand über sein Knie.

Sie beschlossen, das Problem Svea und Ola nicht weiter zu diskutieren. Die beiden nahmen sich wirklich nicht viel, was außereheliche Aktivitäten anging. Olga glaubte nicht, dass Svea zu weiteren Treffen des Nähkränzchens kommen würde. Sie schämt sich bestimmt, dachte sie. Aber wenn sie kommen will, dann bitte sehr. Sie darf nur nicht so viel Raum einnehmen wie früher.

Die drei Freundinnen waren sich einig, dass sie künftig lieber selbst mehr Raum einnehmen würden. Svea war gehörig in ihrer Achtung gesunken. Nachtragend wollten sie allerdings auch nicht sein – da waren sie sich ebenso einig.

»Das waren übrigens richtig gute Lose, die Eskil da verkauft hat«, sagte Arvid mit einem hintergründigen Lächeln.

»Das stimmt!« Viola kippte den letzten Rest aus ihrer Tasse hinunter.

»Dabei denke ich gar nicht an eure Lose. Diesmal sind wir dran.«

»Ihr seid dran? Was meinst du?«, fragte Olga.

»Wir haben auch jeder ein Los gekauft«, sagte Sigvard geheimnisvoll. »Arvid hat gewonnen.«

»Arvid!« Viola sah ihn erschrocken an.

»Eine Busreise zum Oktoberfest in München.«

Die Freundinnen waren erst mal sprachlos, doch dann freuten sie sich. Inez war besonders angetan davon, dass die Männer dieselbe Regelung gefunden hatten wie sie, nämlich alle zusammen zu fahren und sich die Kosten zu teilen.

Viola kratzte sich mal wieder nervös an den Handflächen, aber sie freute sich mit. Allerdings konnten die drei es sich nicht verkneifen, von ihren eigenen Erfahrungen mit Bierfestbesuchern zu berichten.

»Sie haben ihn auf einer Trage aus dem Bus gebracht, und er war ganz blutig im Gesicht. Vielleicht kam der ja von diesem Oktoberfest«, sagte Inez, als sie von der Episode im Terminal in Malmö berichtete, aber die Männer lachten und versicherten, dass das Oktoberfest in München nicht bis zum Dezember dauerte.

»Einer der Besoffenen hat mich gefragt, ob ich zum Markt gehen und Eier verkaufen wollte«, fuhr Inez lachend fort.

»Eier verkaufen?« Gösta stellte die Kaffeetasse ab und fuhr sich wieder durchs Haar. Nächstes Mal sollte Inez ihm wieder die Haare schneiden, das war beschlossene Sache.

»Hier drinnen ist es ja fürchterlich warm«, sagte Olga und wischte sich mit der Osterserviette über die Stirn.

Draußen hatte es wieder angefangen zu schneien. Das Licht der Straßenlaterne ließ das glitzernde Gewand von Violas Engel aufleuchten, der noch immer auf dem Beifahrersitz stand. Vermutlich würde er die ganze Nacht dort verbringen, denn alle hatten Musik im Blut.

Das Gelächter aus dem Haus drang bis in den Garten. Ein Autoscheinwerfer erleuchtete die Straße. An der Heckscheibe klebte das Logo vom ›Bridgeverband Skåne‹, und vorne im Wagen waren zwei Gestalten zu erahnen. Sie wirkten erstaunlich zufrieden.

Karin B. Holmqvist

Manneskraft per Postversand

Roman. Aus dem Schwedischen von Annika Krummacher. 224 Seiten. Piper Taschenbuch

Die liebenswerten Schwestern Tilda und Elida Svensson führen ein ruhiges Leben im Haus ihrer verstorbenen Eltern. Doch dann zieht der attraktive Alvar ins Nachbarhaus, und der Alltag der beiden ändert sich über Nacht. Sie leisten sich den Luxus neuer Sonntagskleider und lernen bei Alvar den Komfort eines Badezimmers kennen. Doch für die Renovierung des eigenen Hauses fehlt ihnen das Geld. Als sie beobachten, wie der Nachbarkater nach dem Genuß von Blumenerde aus Alvars Petunientopf ganz ungeahnte Potenz entwickelt, kommt ihnen eine glänzende Geschäftsidee …

»Ein richtiges Wohlfühlbuch, geschrieben mit Wärme und Humor. Eine kleine Perle.«
Folkbladet

05/2164/02/L

Karin B. Holmqvist

Herzschrittmacher gesucht

Roman. Aus dem Schwedischen von Annika Krummacher. 224 Seiten. Piper Taschenbuch

Der Alltag von Selma und Artur Jacobsson auf dem alten Hof in Südschweden ist friedlich und überschaubar. Kein Wunder, dass Selma sich manchmal etwas Abwechslung wünscht. Und die kommt schneller als vermutet – durch die neue Nachbarin Disa, die es mit ihrer esoterischen Ader versteht, Selma für Räucherstäbchen und Rosenmethode zu begeistern. Artur beäugt das Ganze eher misstrauisch. Schließlich hat er Wichtigeres zu tun: Er hat nämlich einen Schlüsselbund gefunden, mit dem er sich Zugang zu einem Bankschließfach verschaffen kann …

»Karin B. Holmqvists Bücher sind typisch schwedisch und mit einer ganz besonderen Wärme erzählt.«
En bokcirkel för alla

05/2720/01/R

Karin B. Holmqvist

Zwei Damen auf Männerfang

Roman. Aus dem Schwedischen von Annika Krummacher und Holger Wolandt. 256 Seiten. Piper Taschenbuch

»Sirile Gentlemänner gesucht. Kennwort: Letzter Versuch.« Was »siril« eigentlich genau bedeutet, wissen die beiden rüstigen Freundinnen Alma und Margit zwar nicht, aber in einer Kontaktanzeige macht sich das Wort doch bestens, meinen sie. Während sie auf Antwort von attraktiven Bewerbern warten, mischen sie das Altenheim auf, in das sie vorübergehend einquartiert sind. Ihre Häuschen mit den liebevoll gehegten Gärten sollen dummerweise einer Feriensiedlung weichen. Doch für Alma ist in dieser Sache das letzte Wort noch nicht gesprochen … Eine liebevolle, charmante Geschichte von zwei Frauen, die gar nicht einsehen wollen, warum man nicht auch mit achtzig Jahren noch Spaß am Leben haben sollte!

»Ein warmherziger und unterhaltsamer Roman, der zeigt, dass es nie zu spät ist, um sein Leben zu ändern.«
Svensk damtidning

05/2635/01/L

Karin B. Holmqvist

Villa mit Herz

Roman. Aus dem Schwedischen von Holger Wolandt und Lotta Rüegger. 224 Seiten. Piper Taschenbuch

Soll das schon alles gewesen sein?, fragt sich Bonita. Ihr Alltag mit der alten Mutter in der Villa am Stadtrand ist nicht gerade abwechslungsreich. Doch dann wird alles anders: Doris zieht wieder ins Nachbarhaus – Doris, mit der Bonita früher eng befreundet war und die dann der Kleinstadt für Mann und Karriere den Rücken kehrte. Seitdem haben sich die beiden aus den Augen verloren. Um so erstaunter ist Bonita, als sie ihre alte Freundin Doris wiedertrifft: Deren Ehe ist längst in die Brüche gegangen, und auch ihren Arbeitsplatz hat sie verloren.
Liebevoll, warmherzig und mit viel Humor erzählt Karin B. Holmqvist, wie es Doris und Bonita gelingt, ihre alte Freundschaft wieder aufzufrischen und ganz neue Zukunftspläne für die alte Villa zu entwickeln.

05/2165/02/R

Emma Hamberg

Für Wunder ist es nie zu spät

Roman. Aus dem Schwedischen von Susanne Dahmann. 368 Seiten. Piper Taschenbuch

Nach außen wirkt Majas Leben perfekt: Als Ehefrau eines berühmten Künstlers lebt sie auf einem alten Schloss, romantisch gelegen auf einer Insel im schwedischen Vänersee. Doch während ihr Mann immer gigantischere Kunstwerke schafft, sieht es mit ihrer eigenen Karriere als Bildhauerin mau aus. Zu allem Überfluss fühlt sie sich von ihm nicht mehr begehrt. Das muss anders werden, beschließt sie und schmiedet einen ungewöhnlichen Plan: Sie eröffnet eine Schwimmschule für Erwachsene. Zwei heiße Sommerwochen lang stellen die Kursteilnehmer den Schlossalltag auf den Kopf, unter ihnen der extrem attraktive Alex. Und schon bald steht nicht nur ihre eigene Beziehung auf dem Prüfstand …

05/2707/01/L

Emma Hamberg

Landliebe gesucht

Roman. Aus dem Schwedischen von Susanne Dahmann. 352 Seiten. Piper Taschenbuch

Lenas Alltag ist mehr als nervig – mit einem Mann, der nie zu Hause ist, vier Kindern und jeder Menge Haustiere. Der einzige Lichtblick ist Conny, der einmal wöchentlich mit seinem Eisauto vorbeikommt … Lenas ältere Schwester, die coole Marie, ist Geschäftsführerin einer Bar, doch ihr sonstiges Leben ist – abgesehen von ihrem Rottweiler Otto – ziemlich leer. Und auch Åsa, die dritte im Bunde, ist unglücklich: Das ersehnte Kind will sich einfach nicht einstellen. Als die Mutter von Lena, Marie und Åsa durch einen Schicksalsschlag mit dem Bauernhof und zweihundert Kühen alleine dasteht, ändert sich alles von einem Tag auf den anderen …

Mit viel Humor und Herz erzählt Emma Hamberg in ihrem wunderbaren neuen Roman von Liebe, Eifersucht, Leidenschaft und von der großen Kraft der Familienbande.

05/2288/02/R